教育部哲学社会科学重大委托项目《青海班玛地区长征文化资源的保护、开发与利用问题研究》（项目批准号：16JZDW018）成果之一
青海特色文化建设工程成果

班玛藏区的红色记忆

——红军长征途经青海班玛的故事

周忠瑜　编著

西南交通大学出版社
·成都·

图书在版编目（CIP）数据

班玛藏区的红色记忆：红军长征途经青海班玛的故事／周忠瑜编著．—成都：西南交通大学出版社，2019.2
ISBN 978-7-5643-5163-2

Ⅰ．①班…　Ⅱ．①周…　Ⅲ．①革命故事－作品集－中国　Ⅳ．①I247.8

中国版本图书馆 CIP 数据核字（2018）第 300826 号

班玛藏区的红色记忆

——红军长征途经青海班玛的故事

周忠瑜　编著

责任编辑	吴明建　左凌涛
封面设计	原谋书装
出版发行	西南交通大学出版社 （四川省成都市二环路北一段 111 号 西南交通大学创新大厦 21 楼）
发行部电话	028-87600564　028-87600533
邮政编码	610031
网址	http://www.xnjdcbs.com
印刷	四川煤田地质制图印刷厂
成品尺寸	170 mm × 240 mm
印张	12.25
字数	194 千
版次	2019 年 2 月第 1 版
印次	2019 年 2 月第 1 次
书号	ISBN 978-7-5643-5163-2
定价	68.00 元

序

班玛，一个富有诗意的名字，藏语意为“美丽的八瓣莲花”。它地处青藏高原腹地，与四川毗邻，是青海的南大门。班玛，境内自然风光优美奇异，民俗文化独具特色。它因拥有青海省最大、全国海拔最高的原始森林而被称为“世界屋脊上的绿宝石”，因又是青海省唯一红军长征走过的地方而被称为“传播革命种子的红飘带”，因拥有灿烂多彩的民族宗教文化而被称为“传承宗教文化的金屋顶”。绿色的生态之美、红色的历史之美、金色的人文之美，让班玛沐浴在三色阳光之下，安详、宁静、美丽又充满着动人心魄的独特吸引力，从而也让班玛获得了“中国最美藏乡——三色班玛”的美誉。

班玛蕴含着丰富的红色文化故事。1936 年 7 月，3 万余名红军将士踏上了班玛大地，在这里行军、休整、筹粮等，活动 20 余天。期间，为当地的藏族群众传播革命意识，弘扬革命精神，留下了许多可歌可泣、感人至深的英勇事迹，至今被人们口口相传，默默吟颂，啧啧称赞。

而《班玛藏区的红色记忆——红军长征途经青海班玛的故事》的出版，使红军将士在班玛大地的很多故事跃然纸上，为我们真实还原了 80 多年前红军将士在班玛的英勇壮举，不仅充实和丰富了班玛县红色文化的内涵，更为我们缅怀革命先辈、传承红色文化提供了历史依据，也为我们切实打造和发展爱国主义教育基地奠定了更加坚实而有力的基石。

我们相信，经受过长期的红色文化熏陶和启迪，我们将进一步继承和发扬艰苦创业、不怕牺牲的革命精神，竭尽全力把班玛的明天建设好、发展好。

此为序。

中共果洛州委常委、班玛县委书记　夏吾杰

班玛县人民政府县长　刘正伟

前言：红军在班玛的长征路

红军长征来到班玛是80多年前的事，公元1936年7月，红军总部率领红四方面军一部和红二方面军全部共三万多人，为了北上抗日长征经过班玛。但是红军长征到过青海被史学界，特别是中共党史学界、军史学界认可则是最近一些年的事。

实际上，红军长征到过青海的事早在红军长征没有结束时党中央的电报中就有了通报，1936年7月28日，毛泽东、周恩来、彭德怀给朱德、张国焘、任弼时的电报中就说，“青海通报说你们两路出青，一路出甘，前锋至阿坝”。在此电报中，中央虽说不能确定消息的准确性，但已经提到红军前往青海班玛藏区的事了。之后青海军阀马步芳给蒋介石的电报中明确提到了红军到达青海，电报对此事说得比较清楚：“查共匪朱德残部，自去岁溃窜西康甘孜后，休养生息，积极扩张。近据前方报告，刻分五路窜扰青海；第一路由甘孜西北进攻石渠；第二路由甘孜北面进攻果洛；第三路由甘孜东北进攻上那哇；第四路进攻下那哇；第五路与川西之匪接连，循去岁流窜旧道向甘境进攻。其人数确有骑兵一万七八千人，穷途思逞，势甚猖獗。当即饬令部队严密布置，我方以石渠、德格、同德、苏呼、大河坝至黑错为第一道防线，以共和、贵德、循化至临夏为第二道防线，沿湟水流域作为后方预备防线。所有玉树方面防务由马司令负责防守。果洛防军喇团长平福部已与匪接触数次，近又派马旅长彪率部增防，藉厚兵力，上那哇由防军马旅长朴负责，下那哇由马团长元祥负责，业经布置就绪。”遗憾的是，这一电报内容是在中华人民共和国成立后很久才被发现的，并没有引起中共党史界和军事史学者们的重视。所以，在中华人民共和国成立后的很长时间中，说到红军长征经过的省份时都只说11个省，即福建、江西、广东，湖南、广西、贵州、四川、云南、西康、甘肃，陕西，都没有提到青海省。

但是，青海的一些史学工作者和红军经过的果洛地区的相关人员，通过各种方式向有关部门反映红军来过青海的事实，这中间有马步芳的部下写的回忆录，回忆青海统治者们如何组织力量堵截北上红军的文章，如曾任青海日报社社长的陈秉渊写的《马步芳阻击北上抗日红军的始末》，此文很详细地论述了马家军堵截北上红军的事实；也有青海党史学者写的诸多调研报告和考证论文，如格桑本、朱永馨通过几个月的调研，写出了《中国工农红军长征经过青海的情况》一文。人们的不懈努力终于得到有关部门的重视。1984 年，中央党史资料征集委员会曾向青海省党史工作者下达关于红军长征经过青海果洛的专题研究任务。当时的青海省委党史资料征集委员会（现称青海省委党史研究室）和中共果洛藏族自治州委的党史工作者们，根据中央党史资料征集委员会的要求，不仅走访曾在红二方面军和红四方面军中工作、战斗过的一些老同志，请他们回忆当年途经青海的情景，而且多次到班玛、久治县采访。他们在班玛县亚尔塘乡，看到了木达沟南侧的石崖上当年红军书写的“北上响应全国抗日反蒋斗争”的巨幅标语，标语至今仍字迹清晰。在班前、亚尔塘乡的吉艾山和扎洛山上，看到至今仍有红军当年修筑的临时哨所和简易工事的遗迹。红军当年走过的山沟、小桥等，被当地藏族群众称为“红军沟”“红军桥”“红军路”“红军泉”“红军哨所”等，至今仍然沿用。学者们的研究涉及红军在班玛藏区的方方面面，如：红军长征经过青海的时间问题、红军长征经过青海的路线问题、红军长征经过青海的人数问题、红军长征经过青海的目的问题、红军到没到过青海果洛久治县的问题，等等。正是在这样的调研基础上，青海省委党史研究室的同志们写出了《红军长征经过青海班玛地区有关情况》的调研报告，青海党史学者们也发表了数量众多的研究和考证论文。这些研究成果在全国学术界，特别是在红军长征研究领域内产生了强烈反响。红军长征到过青海的结论也得到党史界同行的认同。

1936 年 6 月下旬至 7 月上中旬，红二、四方面军在四川甘孜会师之后，告别了依依惜别的藏族同胞和留下养伤的战友，肩负抗日救国的大任，陆续离开康北地区，满怀信心地踏上了北上的征途。那么，到底红四方面军、红二方面军哪几支部队来到了青海班玛呢？进入青海班玛的红四方面军、红二方面军到底有多少人？红四方面军、红二方面军经过青海班玛的时间有多长？红四方面军、红二方面军为了什么目的来到了青海班玛？红四方面军、红二方面军长征经过青海的路线是怎样的？红四方面军、红二方面军到没到过青海果洛的久治县？本书结合以往的研究和调查对这些问题作出初步说明。

到底红四方面军哪几支部队来到了青海班玛呢？

红二、四方面军在四川甘孜会师之后分左、中、右三个纵队北上，其中左纵队又分为这样几部分北进：一是以李先念率领的三十军八十九师和许世友率领的红军骑兵师以及红军总部五局（教育局）为先头部队，是以筹粮和为左纵队探路为目的率先北进部分。二是以朱德、张国焘以及任弼时率领的三十军八十八师，四军十师、十一师和红军总部组成的北上红军中枢部分。三是以红二方面军六军为主的北进部队，这部分中含红三十二军，红三十二军曾是红四方面军编制，1936 年 7 月 5 日，奉中央革命军事委员会电令，红三十二军（原红一方面军之第九军团，时有 1 300 人，不包括当时从红二军团划归红三十二军的第五师的人数，到当年的 9 月 1 日统计，全军尚有 2 677 人）编入红二方面军建制。7 月 6 日六军和红三十二军会合共同北上。四是贺龙率领的红二方面军总部及二军，于 7 月 11 日，从东谷出发北上，这是左纵队中最后一支北进的部队。

上述这些部队是否都来到了青海班玛呢？尽管有学者认为“二、四方面军长征左纵队是否全部经过青海没有定论，尚有若干疑问”[①]，但我们从众多的红军将领的长征日记和红二、四方面军，红军总部与中央的电报中可以得出左纵队全部进入了青海班玛的结论，之所以这样说有如下依据：

（1）1936 年 7 月 3 日，由李先念率领的左纵队先遣部队为了探察道路及筹集粮食，率先进入今青海果洛藏族自治州班玛县知钦乡唐摇沟[②]境内。这支部队在青海的最直接的证据是在 1936 年 7 月 13 日 17 时《朱德、张国焘对徐向前十二日建议的复电》中提到的，“先念率八十九、骑兵两师昨到作木沟，明（十四）日可到达阿坝”。这里的作木沟就是今天青海班玛地区。所以李先念率领的三十军八十九师和红军骑兵师以及红军总部五局（教育局）作为先头部队进入青海班玛是没有任何问题的。

（2）以朱德、张国焘率领的三十军八十八师、四军十师、十一师、红军总部进入青海班玛地区的问题我们依然可以通过电报得到解决。1936 年 7 月 7 日 4 时《朱德、张国焘为九军及九十三师速出松潘控制粮

① 弓力：《红军长征经过青海研究状况综述》，载《青海社会科学》1996 年增刊。

② 今多柯河林场所在地。

区致徐向前、陈昌浩电报》中提到了红军总部及红四军随红三十军跟进的语言:“如让倘粮不足时，四军可在左翼出阿坝跟三十军进。我们明日向西倾寺进”。实际上最有力的证据是1936年7月11日任弼时从班玛绒玉给林育英、洛甫、周恩来、毛泽东、博古、王稼祥、邓发、刘少奇等中央领导人发的电报。所以，红军总部及其部队进入了青海班玛也是没有问题的。

（3）红六军、红三十二军和红二军即红二方面军进入青海班玛地区有太多的日记可证明，这也是最没有争论的进入青海班玛地区的部队，这里不再论述了。

以上我们用了最有说服力的电报和一些回忆文章、红军长征日记证明了左纵队的全部人员都到了青海班玛藏区，这支部队是整个北上部队的重要组成部分，甚至在一定程度上讲是红二、四方面军整个北上部队的行动中枢和主力。

到底有多少红二、四方面军指战员进入青海班玛呢？

以往的研究者关于有多少红军来到了青海班玛的问题有多种说法，主要有以下几种。① 1959年版《青海历史纪要》中说:“红军第二、四方面军在朱德等同志的率领下……7月下旬，红军左翼约5 000余人”进入青海境内。②《中国工农红军长征经过青海的情况》一文说:“红四方面军之一部，”由骑兵数百作前导，步兵数千为后续，进鱼托沟，到达班玛县境内。③《红军长征经过青海果洛的一些情况》一文说:“九月初，中国工农红军二方面军第六军团将近万人”长征经过了青海。④《红二方面军长征经过青海再探》一文认为，“红二方面军进入青海的人数大约15 000人”。⑤《红军长征经过青海果洛地区人数之考证》一文则认定，“进入青海省境的红二方面军人数应为18 000人”。⑥《红二、四方面军长征左纵队全部经过了青海班玛地区》一文由于增加了长征左纵队中的红四方面军部分，因而进入青海的红军人数就大为增加了:“左纵队经过青海班玛地区的大体人数……二方面军三个军约15 000人，四方面军三十军，四军十师、十一师，骑兵独立师，西北局党校，红军总部，总部五局约10 000人。总计约25 000人[①]。”研究者认为，从所有著述中有关内容的对比来看，上述的①，②，③种说法似乎资证不足，多流于估测。对该问题作了较详细考证的是上述的④，⑤种观点。也就是说有两

① 弓力:《红军长征经过青海研究状况综述》，载《青海社会科学》1996年增刊。

种说法，即 15 000 人和 25 000 人的说法。尽管上面两种说法“作了较详细考证”，但得出了相差 10 000 人的结论，所以笔者对所谓的较详细考证得出的结论产生了怀疑。

由于进入青海班玛的部队确定了，那么进入青海班玛的部队人数就不难得出结论。我们认为进入青海班玛的红军人数超过 30 000 人，其中，红四方面军人数不少于 15 000 人。之所以这样说，理由如下：① 北上进入青海班玛的红二方面军人数有 17 000 人，其中二军 9 000 人，六军 5 300 人[①]，加上从红四方面军并入的三十二军 2 700 人左右[②]。这一数字有最原始且最有说服力的依据，我们不能怀疑。② 其余部队主要是红军总部及红四方面军的三十军八十八师、八十九师，红军骑兵师，红军总部五局，四军十师、十一师。人数不少于 15 000 人，因为仅仅红三十军人数即在 7 000 人以上，7 000 人这个数字是徐向前元帅在《历史的回顾》中谈到 1936 年 10 月红三十军西渡黄河时的数字，他说：“三十军：军长程世才，政治委员李先念，参谋长黄鹄显，政治部主任李天焕。辖八十八师（师长熊厚发、政治委员郑维山）、八十九师（师长邵烈坤、政治委员张文德），共六个团，7 000 人，枪 3 200 支，每枪平均子弹 25 发。”[③] 由于1936年7月红四方面军二次北上时序列中所说的红三十军由八十八师和八十九师组成，1936 年 10 月，红一、二、四方面军会宁会师，第四方面军序列中红三十军依然是由八十八师和八十九师组成，所以过黄河时的红三十军人数只能少于北上时的人数，故我们将三十军的人数确定为 7 000 人以上。四军十师、十一师和骑兵独立师三个师，每师按 1 500 人计为 4 500 人[④]，再加上西北局党校、红军总部、总部五局的人数不少于 2 000 人。

---

① 1936 年 7 月 6 日任弼时《关于二、六军团与四方面军七月一日在甘孜会合现共同北进》给中央的电报中说：“这次远征计费时七个多月行军一万余里沿途大小战斗十余次，伤亡约五千三百人出发时两个军共一万七千人，开甘孜会合时，为一万四千五百人，二军九千人，六军五千三百人，武器比桑植出发时稍有增加”。

② 1936 年 9 月 1 日统计的三十二军人数为 2 677 人，加上过草地时的减员，我们认为三十二军进入青海班玛时大概有 2 700 人左右或者更多，曾任过青海省省长的袁任远在回忆录中说：“1936 年 7 月 2 日，二方面军成立时，三十二军约 4 000 人。”因为是回忆，没有太多的其他辅助证据，所以我们依然用了上述数字。

③ 徐向前：《历史的回顾》，北京：解放军出版社，1987 年版，第 521 页。

④ 这个数字非常保守，实际上，仅骑兵师就有 3 000 人，该师是在甘孜刚刚组建的，原四军军长许世友为师长，共约 3 000 人，在执行任务中进行大小战役 72 次，走出草地时只剩下 200 多人。

所以，我们得出进入青海班玛的红军人数在 30 000 人以上和红四方面军人数不少于 15 000 人的结论。我们认为，就是 30 000 人以上也是一个保守的数字，因为将四军的每个师的人数定在 1 500 人是保守的，实际上，四军是红四方面军的主力部队之一，每师人数绝对超过 1 500 人。红三十军的人数是以过完草地之后的人数为依据的，而过草地时红军损失是非常大的，三十军的人数绝对超过 7 000 人。也正是在这样的考证面前，我们得出左纵队是整个红二、四方面军北上主力的观点。

红军经过青海班玛的时间有多长呢？

以往的研究文章在红军长征经过青海的时间问题上，观点是比较一致的，均认为是在 1936 年 7 月。但由于论述的红军部队不同，所说的具体时间前后有一些不一致。《青海社会科学》1986 年第 6 期发表的《红二方面军长征经过青海再探》一文明确说，“红二方面军六军及三十二军自 7 月 10 日进入青海后，时经 13 天之后于 7 月 23 日走出青海”，而“总部及二军则是在 26 日和 27 日”走出青海。在红军经过青海省班玛地区的时间上，青海省委党史研究室的同志们写的《红二、四方面军长征左纵队全部经过了青海班玛地区》是这样说的：“左纵队（红二、四方面军从甘孜北上是以左、中、右三个纵队行进的）经过青海省班玛县的时间是：1936 年 7 月 2 日李先念率领的先遣军进入唐摇沟起，到贺龙率领的二军 7 月 26 日到达阿坝与六军和三十二军会师，左纵队大部队在青海省班玛地区活动时间大致有 20 天至 22 天。”①仅仅就红二方面军而言，第一种说法没有错，六军 1936 年 7 月 10 日进入青海班玛的唐摇沟，贺龙率领的二军和红二方面军总部是 7 月 26 日和 27 日走出青海班玛到达四川阿坝的。但一定要说清楚，这期间六军和二军均有两天左右的时间不在青海班玛，而是在四川西倾寺等地，如六军 7 月 12 日和 13 日就在四川西倾寺等地。就红军总体在青海的时间，第二种说法是比较客观的，但此文在总数的计算上有点失误，7 月 2 日到 7 月 26 日总数应为 25 天，而不是 20 天至 22 天。按理这样简单的加减法是不会错的，那么，为什么会出错呢？我们考虑作者减去了从青海班玛唐摇沟到四川西倾寺等地的几天，这样总数就为 22 天左右。实际上，这种减法是不对的，先后进入青海班玛的红军部队是分四批行军的，一支部队离开班玛时，另一支

①《西北史地》1992 年第 1 期。

部队还在班玛，如六军离开班玛时，李先念率领的先头部队和朱德等率领的红军总部部队还在青海班玛。

我们认为，左纵队经过青海省班玛地区的时间是：1936 年 7 月 3 日李先念率领的先遣军进入唐摇沟起，到贺龙率领的红二方面军总部以及二军 7 月 26 日和 27 日先后到达阿坝与六军和三十二军会师，这样，左纵队大部队在青海省班玛地区活动时间是 24 至 25 天。

红军为什么目的来到了青海班玛呢？

对红军长征为什么要走青海或者说红军长征经过青海的目的研究，学术界有三种观点。一是较早产生的研究成果中认为，红军是为了掩护主力北上而进入青海，如格桑本、朱永馨写的《中国工农红军长征经过青海的情况》中就说，“红军在班玛县活动了半个月，完成了掩护主力部队北上的任务，和藏族群众告别，向甘南方向追赶部队”。再如 1959 年版《青海历史纪要》一书说，“在青海的红军左翼完成了掩护主力北上的任务……退出果洛地区”。二是认为红军进入青海班玛主要是为了筹粮，如张嘉选发表的《红二方面军属部长征经过青海初探》(发表于《西北史地》1984 年第 3 期)、《红二方面军长征经过青海再探》(发表于《青海社会科学》1986 年第 6 期)认为：“讨论红军长征经过青海的目的应该从宏观和微观两个方面去理解。从宏观上讲，红军长征不管经过哪里，目的只有一个，即北上抗日；从微观上讲，红军本着北上这一宏观目标，时刻注意保存实力，积蓄力量。一个没有根据地、长期游动作战、长途跋涉的部队离开筹粮便难以生存，因此，筹粮是红军长征中较为重要的环节。”三是认为红军长征经过青海的目的是双重的：一是筹粮，二是防御。如张世华、索南发表在《青海党史通讯》1990 年 1、2 期上的《红二、四方面军长征左纵队全部经过了青海班玛地区》一文就认为：“左纵队北上取道青海南部班玛地区主要是边行军边筹粮，解决给养困难，同时也是为防止青海马步芳部队的袭扰，以便顺利前进。”

我们认为第一种观点显然是在没有多少调查研究基础上提出的，没有任何依据。一是这种观点没有搞清楚来到青海班玛是红军的哪些部队，这些部队在北上部队中的地位。从我们前述的内容不难发现，进入青海班玛的红军不是策应部队，也不是一支属部，而是红军总部、红四方面军的一些主力部队（如红三十军）、红二方面军的全部。同时，北上红军的行动中枢即红军总部也在左纵队。二是从左纵队占北上红军的人数看，左纵队是主力，而不是策应部队，也不是一支属部，因为红二、四方面军北上时总兵力为 45 000 人左右，其中红四方面军 30 000 多人，红二方面军 14 300 人左右。这些部队中左纵队人数占了五分之三以上。因此，左纵队才是红二、四方面军北上的主力。

第二、三种观点我们认为有一定道理，但将北上红军进入青海班玛说成单纯的筹粮有点偏颇。实际上红军左纵队取道青海班玛仅仅是为了北上。我们知道红军总部给左纵队先头部队的任务就是探路。先头部队在行进中发现总部最初的北上之路不好走时，才改道进入青海班玛，道理就这样简单。

红军长征经过青海的路线是怎样的？

关于红军长征在青海的路线，以往的研究者们认为红军在“青海班玛的行进路线的轮廓是：1936 年 7 月初，二方面军从甘孜出发后，经西康（今四川）之色达，北行走至青海班玛县之唐摇沟（按：译音，又作唐牙沟），然后越过多柯河折兵东进至今四川壤塘县多柯乡之西倾寺（又作西穷寺、西青寺）、鱼托寺，继而向西北方向挺进复入青海班玛县，途经今灯塔乡、班前乡、亚尔塘乡、江日堂乡，进纳木达村，过佐木沟（又作作木沟），最后沿克柯曲东进走出青海，向四川阿坝挺进”。这里所依据的资料是张子意同志的《长征日记》。研究者认为这本日记将红二方面军长征中经过青海的时间、地点记载得清清楚楚。但是，我们的研究发现，考证红军长征经过青海路线，除了研究者实地调查获得第一手资料外，主要依据的是现已发现的文献资料。主要有这样几种：① 电报。主要是中革军委给红二、四方面军及红军总部的电报，红二、四方面军及红军总部给中革军委的电报，红军总部给二、四方面军的指示电报，红二、四方面军给红军总部的电报。当然还有我们的对手马步芳给蒋介石的电报。② 日记。老红军的长征日记，现在知道的有张子意的日记，王恩茂[①]的日记，左齐的日记，关向应的日记，还有六军军长陈伯钧的日记等。③ 红军指战员的回忆。他们的回忆可能不针对长征路线，但从字里行间我们能找到关于行军路线的资料。④ 青海当地的调研资料。这

① 时任红二方面军政治部总务处处长。

也是第一手资料，不能丢掉。⑤ 在青海旧政权中任过职的民主人士的回忆也是重要的史料。

从这些史料中，我们比较清楚地知道了红军长征在青海的路线。当然，各部队的行军路线不完全相同。

李先念率领的左纵队先头部队的行军路线为：西倾寺（四川）→鱼托寺（四川）→唐摇沟（青海）→绒玉（青海）→王柔（青海）→丁果（青海）→亚尔堂（青海）→作木沟（青海）→阿坝（四川）。

朱德、张国焘、任弼时率领的红军总部及其部队的行军路线为：西倾寺→鱼托寺→绒玉→王柔→丁果→亚尔堂→作木沟→阿坝。

六军及三十二军的行军路线为：唐摇沟→西倾寺→鱼托寺→绒玉→王柔→丁果→亚尔堂→作木沟→阿坝。

红二方面军总部及二军和六军的行军路线相同。行军路线为：唐摇沟→西倾寺→鱼托寺→绒玉→王柔→丁果→亚尔堂→作木沟→阿坝。二军的行军路线我们没能找到更多的资料，但二军随六军行进是有依据的。时任红二方面军政治部主任的甘泗淇说，“十余天只见先头部队的足迹蹄痕，见不到一个人影，向导也没有。总是跟到先头部队宿营地宿营”。

红军是否到过青海果洛的久治县呢？

我们的观点是大部队肯定没有到过久治县，但部分红军骑兵到过久治县，不然，红军和青海“马家军”多次交锋就无从谈起。提出这一观点的原因有二：

一是在青海旧政权任过职的民主人士的回忆中明确提到了这一点。曾任马步芳时期青海日报社社长的陈秉渊对此进行了详细论述，他说：“红军进军果洛，克复白玉寺。一九三六年七月中旬，红军主力由川北经向东南方前进。二十一日，红军前锋抵达川青边境的岔科尊苟、岔科朝欠、和日则干（岔科尊苟距麦仓约五马站，岔科朝欠距麦仓的七马站，和日则干距麦仓约三马站，当时牧区以马站计算里数，大体上以八十华里左右为一马站）一带。二十二日，红军支队轻骑五千余人，插入青海果洛的康干[①]；二十三日，红军支队继续推进，直入果洛内部，毁灭了马步芳一心指望红军不进入青南的迷梦。喇平福团急由同德拉加寺渡黄

① 今青海果洛藏族自治州久治县。

河驰往果洛，经官仓、拉路，再渡黄河，到达荷台寺[①]一带。以白玉寺[②]为果洛重镇和当地牧民信仰的中心，自率团直属骑兵连驻守。二十六日红军骑兵五百余人，克复牙尔塘。牙尔塘距白玉寺仅六十多里，喇平福派出一个排前往截堵，立被红军击溃，红军长驱直入，于三十日进抵白玉寺，喇平福的一个排又被歼灭，喇本人急率残部后退，红军克复了白玉寺，先头部队继续追击，直捣阿什姜河[③]南岸，喇平福纠集残部逃至阿什姜，胁迫附近民团四百余骑，隔河防守，并令当地牧民向大武麦仓[④]地区移动。八月八日，红军由阿什姜河南岸回师，展开抗日宣传工作，博得了群众的拥护。迄今白玉寺迤东大山岩石上，犹留有'响应北上抗日反将'的标语字迹。二十五日，进入果洛的红军，由白玉寺经康干撤返麦仓，与主力军会合，转向万音阿哇前进，喇平福侦悉后，始于二十六日潜至白玉寺。惟恐红军复来进攻，遂在牙尔塘设卡瞭望，观察风色，本部人马，未敢远离白玉寺。及至月底进入川北、青南的全部红军，向甘南大进军。红军在麦仓前进中，又将反扑的杨俊扎细和唐隆古哇的民团击溃。原在西康北部德格一带的红军，早已与川甘集结的大部队会师，青南已无战斗。马步芳深恐红军由果洛深入青海腹地的隐忧，至此才松出了一口气，但他对幕僚们说：'红军在我省游牧区不能立足，是我早预定的。'青海南部地区的战斗，自一九三六年七月下旬起，至同年八月下旬止，历时仅一月余，至此结束。"[⑤]田生兰也在《青海南部和甘肃河西反共战役杂忆》中说："七月间，红军进入阿木曲呼、桑河一带，马步芳令川北麦仓司令杨俊扎西[⑥]率部阻击，刚一接触即被红军击败，杨俊扎西乃向马步芳部队请援。进入果洛境内的红军越查科宗苟、查科朝谦[⑦]各地，占领白玉寺（即白衣寺），击溃了喇平福团的骑兵一个排。马步芳以战事吃紧，派韩进禄带骑兵数十名前赴麦仓，和杨俊扎西进行联络，鼓励麦仓民团继续反抗红军。并派马彪所率部队，由阿木曲呼一带前进，绕道南山，乘机偷袭，占据了麦仓附近的一些地方，残杀了红军的伤病

---

① 荷台寺在吉农山的北麓，今属青海果洛藏族自治州久治县。
② 白玉寺一写作白衣寺。
③ 阿什姜河在青海果洛藏族自治州久治县境内，汇入黄河。
④ 今青海果洛藏族自治州甘德县。
⑤ 陈秉渊：《马步芳阻击北上抗日红军的始末》，载《青海文史资料》第15-16页。
⑥ 一作杨俊扎细。
⑦ 在今果洛藏族自治州久治县境内。

员一千多人。青海南部各民团，也在万音根查地方截杀了红军战士多名……”[①]

尽管这些回忆是在事发一二十年后，有些时间上不一定准确，但红军到过久治县境内是不会错的。

二是青海一些研究者也提到了红军到过久治县的观点，如 1959 年出版的《青海历史纪要》说，“7 月下旬，红军左翼约 5 000 余人”进入青海省久治县境内。同样的说法还在《青海文史资料》第 14 辑发表的孙明轩的文章中两次提到。文章说：“7 月初，中国工农红军二方面军第六军团将近万人，经过了青海省果洛州班玛、久治县一带。”“红军长征经过青海果洛班玛、久治一带虽前后只 13 天，但其影响却是很大的。”

但也有学者否定红军到过久治县，如张嘉选发表在《青海社会科学》1986 年第 6 期上的题目为《红二方面军长征经过青海再探》一文。他在论证红二方面军经过青海的行进路线问题时断然否定了红二方面军长征经过了久治的说法，提出：“红军长征经过青海的路线没有超出班玛县范围。”

我们认为红军的一部分确实到过久治县的白玉寺，不然红军与马家军的几次交锋就无法说明了。那么，到底是红军的哪支部队到了久治县呢？

发表于《青海党史通讯》1986 年第 3 期上，署名中共青海省委党史资料征集委员会、中共果洛州委的题目为《中国工农红军二方面军长征经过青海果洛地区》的文章，认为是红二方面军的二军到过久治。文章说，红二方面军两个梯队“大致行进在同一条线上，只是到班玛县哑公寺（今江日堂）一带时，方面军（按：这里应为方面军总部）及二军向北伸延百里至久治白衣寺、日庆一带，之后两个梯队又汇于一条路线上向阿坝前进”。由于红二军在青海的记载太少，我们没有办法确定上述说法的可靠性。

我们认为，从众多红军将领的日记中我们没有见到红军到过久治县的记载，所以红军大部队肯定没有到过久治县境内。但是，我们见到的日记都是六军将领的日记，我们没有见到过李先念率领的先头部队将领写的日记，更没有见到过先头部队中骑兵师指战员写的日记或者回忆录，

① 田生兰：《青海南部和甘肃河西反共战役杂忆》，载《青海文史资料》第 32 页。

而和马家军作战的很可能是红军骑兵师或是贺龙率领的红二军。所以，我们不能简单否定红军到过久治县。

这里说先头部队的骑兵师到过久治县的依据为：① 曾在青海旧政权中任职人员的回忆中提到的和马家军部队作战的是红军骑兵，其中说："七月二十二日，红军支队轻骑五千余人，插入青海果洛的康干，二十三日，红军支队继续推进，直入果洛内部……"[①]我们知道，经过青海的红军各部队中有骑兵的只有骑兵师，所以，和"马家军"作战的很有可能是李先念率领的先头部队的骑兵师。② 1936年7月21日，张国焘、任弼时关于敌情及红四方面军行动情况致贺龙、萧克、关向应的电报中说："左纵先头八八师由朱、陈亲率，今日可抵箭岁塘[②]，骑师向葛曲河取左侧迂回路，沿途搜筹牛羊，宏坤率四军一部，先念率八九师一部，廿二三号[次]第由上阿[坝]向葛曲河开动……"这里明确说了骑师向葛曲河取左侧行进，左侧就是青海境内的久治。而且在时间上和陈秉渊的回忆完全一致。

《班玛藏区的红色记忆——红军长征途径青海班玛的故事》是继《红军长征在班玛》一书之后完成的一部较为通俗的读物，在此书中，我们从众多的史料中辑录了有关红军来到班玛后发生的一些故事，有些故事虽然不完全发生在班玛，但和班玛有着种种联系，我们也将其编入其中了。编写这些故事的目的非常明确，就是传播红军长征的历史、传播红军长征的精神。

① 陈秉渊：《马步芳阻击北上抗日红军的始末》，载《青海文史资料》第16页。
② 应为箭步塘，今名甲本塘，属四川阿坝境内。

目录

第一部分　长征来到班玛的红军部队的故事 …………………………1

红军总部在班玛的故事……………………………………1

红军总部发展演变的故事……………………………1

坐镇班玛指挥大军北上的故事………………………4

克服分裂，走向团结的故事…………………………5

红四方面军三十军在班玛的故事 ……………………………6

三十军发展演变的故事 ………………………………6

三十军在班玛的故事 …………………………………8

红四方面军四军十师、十一师在班玛的故事………………10

四军发展演变的故事 …………………………………10

四军十师、十一师在班玛的故事 ……………………12

红四方面军骑兵师在班玛的故事 ……………………………13

骑兵师发展演变的故事 ………………………………13

骑兵师在班玛筹粮的故事……………………………14

骑兵师痛击喇平福部的故事…………………………14

红二方面军六军在班玛的故事………………………………16

六军发展演变的故事 …………………………………16

六军在班玛的故事 ……………………………………18

红二方面军三十二军在班玛的故事 …………………………19

三十二军发展演变的故事……………………………19

三十二军在班玛的故事 ………………………………22

红二方面军总部及二军在班玛的故事 ………………………22

二军发展演变的故事 …………………………………22

红二军在班玛的故事 …………………………………24

第二部分　红军将帅长征在班玛的故事 …………………………… 28
坐镇班玛指挥红军北上的朱德的故事 …………………… 28
把南下红军重新引向北上道路的朱德 ………………… 29
时刻不忘红二方面军的朱德 …………………………… 30
率领红军北上的朱德 …………………………………… 31
朱德在班玛发明牛骨头炖野菜的故事 ………………… 32
把红军伤病员生命放在第一位的故事 ………………… 34
长征路上话未来的故事 ………………………………… 34
跟随红军总部北上来到班玛的任弼时的故事 …………… 36
跟随红军总部长征来到班玛的任弼时 ………………… 38
长征中坚持红军铁的纪律的任弼时 …………………… 39
将工作重心放在维护红军团结统一上的任弼时 ……… 39
一心想着红军指战员的任弼时 ………………………… 40
始终关注民族宗教政策的任弼时 ……………………… 41
任弼时的半条皮带的故事 ……………………………… 42
陈昌浩随三十二军长征来到班玛的故事 ………………… 43
两次率兵进入青海的北上先锋李先念的故事 …………… 44
李先念率部来班玛的故事 ……………………………… 45
李先念率部来青海祁连的故事 ………………………… 46
红二方面军副政委关向应在班玛的故事 ………………… 47
关向应善待喇嘛完成筹粮任务的故事 ………………… 48
指挥红六军和红三十二军北上的故事 ………………… 49
指挥红六军和红三十二军筹粮的故事 ………………… 50
关向应无微不至地关怀指战员的故事 ………………… 50
来到班玛的红军总参谋长刘伯承的故事 ………………… 51
长征路上办红军大学的故事 …………………………… 52
教红二方面军打骑兵的故事 …………………………… 53
“太阳万岁”背后的故事 ……………………………… 54
在班玛留下素描的故事 ………………………………… 55

杀战马救战友的红二方面军总指挥贺龙的故事……56
视藏族同胞为亲人的贺龙……56
杀马救战友的故事……58
贺龙在班玛的特殊食物……59
开国上将萧克在班玛的故事……60
一生以参谋长为职业的开国上将李达在班玛的故事……63
被称为“菩萨”将军的故事……64
在班玛为部队筹粮的开国上将王震的故事……65
参加过红军三个方面军长征的开国上将彭绍辉的故事……67
张国焘打压彭绍辉的故事……68
长征路上给学员们讲授警戒敌人骑兵的故事……69
在班玛留下肖像的开国上将傅钟的故事……71
班玛路上竟夜谈心的故事……72
在班玛留下宝贵肖像的傅钟的故事……76
爱民如子的开国上将甘泗淇在班玛的故事……76
为一把炒面撤了连指导员的故事……77
“找不到主人也要付钱”的故事……78
冒险尝野菜的故事……78
和藏族头人交朋友的开国上将洪学智的故事……79
率骑兵师打头阵的开国上将许世友在班玛的故事……82
出任骑兵师师长的故事……83
许世友率部在班玛筹粮和作战的故事……84
开国上将王宏坤在班玛的故事……84
良师的教导，一生的受益……85
军长帮助小红军度过难关的故事……86
在三个方面军均任过军长的开国上将陈伯钧的故事……87
独臂开国上将贺炳炎在班玛尝百草的故事……88
随红军大学高级班来到班玛的开国上将陈再道的故事……90

两次率兵进入青海的红三十军军长程世才的故事……………91
程世才长征来到班玛的故事……………91
程世才率领西路军征战来青海的故事……………92
和藏族群众交朋友的三十二军军长罗炳辉的故事……………93
和藏族群众交朋友的故事……………93
罗炳辉在班玛的故事……………95
来到班玛的藏族红军扎喜旺徐的故事……………95
扎喜旺徐参加革命的故事……………96
扎喜旺徐随二方面军长征来到班玛的故事……………98
从不自由到半自由的军中画家廖承志在班玛的故事……………99
张子意将军的日记让我们清晰了解了红军在青海班玛的行军过程……………101
王恩茂将军在班玛筹粮的故事……………103
刘瑞龙在藏区搞宣传的故事……………104
利用一切机会学习藏语、藏文的故事……………105
写作《藏区十要十不要》的故事……………106
从开国少将左齐日记中，我们了解了红军在班玛的艰苦行军……………106
红三十二军政委袁任远与青海的故事……………108
少数民族将军廖汉生与青海的故事……………109
一小块烧牛皮的故事……………110
带头尝野菜的故事……………110
解放青海的故事……………111
拖着残臂长征来到班玛的余秋里的故事……………112
葛曲河兵站站长杨以山的故事……………113
开国少将贾若瑜在长征路上收容掉队红军的故事……………116
康克清在班玛的故事……………120

李伯钊在班玛的故事 ……121
李贞在长征路上照顾红军伤病员的故事 ……122
马忆湘在班玛的故事 ……124

第三部分　红军与藏族同胞一家亲的故事 ……126
红军在班玛执行三大纪律、八项注意的故事……126
没见过这样好的军队 ……130
宣传红军纪律，不拿民众一针一线的故事……131
豌豆地边吃野菜的故事 ……132
损坏东西要赔偿的部队 ……133
红军在班玛贯彻党和红军民族政策的故事……134
各方面军提出了相对一致的民族政策的故事……134
红军在班玛遵守民族政策的故事 ……137
红军在班玛贯彻党和红军宗教政策的故事……138
各方面军提出了相对一致的宗教政策的故事……139
红军在班玛体现宗教政策的故事 ……141
红军在班玛书写北上抗日标语的故事 ……142
战斗剧社在班玛宣传演出的故事 ……143
红军和班玛民众相互帮助，相互学习的故事……146
红军领导慰问班玛贫苦农牧民的故事 ……146
红军和藏族同胞互教互学的故事 ……147
红军给班玛人民送锅的故事……148
红军给索多家送铜锅的故事……149
藏族人民教因伤留在班玛的红军战士铁匠手艺的故事 ……150
班玛民众为红军筹措军粮的故事 ……151
部落头人亚当旦洛资助红军的故事 ……152
班玛民众为红军提供住宿的故事 ……153
班玛僧众为红军提供住宿的故事 ……154
吉德寺为红军提供住宿的故事 ……154

吾扎寺为红军提供住宿的故事……155
班前寺为红军提供住宿的故事……156
白扎寺为红军提供住宿的故事……156
阿什姜寺为红军提供住宿的故事……156
班玛人民为红军当向导的故事……157
班玛人民救护红军伤病员的故事……158
班玛藏族同胞掩埋红军遗骸的故事……159

第四部分　班玛人民怀念红军的故事……161
班玛人民用歌谣诗句怀念红军的故事……161
班玛保护、珍藏红军遗迹、遗物的故事……163
红军沟的故事……163
朱德会议室的故事……165
红军泉的故事……167
红军路故事……168
红军哨所的故事……168
红军桥的故事……169
红军墓的故事……170

继承红军长征精神　打造“三色班玛”……172

后　记……174

第一部分　长征来到班玛的红军部队的故事

我们在中国人民抗日战争胜利 70 周年阅兵式时看到了来自抗战时期中国共产党领导的各部队的参阅部队，这中间有来自八路军各师发展而来的部队，有新四军发展而来的部队，也有华南游击队发展而来的部队。八路军前身就是红军长征到陕北的部队，而其中有相当多的红军部队来到了青海班玛。每支部队都有自己的历史，而这些历史中也有自己部队发展的故事。今天，我们将来到班玛的红军以军师为单位，讲述一下它们的历史，讲讲它们在青海班玛的故事。实际上，来到班玛的红军部队就其历史而言，三个方面军的部队都有。这些部队有：红军总部，红二方面军的二军、六军、三十二军，红四方面军的四军、三十军。其中红三十二军和红六军是原属于红一方面军的部队。

红军总部在班玛的故事

红军总部发展演变的故事

红军总部最初是由红一方面军发展而来的，红一方面军是中国工农红军三大主力之一，其前身主要是参加南昌起义、平江起义的国民革命军和湘赣边界秋收起义的农民军。1930 年 6 月，根据中共中央指示，以红四军为核心的红一军团在闽西汀州成立，以红五军为主的红三军团在鄂东南成立。两军团成立后即分别以南昌和长沙为目标实施战略进攻，并于 8 月 23 日在浏阳胜利会师，组成中国工农红军第一方面军。总前委书记毛泽东，总司令朱德，总政委毛泽东，总政治部主任杨岳彬，参谋长朱云卿，全军共计 3 万多人。1931 年 11 月，方面军总部撤销，其所属各部归中央革命军事委员会指挥，统称中央红军。1932 年 6 月，中央红军复称红一方面军，同年底进行整编，方面军辖红一、三、五军团，共有兵力 7 万人。1933 年 5 月，中国工农红军总部成立，并兼红一方面军总部。1934 年 1 月，红军总部合并于中革军委。1934 年 7 月，总司令部又随中革军委迁到云石山梅坑村，直到长征出发。长征开始后，红军总部一直随中革军委行动，总司令依然由朱德担任，总政委由周恩来担任，总参谋长是刘伯承。

红军总部是随中革军委行动和长征的，但为什么它又来到了班玛呢？这不能不从红军一、四方面军会师说起。一、四方面军会师后红军总部的情况发生了重大变化。

1935 年 6 月 12 日红一方面军先头部队翻过宝兴县西北的雪山夹金山，到达懋功（今小金）的达维，和红四方面军先头部队李先念部会师。6 月 17 日周恩来和毛泽东、朱德等翻越雪山，到达达维镇，红一方面军与红四方面军会师。此时的张国焘率领红四方面军，总兵力有 8 万人之众，而毛泽东率领的红一方面军仅有 1 万余人。红四方面军的装备也要比一方面军好得多。红四方面军士兵的身体健康，武器装备齐全。而红一方面军战士由于长时间的作战和长途跋涉，身体状况极差，武器弹药等装备也已所剩无几。张国焘了解到红一方面军的情况之后，对中共中央的态度立即变得强硬，开始向中央要权。中共中央为顾全大局，团结张国焘北上，6 月 29 日中共中央常委会议决定张国焘为中革军委副主席，徐向前、陈昌浩为军委委员。但张国焘对此并不满意，他本人及一些受他的指使的人再三提出改组军委和红军总司令部（红军总部）。

7 月 18 日在芦花召开中共中央政治局常委会议，为顾全大局，团结张国焘北上，周恩来辞去红军总政治委员职务。会议决定由张国焘任总政治委员并为中革军委的总负责者，陈昌浩任中革军委常委；徐向前任前敌司令部司令，陈昌浩任政委。重新成立红军总司令部，由朱德任总司令，张国焘任总政治委员，刘伯承任总参谋长，在红军总司令部人员组成上红四方面军的占有比例较大。

毛尔盖会议后，红军分成左右两路。左路军由张国焘、朱德总司令、刘伯承总参谋长率领，辖九军、三十一军（王树声部）、三十三军及一方面军的五军团（董振堂部）和九军团（后改为三十二军，罗炳辉部），总司令部随左路军行动。1935 年 9 月 1 日张国焘下令左路军东进，三天后，张国焘发电说嘎曲河水上涨无法渡河，命令部队返回阿坝，并率部南下。

张国焘闹分裂之后，1935 年 9 月 10 日中共中央率红一方面军主力先行北上，中革军委主要领导人也一分为二，主席朱德、副主席张国焘南下，副主席周恩来、王稼祥北上。红军总部和党中央也随之分离，红军总部被张国焘裹胁随红四方面军南下。10 月 5 日，张国焘另立“中央”，并组织“军事委员会”，自任主席。随后，红军总部成为张国焘搞阴谋的舞台，总司令朱德被架空，刘伯承的总参谋长被撤掉，改任红军大学校长。早在 1935 年 8 月，党中央将军委纵队负责同红二、六军团联系的电台划归左路军使用，由于张国焘控制着红军总部，所以张国焘便以红军总部的名义命令红二、六军团到甘孜地区与红四方面军会合。红二、六军团根据红军总部的命令开始北上四川甘孜，7 月 2 日，红二、六军团与红四方面军在甘孜会合。红二、六军团随即组建成第二方面军。

在这之前，南下期间损兵折将的张国焘在多重压力下被迫取消了其“第二中央”，红二方面军的到来，对张国焘的分裂行为也进行了斗争。作为总司令的朱德得到了红二方面军的支持，开始有了话语权。在这种情况下，张国焘被迫同意北上。根据红军总部和红四方面军总部的部署，红四方面军组成左、中、右三个纵队北上，红二方面军跟随红四方面军左纵队北上。以朱德、张国焘、任弼时率领的左纵队是整个红二、四方面军北上的中枢部队，而红军总部所在部队是左纵队中的中枢部队，它由三十军八十八师，四军军部及第十师、十一师组成。红军总部首站就来到了青海省班玛县境内。红军总部是 1936 年 7 月 9 日进入班玛县境内的，7 月 10 日朱德、张国焘、任弼时等抵达绒玉，就是今天的班玛县城，也就是说中国工农红军首脑机关进入了青海省东南部地区。

红军总部来到班玛的时间是 1936 年 7 月 9 日，于 7 月 17 日离开班玛到了四川的阿坝。红军总部在此期间的行进路线是：西倾寺→鱼托寺→绒玉→王柔→丁果→亚尔堂→作木沟→阿坝。

红军总部是迄今为止来到青海的人民军队的最高首脑机关，虽然红军总部在班玛只有短短的几天时间，但这段时间中红军总部却做了大量的工作，也留下了一些故事。

坐镇班玛指挥大军北上的故事

红二、四方面军此次北上，有近 5 万人，其中红四方面军 3 万多人，红二方面军也有 1.5 万人。而且，红四方面军是分左、中、右三路北上的，红二方面军是随红四方面军左纵队北上的。左、中、右三个纵队相距较远，红二方面军又分为两个集团前进，部队相当分散。所以红军总部肩负着一个重要的使命，就是组织、协调左、中、右三个纵队以及红二方面军两个行动集团的北上行动。实际上，红军总部很好地完成了这一使命。我们今天可以从大量的电报中得出这一结论。如，1936 年 7 月 1 日朱德总司令给红四方面军总指挥徐向前发电，命令中纵队北进，电报说："先念二日可到西倾寺，再向阿坝前进。昌浩三日由东谷率十师二六三团向西倾寺进，来让倘与兄会合。我们率卅二军四日继进，二、六军于五号至八号跟进。中纵四军可在让倘集结跟九军进。"再如，1936 年 7 月 2 日红军总部给四军军长王宏坤、三十二军军长罗炳辉及陈昌浩的电报中指示红四军及三十二军的行动，电报说："决令三十二军明随浩出发。四军四日随总部出发。三十二军留日庆，候六军接替四军直开让倘归还建制。"还如，1936 年 7 月 8 日红军总部给徐向前、陈昌浩、李先念发出电报，指示左、中、右下一步行动：先念、世才率卅军、骑师迅由王楼出阿坝，主要任务为筹粮。树率九三师经让倘到阿坝与先念会合。此后，树声、先念为左纵司令员、政委，率队经葛曲河、班佑之线进占包座为目的，多带皮船顺利渡过阿坝河、葛曲、牙磨等河。徐、陈兼中纵司令员、政委，辖四军、九军及二七七团，经查理寺、毛儿盖之线到松潘附近并相机占领松潘。董、黄为左[右]纵队司令员、政委，辖五军、九一师。其先头团应于十号出发，主力约在十三号由绥出动，俟到达目的地后即连合中纵相机取松潘，消灭松潘的敌人，以便迅转甘南。这些电报充分说明了红军总部是红二、四方面军北上的行动中枢。1936 年 7 月 13 日朱德、张国焘在班玛给徐向前发电报，对红军今后的行动再次指示：先念率八十九、骑兵两师昨到作木沟，明（十四）日可到达阿坝。六军今到绒玉已无粮。二军明（十四）日由东谷出发，每人带有十天干粮。中纵宜速行动，迟则粮愈少。总卫生部应速进，不宜多置掩护部队。左纵以一部出阿坝西北或由齐哈马过河打牛厂，实有必要。如阿坝有粮，中纵一部当可出阿坝；但你们目前应用一切方法使中纵速吃野菜，能有十五天粮以到达巴西、阿西为目的。

从这些电报中我们可以清楚了解红军总部在班玛期间是如何指挥左、中、右三路红军顺利北上的。

克服分裂，走向团结的故事

来到班玛的红军总部内部也不是平静的，也在进行着斗争，即总司令朱德、红二方面军政委任弼时和总政委张国焘之间的斗争。张国焘虽然在和毛泽东、党中央北上与南下的斗争中败下阵了，虽然在红二方面军和红四方面军会师后想拉红二方面军为其成员的阴谋失败了，不得不北上，但依然在北上途中借着和任弼时同处的时机，再次想拉拢任弼时以及二方面军人员。然而，任弼时已经和很多四方面军的指战员进行过交流，也和总司令朱德进行过交流，所以对张国焘的阴谋有了较为深刻的认识。为此，他在班玛向中央发出了克服分裂、走向团结的著名电报。电报这样说：我到甘孜后得知道：（一）一、四方面军会合后党内的争论问题；（二）现在陕北和川康边同志对目前形势估计和党的策略路线已经一致。为着不放松目前全国极有利局面，使我党担负起当前艰巨的历史任务，我深切感觉到党内团结一致，建立绝对统一集中的最高领导是万分迫切需要。我已取得特立、玉阶（张国焘、朱德）两同志之同意，特向六[兄]（指林育英、张闻天、周恩来、毛泽东、王稼祥、邓发 6 人）等有以下建议：在一、二、四方面军靠拢时，召集一次中央扩大会议，至少是中央政治局扩大会议，除中央或政治局委员外，一、二、四方面军主要干部参加，并要求国际派负责代表出席这会议。

从电报中可以看出，在任弼时、朱德总司令的斗争下，张国焘被迫答应了召开党的高级干部会议解决党内问题的主张。可以这样说，这次发生在青海班玛的斗争中，由于任弼时等人坚持了原则，张国焘的阴谋没能得逞。

红四方面军三十军在班玛的故事

三十军发展演变的故事

1933 年 7 月，红四方面军在川陕地区进行整编，以原红十一师为基础，加上苍溪、长池独立团等部队扩编组成了红三十军。军长余天云，政治委员李先念，参谋长文建武，政治部主任张成台（后李天焕）。下辖第八十八师，师长熊厚发（后汪烈山代），政治委员郑维山（后王建安代），政治部主任王加申；八十九师，师长徐世奎（后柴洪儒代），政治委员杜义德，政治部主任裴寿月；九十师，师长邹洪盛，政治委员程世才，政治部主任李述方。军部有司令部、政治部、经理处、军医院和一个包括炮兵、侦察、通信、警卫等分队的特务营。

1932 年 7 月开始，国民党军队以 30 万人的兵力，对鄂豫皖革命根据地发起“围剿”。10 月 12 日，红四方面军主力离开鄂豫皖革命根据地，军部和主力红十师、红十一师、红十二师和红七十三师转战陕西南部，12 月转移到位于四川、陕西边界的通江县，在四川省通江县建立了川陕革命根据地总指挥部。1934 年 9 月，反六路“围攻”进入最后阶段，红四方面军总指挥徐向前命令三十军以主力火速抢占黄木垭，切断敌人孙震所部向苍溪的退路，并歼灭全部敌人。9 月 11 日，熊厚发率八十八师到达黄木垭地区，占据有利地形，多次打退敌人的冲击。后来，子弹打光了，战士们先是用石头向敌人砸去，后与敌人肉搏。在冲杀中，师长熊厚发衣服撕成布条，战刀戳弯，身上溅满鲜血。经过一天一夜血战，孙南甫的两个旅全部被歼，毙伤敌官兵 4 000 余人，缴获枪支弹药一批。战斗结束后，八十八师的二六三团和二六五团被上级分别授予“钢军”和“夜老虎”奖旗。

1935 年 3 月，为了配合中央红军的长征，红四方面军决定西渡嘉陵江向川甘地区发展，这个任务又落到三十军八十八师的肩上。3 月 28 日二六三团乘坐木船、竹筏，急驶敌岸。快靠岸时，被敌发觉，我军以猛烈炮火掩护部队登岸。先遣队迅速插入敌阵，歼守敌一个营，控制了制高点。完成渡江任务后，八十八师向东北疾进，协同三十一军进攻剑门关。4 月 2 日拂晓，八十八师进抵剑门关下。中午战斗开始，三十一军在东，八十八师在西，两面夹击敌人。经过激烈争夺，我军先将关口两侧敌军险要阵地和关口北端主峰攻占。随即插入敌人纵深，激战半日，守敌三个团全被歼灭，一举占领了敌人所谓“插翅难飞”的剑门关。

1935 年 5 月，红三十军根据张国焘的命令，放弃根据地开始长征。6 月，红四方面军三十军与红一方面军会师于四川懋功。6 月 16 日，毛泽东等中央领导同志在一座法式建筑风格的天主教堂内，会见了在那里迎接他的红三十军政委李先念。毛泽东伸出他那有力的大手紧紧握住李先念的手，上下打量，连声说道：“名不虚传，果真英雄少年!”李先念第一次见到毛泽东等中央领导，显得十分激动。会师后，红四方面军部队进行了整编，红三十军的领导也有所变动：军长程世才（代理）、政治委员李先念、参谋长李天佑（后黄鹄显代）、政治部主任李天焕，下辖第八十八师：师长熊厚发、政治委员郑维山；第八十九师：师长邵烈坤、政治委员曾广泰；第九十师：师长汪乃贵。8 月，红四方面军与红一方面军混编共同北上，红三十军随右路军北上。

不久，张国焘率左路军穿过松潘草地到达阿坝后，拒绝执行中央北上方针，擅自率领左路军重过草地，向南退却到天全、芦山、大小金川等地。10 月 5 日，张国焘另立“中央”，红三十军奉命再次南下。南下途中，部队损失严重，付出了重大代价，红军由南下时的 10 万之众锐减为 4 万余人。在党中央和共产国际的一再电令下，1936 年 3 月，南下部队陆续撤离天（全）芦（山）地区，向西康东北部转移。4 月上旬，攻占道孚，炉霍、甘孜等地后，部队进行了整编。红三十军也有所变动：军长程世才、政治委员李先念、参谋长黄鹄显、政治部主任李天焕，下辖第八十八师：师长熊厚发、政治委员郑维山、参谋长熊得成、政治部主任徐先，编有二六三团、二六五团、二六八团；第八十九师：师长邵烈坤、政治委员张文德、参谋长刘雄武、政治部主任裴寿月，编有二六四团、二六七团、二六九团。

1936 年 4 月，第八十八师政委郑维山率一个团西出绒坝岔藏区，执行迎接红二、六军团的任务，最先与任弼时、贺龙率领的红军实现会师。1936 年 6 月，红四方面军与长征到达甘孜地区的红二、六军团会师。7 月 2 日，根据党中央的指示，红二、六军团正式编成中国工农红军第二方面军。张国焘在党中央的耐心争取和二、四方面军广大指战员的强烈要求下，同意北上同中央会合。7月初，红二、四方面军编成左、中、右三路纵队北进。左路纵队由左纵队先头部队（三十军八十九师和骑兵师）、第四军第十师、第十一师，第三十军第八十八师和红二方面军等组成。

三十军在班玛的故事

红三十军是红军中最有战斗力的主力军之一，三十军是分两批进入青海班玛的：一是李先念率领的左纵队的三十军第八十九师和红军骑兵师以及红军总部五局组成的先头部队，为了探路及筹集粮食率先进入青海班玛县知钦乡唐摇沟境内。他们于1936年7月3日进入班玛境内，在完成上述两个任务后，于7月14日到达四川阿坝。他们在班玛境内的行军路线是：西倾寺（四川）→鱼托寺（四川）→唐摇沟（青海）→绒玉（青海）→王柔（青海）→丁果（青海）→亚尔堂（青海）→作木沟（青海）→阿坝（四川）。二是程世才率领的三十军军部和八十八师，他们随红军总部行动，所以在班玛时间、路线和红军总部完全一样。八十八师作为左纵队北上红军队伍中的重要力量，一直跟随总司令部行进在班玛的长征路上，为左纵队顺利北上做出了贡献。

这里我们主要讲讲李先念率领的先头部队在班玛的一些事。红军总部和红四方面军总部在二、四方面军会师前作出的北上部署中给左纵队先头部队的任务是：三十军、四军两个师、三十二军、二方面军及总直各部为左纵队，由甘孜、东谷经日庆、西倾寺、让倘北进，其先头须查报西倾寺或让倘到阿坝路状，再定前进路线。1936年6月26日，方面军命令李先念率红三十军八十九师、骑兵师和红军总部五局作为先遣军，经西倾寺先出阿坝，为后续部队筹集粮食、牛羊。

李先念率红三十军八十九师、骑兵师和红军总部五局作为先遣军，先于左纵队大部于6月27日从甘孜出发，为左纵队后续部队筹集粮食和探明道路。7月1日，先遣军在色达筹到一批牛羊后，从色达的日清沟出发，继续向西倾寺前进，2日到达西倾寺。7月3日李先念率领的先遣军进入唐摇沟。这样，由李先念率领的左纵队先遣部队为了探路及筹集粮食，率先进入今青海果洛藏族自治州班玛县知钦乡境内的唐摇沟。左纵队先遣部队之所以变更最初的行军路线进入青海，这是因为，从甘孜到阿坝，要经过漫长的、没有道路、渺无人烟、空气稀薄、气候无常的水草地。除此，途中得不到给养补充，部队到达四川与青海交界处的西倾寺时，完全断了粮，干部战士只能以野菜、草根充饥。于是，便决定改变行军计划，北入青海，边筹粮，边前进。其后的行军路线为绒玉、王柔、哑龙寺、作木沟、阿坝。12 日，先遣军在李先念的率领下抵达班玛县境内的作木沟，14 日离境去阿坝。骑兵师还曾由求吉玛进至甘肃境内的齐哈玛地区筹粮。这样，先头部队 7 月 3 日进入青海班玛，7 月 14 日离开，共计 12 天。

这一行军路线是根据红二方面军的行军路线而来的，由于目前能够收集到的比较可靠的左纵队过草地的红军长征日记都来自红二方面军的亲历者们（陈伯钧、张子意、王恩茂、左齐），虽然他们的行军序列在左纵队中后，但如他们所述，他们基本上是跟随先头部队行军路线跟进的。所以他们的日记也基本准确地反映了左纵队过草地的行军路线。

可以这样说，李先念率领的左纵队先头部队基本完成了方面军总部交给他们的任务。如前所述，方面军总部给他们的任务是，“先头须查报西倾寺或让倘到阿坝路状”，“为后续部队筹集粮食、牛、羊”。通过许多老红军的回忆和一些长征日记看，上述两个任务基本完成了。先头部队的核心任务是为左纵队寻找一条相对好走的北上之路。从老红军的回忆和一些长征日记中不难发现，红军左纵队北上中选择进入青海班玛地区是不得已而为之的行动，当时正值 7 月份，是下雨的季节，如果按原定的行军路线，天天下雨，草地十分难走，而进入青海班玛地区行军则相对好一些。但不可否认的是，北上进入青海班玛地区也有很大的困难，主要是：① 缺氧。青海班玛地区是高原，平均海拔在 4 093 米左右，虽然低于州内其他各县，但相对于四川藏区和国内其他地区，海拔则相当高。对于来自平原地区的广大红军指战员而言，缺氧是第一大困难，后来大量的红军指战员的牺牲就是来自高原缺氧。② 缺粮。进入青海班玛地区前,无论是红四方面军还是红二方面军均处于无粮且极度疲劳状态，红军是通过行军过程中边筹粮边行进的方式完成北上的，而进入班玛地区筹粮则遇上了很大的困难。班玛地区和四川藏区不同，不仅人口少，且多为牧业区，加上青海马家军阀的剥削，人民本来就不富裕，因此筹粮非常困难。所以因筹不到粮而牺牲的指战员也非常多。尽管如此，我们依然认为，先头部队还是寻找到了一条相对好走的路，而且这条路被红军总部认可了。红军总部指示左纵队其他部队北上就走这条路，如7月11日，红二方面军六军接到红军总部的来信，亦要红二方面军随红军总部之后，经绒玉、阿坝，不走让倘（今四川壤塘县），而这条路正是先头部队寻找的北上之路。

同时，就先头部队的另一个主要任务即为后续部队筹集粮食、牛羊而言，也基本完成任务。虽然，左纵队选择的北上之路人口稀少，很难满足数万大军的需求，但在李先念等人的率领下，先头部队最大限度地完成了筹粮及筹牛羊的任务。如7月1日，先遣军在色达为后续部队筹到一批牛羊后开始北进。再如，甘泗淇在1936年12月19日写的《与四方面军的会合到通过草地》的总结中有这样几句话，“先头部队虽然来了很大的动员，节省了不少的牛羊，但因看守不周逃跑了一些，还有被番民抢去了一些”。虽然牛羊跑了，或被抢劫了，但先头部队给后续部队筹集了一些牛羊是可以肯定的。先头部队为红二方面军沿途留下了一些牛羊这样的表述，我们还能从上述一些将军的长征日记中看到。时任第六军政治部主任的张子意同志在7月21日的日记中说，“本日我军到达离阿坝50里地之山下露营，三十军同志送牛120头来”。

红四方面军四军十师、十一师在班玛的故事

四军发展演变的故事

1931年1月中旬，红一军与红十五军在商南长竹园会合后，随即将两军合编，改称中国工农红军第四军，军长旷继勋，政治委员余笃山，参谋长徐向前，政治部主任曹大骏。原红一军第一师与红十五军第一团合编为第十师，师长蔡申熙，政治委员陈奇，副师长刘英；原红一军第二师与红十五军第三团合编为第十一师，师长许继慎，政治委员庞永俊，副师长周维炯。全军1.25万余人。4月，由鄂豫皖苏区红军中央教导第二师和鄂东警卫第二团合编为第十二师，师长许继慎，政治委员庞永俊，周维炯升任十一师师长。1931年11月上旬，红四军与红二十五军共同组成红四方面军。方面军下辖第四军、第二十五军。第四军军长为徐向

前（兼），政委为陈昌浩（兼）；第二十五军军长旷继勋，政委为王平章。原四军军部改为方面军总部，两军所辖各师归总部直接指挥。

从 1932 年 7 月开始，蒋介石以 30 万人的兵力，对鄂豫皖革命根据地发起“围剿”，军部和主力红十师、红十一师、红十二师以及红七十三师转战陕西南部，取消各军番号，12 月转移到位于四川、陕西边界的川东北地区，建立了川陕革命根据地总指挥部。

1933 年 7 月，红四方面军击败川军的三路围攻，力量迅速发展，遂将所辖四个师升格为四个军。红四军 3 个师扩编为红四军、三十一军、九军。红四方面军在川陕苏区以红十师为基础，连同赤江、赤北两县独立团和万源、江口两县独立营，扩编为第四军。军长王宏坤，政委周纯全，副军长刘世模，政治部主任徐立清（后洪学智）。下辖十师、十一师、十二师。第十师：师长汪乃贵，政治委员甘良发，下辖第二十八团、第二十九团、第三十团。第十一师：师长陈再道，政治委员叶成焕，政治部主任彭瑞珍，下辖第三十一团、第三十二团、第三十三团。第十二师：师长刘世模（兼，后张才千），政治委员徐长勋，政治部主任吴世普，辖第三十四团、第三十六团。1935 年 2 月，红四方面军放弃川陕苏区，开始长征，此时红四军下辖第十师、第十一师。

1935 年 3 月，红四方面军为向四川、甘肃边界发展，并配合中央红军在川、黔、滇边境地区的作战行动，决定发起嘉陵江战役。国民党川军邓锡侯第二十八军和田颂尧第二十九军共五十二个团的兵力，布防于广元至南部长约 300 千米的嘉陵江西岸，企图凭借嘉陵江及其西侧后剑门关险要地形，扼住红军西进发展的通路。为夺取渡江作战的胜利，红四方面军各部进行了充分准备，并于 3 月上中旬攻克仪陇、苍溪，扫清了渡江障碍。红四军投入苍溪渡江战斗，红九军一部击溃守敌两个旅的阻击后向南疾进，并在红四军一部配合下，于 4 月 2 日攻占南部县城。

1935 年 6 月，红四方面军在四川懋功与红一方面军会师。7 月，红四方面军与红一方面军交换了一些干部，红四军的主要领导也进行了调整：军长许世友、政治委员王建安、参谋长张宗逊、政治部主任刘志坚，第十师师长王友钧（后王近山代）、政治委员叶道志；第十一师师长周世元、政治委员陈锡联；第十二师师长张贤约、政治委员胡奇才。此后红四军同右路军，即红一军团、红三军团等一同行动。

张国焘率左路军穿过松潘草地到达阿坝后，拒绝执行中央北上方针，10 月 5 日，张国焘命令右路军中的原红四方面军部队离队南下，红四军于是回到红四方面军行列。张国焘南下受阻之后，1936 年 3 月，南下部队陆续撤离天（全）芦（山）地区，向西康东北部转移。4 月上旬，攻占道孚、炉霍、甘孜等地后，部队进行了整编。整编之后的红四军为：军长王宏坤，参谋长唐际天，政治部主任刘志坚。下辖第十师、第十一师、第十二师、独立师，各师均直属营。第十师：师长余家寿，政治委员叶道志，参谋长范朝利，政治部主任王宏清。第十一师：师长周世元，政治委员陈锡联，参谋长刘治朝，政治部主任陈美藻。第十二师：师长张贤约，政治委员胡奇才，参谋长卜万科，政治部主任郑发生。独立师：师长徐应忠，政治委员高厚才，政治部主任刘松清。

四军十师、十一师在班玛的故事

红二、四方面军会师之后，根据红军总部的部署，二、四方面军编为左、中、右三个纵队。第四军第十师、第十一师被编入左纵队，经东谷、西倾寺、班玛北上。以朱德、张国焘、任弼时率领的三十军八十八师，四军十师、十一师，红军总部进入青海班玛地区。

红军各部队都有自己的一些特点，有些部队善打硬仗，如红九军；也有的部队以打前锋著称，如李先念率领的红三十军。而红四军则最擅长警卫，在整个长征过程中，特别是二次北上之时，红军总部就是根据红四军的这一特点，将其一分为二，军部及十师、十一师由军长王宏坤亲自率领担任红军总部的警卫工作，而红十二师则担任红四方面军的警卫工作，随红四方面军中纵队北上。红四军的这一特点在班玛也留下了很多遗迹，现在依然能够见到的红军哨所遗迹就是红四军警卫红军总部时设置的。红军大学随总部行动，红军大学中的一些军事教员，如后面要讲的开国上将彭绍辉，他就特别擅长对敌人骑兵的警戒，他的讲稿中专门就此进行了讲授。红四军就是在这样的军事理论指导下担任红军总部的警卫工作。

红四方面军骑兵师在班玛的故事

骑兵师发展演变的故事

1935 年，张国焘拒绝执行中央北上方针，擅自率领左路军重过草地，向南退却到天全、芦山、大小金川等地。尽管广大指战员英勇奋斗，取得多次战役战斗的胜利，终因张国焘在战略指导上的根本错误，我军不仅未能在川康边区打开局面，反而陷于前有强敌、后无根据地依托、严重缺乏补给的困境。此时，部队已损失过半，由南下时的 45 个团 8 万余人减少到 18 个团约 4 万人。在南下碰壁的事实面前，张国焘被迫承认"红军如果长期停留在川康区域是不利的"，也提出了北上的方针。1936 年 3 月，方面军部队陆续撤出天全、芦山、宝兴地区，经达维、懋功向甘孜一带转移。红四方面军翻过雪山，方面军先头部队三十军，一举攻克道孚、炉霍，进占西康东部重镇——甘孜。四军则由炉霍向西南疾进，攻占瞻化（现名新龙）。三十一军和九军二十五师分别由丹巴、道孚南下钳击泰宁（现名乾名），守敌李抱冰部弃城南逃康定。至 1936 年 4 月，红军控制了东起懋功，西到甘孜，南达瞻化、泰宁，北连草地的广大地区，转入整编、训练、筹集粮食和做群众工作，准备与正从黔滇边北上的红二、六军团会合后继续北上。

从甘孜地区北上，还要经过大草地。红军根据前两次过草地的经验，在甘孜地区进行了较为充分的准备。为适应过草地时打敌骑兵、侦察道路、筹集粮食的需要，1936 年 5 月上旬，红四方面军组建骑兵师，全师编三个团共三千五百多人，许世友调任骑兵司令（后由董俊彦继任）兼骑兵师师长，政治委员秦道贤，政治部主任李庆雍，所属第一团（团长黄高宏）、第三团（团长张子英）。

6 月下旬至 7 月初，红二、六军团先后进入甘孜地区，并与红四方面军会师。7 月初，红四方面军编成左、中、右三路纵队北进，红二方面军跟随左纵队行进。二方面军以及四方面军的四军十师、十一师，三十军八十八师由甘孜经青海班玛再到阿坝，向班佑、包座开进；九军、四军十二师、三十一军九十三师和独立师为中纵队，由炉霍经壤塘、毛儿盖向包座地区开进；五军（由原一方面军第五军团和三十三军合编）及三十一军九十一师为右纵队，从绥靖（现名金川）、崇化地区出发，经卓克基、马塘向包座开进；骑兵师则与红三十军八十九师一起，在李先念率领下作为左纵队之先遣部队提前出发，任务是为后续部队侦察道路，筹备粮食。

骑兵师是先遣部队的主力军，率先于1936年7月3日进入了青海班玛，于7月14日离开班玛来到了阿坝。骑兵师在班玛的行军路线为：西倾寺（四川）→鱼托寺（四川）→唐摇沟（青海）→绒玉（青海）→王柔（青海）→丁果（青海）→亚尔堂（青海）→作木沟（青海）→久治（青海）→阿坝（四川）。

骑兵师在班玛筹粮的故事

筹粮是骑兵师北上途中首先完成的一个任务。1936年6月27日，三千多骑兵浩浩荡荡地踏上了北上的征程。骑兵师穿过山沟，到达色曲河岸。骑兵师按当地的价格在这一带收购了一些牛羊、豌豆、酥油、奶渣等。这一天的筹粮进行得比较顺利，沿色曲河两岸筹集了四百多头牛，一千多头羊，还有一部分粮食。但所筹之粮与部队所需差距依然很大，所以筹粮任务还非常重。之后，骑兵师加大了筹粮的力度，他们在西顿寺、绝境等地，又筹集了三千多头牛羊和四五万斤粮食。来到班玛后，又在班玛筹到了一些粮食。这样，骑兵师就较好地完成了上级赋予的“筹集粮食，侦察道路”的光荣任务。

骑兵师痛击喇平福部的故事

1936年，马步芳派青海南部边区警备司令部第三旅旅长喇平福率兵进驻白玉寺。这样，喇平福就成了马家军统治班玛、久治的代理人，他经常派人到各部落催收草头税、派征军马，横征暴敛，还加重了茶叶和粮食的税率。班玛、久治藏族人民在他们的统治下，民不聊生。仅在1936年一年内，他任意增加税种，达7种之多。而任意摊派更为常事，这一年他摊派给班玛藏区的有犏牛1 000头、驮牛1 000头、马500匹、羊毛 10 000 斤，并限期征收。在喇平福专制淫威之下的当地土官、伦布们敢怒而不敢言，只好按摊派数目如期完成。红军来到班玛、久治后，马步芳命喇平福率兵阻截红军，并多次和红军作战。马步芳给蒋介石的电报中明确提到了这一点，“果洛防军喇团长平福部已与匪接触数次”。

对于这样的敌人，红军绝对不能手软，于是骑兵师决定给予喇平福以打击。对于这次作战，曾任马步芳时期青海日报社社长的陈秉渊进行了详细论述，他说：“红军进军果洛，克复白玉寺。1936 年 7 月中旬，红军主力由川北经向东南方前进。21 日，红军前锋抵达川青边境的岔科尊荀、岔科朝欠、和日则干（岔科尊荀距麦仓约五马站，岔科朝欠距麦仓约七马站，和日则干距麦仓约三马站，当时牧区以马站计算里数，大体上以八十华里为一马站。）一带。22 日，红军支队轻骑五千余人，插入青海果洛的康干（今青海果洛藏族自治州久治县），23 日，红军支队继续推进，直入果洛内部，毁灭了马步芳一心指望红军不进入青南的迷梦。喇平福团急由同德拉加寺渡黄河驰往果洛，经官仓、拉路，再渡黄河，到达荷台寺（荷台寺在吉农山的北麓，今属青海果洛藏族自治州久治县）一带。以白玉寺为果洛重镇和当地牧民信仰的中心，自率团直属骑兵连驻守。二十六日红军骑兵五百余人，克复牙尔塘。牙尔塘距白玉寺仅六十多里，喇平福派出一个排前往截堵，立被红军击溃，红军长驱直入，于三十日进抵白玉寺，喇平福的一个排又被歼灭，喇本人急率残部后退，红军克复了白玉寺，先头部队继续追击，直捣阿什姜河南岸，喇平福纠集残部逃至阿什姜。”

在骑兵师的重创下，喇平福再也没有敢主动把红军作为作战对象。但红军走后，喇平福又卷土重来，继续欺压班玛、久治藏族群众。在忍无可忍的情况下，班玛、久治藏族群众起来直接和喇平福斗争，并且将其杀死。事情的经过是这样的：斗争的起因是为马家军阀运送木料开始的，木扬部落的苦差是采伐、运输木料。大木料须用犏牛两三头才能移动。逢到峡峪崎岖地带，无法通过。端察部落的一个小伙子，只得将所运木料截短。此事被马家军阀的押运者发现，于是就对小伙子用马鞭劈头毒打，小伙子反过身来夺去了马鞭，拼命逃往木扬，鼓动了左右村落的群众，向康干土官呼吁。土官同情群众的义愤，即联络康赛土官，壮大力量，统一步调，掀起了反暴政的行动。

参与这次抗暴斗争的不仅有牧主、牧工，也有宗教僧人，更有当地的土官。1937年4月，当地康干土官“以征缴税款为名，召集各个伦布在鄂措湖举行大会，动员群众武装起来与喇平福作殊死战斗，争取果洛各部落的生存。各伦布义愤填膺，立即响应”。在这个会上，大家做出了三项决定：① 对群众暂不宣布，严守军事机密。② 围攻令下达后，立即行动，不得延误。③ 选派精干人员投入敌营，侦察敌情。散会前各伦布一一握住康干土官的手发誓，保证一鼓作气，誓死不渝。于是，大家就按议定进行抗暴行动。首先，康干土官派聪明机警的措哦赛日前往敌营，进行侦察。措哦赛日对喇平福说：“康干举行了大会，所有税款即行缴付，土官派我来先行报告。”这既是松懈其警惕，也是侦探有无走漏消息。对康干土官及班玛人民准备抗暴的斗争，喇平福完全没有思想准备。康干土官联络各部落的武装1 000余骑，并联合康赛部落向白玉寺喇平福驻地协同攻击。抗暴斗争获得胜利，喇平福被俘并被处死。

红二方面军六军在班玛的故事

六军发展演变的故事

红六军的前身是于1933年8月12日成立的中国工农红军第六军团。由湘赣地区红八军、红十六军、红十八军合编而成。以任弼时、萧克、王震三人组成六军团军政委员会统一指挥。军政委员会主席任弼时，军团长为萧克，政委为王震，参谋长为李达，政治部主任为张子意。军团领导机关成立后，下辖十七、十八两师。十七师师长、政委分别由萧克、王震担任，政治部主任为张子意（兼）；十八师师长龙云（因伤重改任旷朱权代理），副师长为彭辉盟，政委兼政治部主任为甘泗淇，参谋长为谭家述，军团总计7 800多人。

1934年8月，任弼时、萧克同志奉命率领红六军团离开湘赣苏区突围西征，同年10月24日，红六军团冲破敌人重围，到达黔东根据地，与贺龙率领前来接应的红二军团在黔东印江县木黄胜利会师。26日，二、六军团在叫川酉阳南腰界召开会师庆祝大会。根据中央和军委指示，红二、六军团的干部配备作了统一调整。成立了以贺龙、任弼时、关向应为首的红二军团总指挥部，并以红六军团政治部为红二军团政治部，负责统一领导和指挥红二军团和红六军团的行动。红二军团：军团长贺龙，政治委员任弼时，副政治委员关向应，参谋长李达，政治部主任张子意。辖第四师（原第七师改称）：师长卢冬生，政委方理明；第六师（原第九师改称）：师长钟炳然、政委袁任远。红六军团：军团长萧克，政治委员王震，参谋长谭家述，政治部主任夏曦（后由张子意继任），副主任罗志敏。下辖第十六师、第十七师和第十八师。第十六师：师长周球宝、政治委员晏福生、参谋长刘子奇、政治部主任李铨。下辖第四十六团（团长张辉，政治委员胡荣）、第四十七团（团长覃国翰，政治委员刘礼年）、第四十八团（团长黄珠子，政治委员罗章）。第十七师：师长吴正卿（后由刘转连继任）、政治委员汤祥、参谋长刘转连（后由贺庆积继任）、政治部主任罗志敏、政治部副主任王赤军，下辖第四十九团（团长王立，后冯光生继任，政治委员刘坚定，后张宗尧继任），第五十团（团长刘忠，政治委员陈文彬），第五十一团（团长贺庆积、欧阳家祥，政治委员刘贵生）。第十八师：张振坤任师长兼政治委员，参谋长刘风、政治部主任李信，下辖第五十三团（团长樊孝竹，政治委员余立金）。同年 11 月 26 日，成立了以任弼时为书记的中共湘鄂川黔省委，加强了党的统一领导，撤销了原湘鄂西中央分局。同时，成立了湘鄂川黔革命委员会和军区，贺龙兼任革命委员会主席和军区司令员，任弼时兼军区政治委员。随后红二、六军团挺进湘西，配合中央红军长征。

1935 年 10 月，中央红军长征到达陕北后，第二、六军团突破敌军的包围开始长征，于 1936 年 6 月到达西康甘孜同第四方面军会合。7 月 5 日，奉中央电令，二、六军团正式组成中国工农红军第二方面军。所属二、六军团的番号改为二、六军，红三十二军编入二方面军。红六军军长陈伯钧，政治委员廖汉生，参谋长常德善，政治部主任刘型。下辖第十六师、第十七师、第十八师和模范师，各师均未设团的建制。第十六师：师长张辉（后在甘肃作战牺牲），政治委员晏福生，参谋长杨曼，政治部主任刘礼年。第十七师：师长贺庆积，政治委员汤祥丰，参谋长李科（不久由刘忠接任），政治部主任王赤军。第十八师：师长张振坤，政治委员余秋里，参谋长苏鳌。模范师：师长刘转，政治委员彭转连，政治委员彭栋材，参谋长张宗尧，政治部主任王赤军。

六军在班玛的故事

根据红军总部和红二方面军总部的指示，1936 年 7 月 6 日，六军从东谷出发，到日清沟会同三十二军北上。7 月 7 日，红六军行军约百里，一路上无房屋，到大吉岭附近露营。7 月 8 日红六军到达了日庆，还是没有房屋，只能露营，9 日六军在日庆休息。10 日红六军，红三十二军在日庆翻一小山进入青海班玛的唐摇沟，依然没有房屋，还是露营。至此，红六军、红三十二军进入了青海境内。

7 月 11 日，六军军部机关及第十六师、第十七师在唐摇沟翻越唐摇小山，渡多柯河顺流而下，黄昏时抵西倾寺扎营。当日下午 1 时许，陈伯钧、王震电告朱德、张国焘、任弼时，军直及三个师本日搜粮无结果，野菜可吃两餐。由于红六军在西倾寺的重要任务之一是筹到七天左右的行军之粮，但没有完成任务，所以进入青海班玛时基本无粮。7 月 12 日，六军第十六师东进至鱼托寺。7 月 13 日，模范师等后续部队也到达鱼托寺。红六军军部及第十六师、第十七师行军 110 里，翻越楼赛山进抵今班玛县班前寺一带。同日，第十八师、模范师随军部跟进班前寺一带，与先期到达的部队会合。7 月 13 日，六军冒雨行军，经过鱼托寺进沟，沿沟而下，翻过两个山头，到达绒玉宿营。这一天走了 120 里路，相当于完成了两天的行程。14 日，部队主要的任务就是筹粮，但筹粮效果没有达到预期目标，指战员基本上是用野菜充饥。15 日，红六军在绒玉休整并继续筹粮，依然以野菜充饥。16 日，红六军除第十六师外由班前寺一带出发，沿玛可河逆流而上行进 60 余里，抵达王柔，各部队没有找到粮食，依然以野菜充饥。17 日，第十六师也到达王柔，所有部队当日进至哑公寺一带宿营，并在扎洛山前的扎洛村一带休整筹粮。18 日，第十八师在牛场筹到 60 多头牛，千余斤小麦。其余部队均没有太多的收获。19 日，六军全部会师。除第十七师外，六军军部机关，第十六、十八师，第十七、模范两师的直属队由扎洛村出发，过纳达、子昂沟，越玛可河和阿曲河之分水岭到作木沟宿营。到达该地后，天空突然降起了冰雹，打得战士们满身通湿。20 日，红六军军直机关，第十六师、第十八师，第十七、模范两师的直属队到达阿曲河上游的克柯曲，沿河行军 90 里，在离阿坝 120 里处宿营。第十七师、模范师主力部队由江日堂寺出发跟进。21 日，红六军行军 70 里，露营于距阿坝 50 里的一小山脚下。当日，红三十军送来120头牦牛。22日，红六军全部走出青海省班玛县境内，抵达阿坝。

红六军7月10日进入班玛县，中间两天是在四川境内的西倾寺和鱼托寺行军，7月22日离开班玛到达四川阿坝。红六军前后在青海班玛的时间为11天。在班玛的11天中，红六军严格遵守党的民族政策，对当地未成熟的农作物加以保护，尊重当地民众宗教信仰，对当地寺院庙宇予以保护。当地群众对红军了解后，知道他们没有恶意，是老百姓自己的队伍。当地的藏族青年们也积极用各种方式帮助红军。在征粮上，红军忠实执行“三大纪律，八项注意”。红军通过藏族战士做宣传解释工作，许多跑到密林躲起来的群众陆续回到家园，帮助红军筹粮，买牛羊，救护伤员，亲如一家。

红二方面军三十二军在班玛的故事

三十二军发展演变的故事

中国工农红三十二军的前身是成立于1933年10月28日的红九军团。红九军团则是由红军第三、十四师和独立第一团、第二团组成的，隶属于红一方面军。军团成立时，中革军委任命罗炳辉为军团长，蔡树藩为政治委员，张翼为参谋长，李涛为政治部主任。中央苏区在第五次反“围剿”失败后，1934年10月，中央红军开始长征。红九军团与红一军团在左路行动，并在红一军团后跟进，掩护由中共中央、中革军委等机关和直属队组成的军委纵队前进。1935年6月，红九军团翻过夹金山，到达四川懋功地区，与红四方面军会师。

1935年7月18日，根据中共中央芦花政治局常委会议决定，红九军团改编为第三十二军。罗炳辉任军长，何长工任政治委员，郭天民任参谋长，黄火青任政治部主任。当时，红三十二军下辖两个团，共1 000余人。8月4～6日，中共中央政治局沙窝会议决定恢复红一方面军番号，第三十二军隶红一方面军。

中央红军恢复红一方面军番号后，随即与红四方面军混编成左、右两路共同北上。红三十二军与红五军被编入左路军，随红四方面军主力一起行动。此时的张国焘拒不执行中共中央确定的北上方针，并企图分裂中央及红军。被编在左路军的红三十二军此时仍滞留在松岗、孟沽、卓克基一线，作为左路军的后卫。对于张国焘的分裂行动，红三十二军并不了解，但中共中央确定的北上方针他们却是清楚的。因此，在左路军大部分部队走出草地到达阿坝地区后，红三十二军也要求北上。不过由于其电台密码已被张国焘收缴，译电员也全被换掉，与中革军委无法取得联系，红三十二军只得向左路军有关方面请示。结果被告知，仍需在原地筹粮、整训、做群众工作，待命北上。

9 月，张国焘令红四方面军全部南下川康边，准备在那里建立根据地。红三十二军与红五军亦被裹挟南下。张国焘为执行其错误的南下方针，于 10 月先后令红军南下部队发起绥（靖）崇（化）丹（巴）懋（功）战役和天（全）芦（山）名（山）雅（安）邛（崃）大（邑）战役。红三十二军参加了这两次作战,并在红四军一部的配合下于 11 月下旬相继攻占了荥经、汉源，歼灭国民党军一部。12 月初，国民党军由东面的洪雅地区向荥经进攻，红三十二军与红四军在予敌以重大杀伤后，于 12 月中旬退出荥经、汉源地区。1936 年 2 月，红军南下部队编为三个纵队，红三十二军被编入右纵队，随红四方面军一起转移。在翻过夹金山后，红三十二军于 3 月进至懋功以南地区，掩护红四方面军主力继续向西转移。在完成任务后，红三十二军进至西康省的道孚、炉霍一带，并在此进行了短期休整。

4 月，红四方面军对部队进行了整编，红三十二军被纳入其编制。张国焘原准备趁此机会解散红三十二军，何长工为了保存这支部队，亲自找红四方面军政治部主任周纯全等人做工作，红三十二军才得以保留下来。整编后的红三十二军军长为罗炳辉，政治委员为李干辉，政治部主任为幸世修，下辖第九十四师、第九十六师。

为迎接红二、六军团，实现两支部队的会师，红三十二军奉命由道孚南下，以策应红二、六军团的行动。4 月中旬至下旬，红三十二军在红四军一部配合下，先后占领东俄洛、雅江、西俄洛，将康定之敌李韫珩部阻于雅江以东，从而保证了红二、六军团的安全。5 月中旬，红二、六军团顺利通过雪山草地，前往迎接的红三十二军亦向西发展，攻占了理化。6 月 3 日，红三十二军在理化以南的甲洼与红六军团先头部队第十六师会师。两支部队顿时沸腾了，红三十二军的指战员与红十六师的指战员热烈地握手、拥抱，震耳欲聋的口号声、欢呼声此起彼伏。6月17日，红三十二军和红六军团进抵瞻化（今新龙）县城，与红四方面军第四军会合。7月1日，红二、六军团齐集甘孜地区，与红四方面军主力会师。至此，红三十二军胜利完成了红四方面军总部所赋予的任务。

1936年6月，任弼时、贺龙、关向应等领导的红二、六军团，转战千里，到达甘孜地区，与红四方面军会合。在甘孜，贺龙向张国焘提出，红二、六军团人少、枪少、子弹少，要求红四方面军给予支援。张国焘看到红三十二军是原来中央红军的第九军团，不是自己直接带出来的部队，很多干部战士一直对他有看法，难以控制，同时为了拉拢贺龙和任弼时，便答应把三十二军给红二、六军团。1936年7月5日，根据中共中央的决定和中革军委的命令，红二、六军团与红三十二军合编组成红二方面军，红二、六军团依次改称红二、六军。红三十二军能够编入红二方面军，应归功于红二方面军的总指挥贺龙。编入红二方面军后，红三十二军的军长仍为罗炳辉，原政治委员李干辉调任政治部主任，政治委员一职由袁任远接替，参谋长郭鹏，仍辖第九十四、九十六师。第九十四师：师长肖兴怀、政治委员幸世修、参谋长彭上坤、政治部主任曹家庆。下辖第二八零团（团长龙将员），第二八二团（领导人不详）。第九十六师：师长王尚荣、政治委员谭友林、参谋长刘华香、政治部主任余宜光。下辖第二八六团（团长曾庆云，政治委员张青山），第二八八团（团长李文清，政治委员陈文彪）。

任弼时、贺龙等人的到来及红二方面军的组成，增强了同张国焘斗争的力量。在红二方面军指战员的推动和红四方面军指战员的要求下，张国焘被迫同意两军共同北上。7月中旬，红三十二军由甘孜地区出发，随红二方面军开始北上，并于7月下旬到达阿坝地区。途中，红三十二军和红六军曾绕经青海省南部的班玛县（当时未设县）境内，并先后在唐摇沟、白玉寺、仁玉寺等地宿营或活动，前后历时11天。随后，红三十二军又从阿坝地区继续北上，于8月上旬进至包座、巴西地区。

红三十二军与红一、三、五军团等部队相比，虽然组建时间短，规模不大，但精干，宜于机动，且经常执行牵制性任务，毛泽东称赞其为“牵牛鼻子的能手”，周恩来赞誉其为“战略骑兵”。红九军团的广大指战员充分发扬不怕艰难困苦、不怕流血牺牲的战斗作风，以大无畏的革命精神勇往直前，英勇奋战，多次出色完成中共中央、中革军委及三个方面军总部所赋予的任务，为红军长征的胜利建立了不朽的功绩。而其先后参加了红一、四、二方面军行动的传奇经历，更是所有参加长征的红军队伍中所独有的。

三十二军在班玛的故事

红三十二军刚刚从红四方面军中划归红二方面军之后，就北上来到了青海班玛，它来到班玛的时间、路线和六军一样，实际上二方面军六军和三十二军是一同来到班玛的。三十二军在班玛主要从以下两个方面帮助了红六军：一是由于三十二军中藏族战士较多，且军长罗炳辉更是中国共产党和红军中了解藏族最多的领导人之一，正是因为如此，红六军和三十二军的北进之路变得轻松了，也变得容易多了。因为，向导、翻译均是现成的。二是三十二军将红一方面军、红四方面军中一些成熟而正确的政策，尤其是红一方面军、红四方面军关于民族宗教的政策，如刘瑞龙写的《藏区工作十要十不要》等，完整带到了红二方面军中。因此，红二方面军的北上也相对顺利很多。可以说，三十二军在第二次北上中所起的作用是非常大的。

红二方面军总部及二军在班玛的故事

二军发展演变的故事

中国工农红军第二军，简称红二军，贺龙任军长，是湘鄂西红军主力部队之一。1928 年 1 月在沔阳、石首发动年关起义失败后，贺龙等十来人活动至湖南桑植，由贺龙出面发动，于 1928 年 3 月组织了一支约 3 000 人、枪约 700 支的武装，称工农革命军。1928 年 7 月，工农革命军改编为工农革命军第四军，全军当时合计约 1 500 人，下辖第一师以及两个大队。1929 年 2 月，全军改称为中国工农红军第四军，下辖第一路军，并于 1929 年 6 月成立了第二路军，当时全军合计约 2 000 人。1929

年 8 月，红军第四军进行了整编，将大队改称团，中队改称营。下辖第一路军、第二路军、独立第二旅和两个军属独立团，全军当时合计约 4 000 人。1930 年 7 月 4 日，红四军与鄂西红军第六军于湖北公安会师，按照中央的要求，红四军和红六军合编成红二军团。7 月 7 日，两军在公安召开联席会议，红军第四军改编为红军第二军，并成立红二军前委，军长贺龙（兼任，后由孙德清代），政治委员恽代英（未到任，由朱勉之代理）。下辖第四师和警卫团。第四师师长王炳南，政治委员陈协平，参谋长向鲁清，下辖第十团（团长张一鸣，政治委员吴凤卿）、第十一团（团长覃苏，政治委员王毅夫）、第十二团（团长吴虎臣，政治委员张海涛）。警卫团团长贺佩卿，政治委员吴协仲。

1931 年年初，红二军团再次对石门发起攻击，但遭遇较大损失，经过一段时间的游击战斗后于 2 月底退至枝柘坪一带休整，于 3 月底至 4 月初在枝柘坪召开前委会议和党员代表大会。根据中央指示，1931 年 3 月，红军第二军团改编为红军第三军，军长贺龙，政治委员邓中夏（未到任，先后由万涛、彭之玉、夏曦、关向应任职），参谋长孙树清，政治部主任柳克明。红军第二军番号取消，原红二军所部变为红七师，师长汤福林（后叶光吉代）、政治委员盛联均。1933 年年底，红三军进军四川，1934 年 5 月 12 日又进入贵州，10 月 26 日，红三军和红六军团召开会师大会，会师后，红三军恢复红二军团番号。

1934 年 10 月 24 日，红三军和红六军团在木黄胜利会师。会师后，两军团在木黄召开紧急会议，决定挥戈东进，转战湘西，创建了湘鄂川黔革命根据地。中央苏区第五次反“围剿”失败，1934 年 10 月 10 日，中央红军退出根据地，开始了前所未有的战略大转移。红二、六军团为了配合中央红军的长征，在湘西发动了强大攻势。由于去往湘西的道路被国民党军堵死，红二、六军团与中央红军没有会师。之后，红二、六军团开始进行独立发展。

1935 年 1 月，湖北、湖南两省敌人集中 11 个师又 4 个旅，共 80 多个团约 11 万人的兵力，编成 6 个纵队，采用分进合围、攻堵结合的办法，加紧对湘鄂川黔革命根据地进行“围剿”。2 月初，各路敌军开始进攻，红二、六军团从正面迎敌，在近 2 个月的战斗中，由于没能将中央规定的作战方针贯彻落实，没能大量消灭敌人，而且造成了大量的伤亡。在反“围剿”不利的情况下，红二、六军团决定退出根据地，向湖北之南漳、兴山、远安地区转移，创建新的根据地。

4月12日，中共湘鄂川黔省委和军区分别率领红二、六军团，从塔卧、龙家寨向北转移。转移途中，消灭了敌第八十五师一百七十旅，并攻占了桑植县城。在之后的战斗中，红二、六军团不断牵制、消灭敌人。8月3日，红军歼灭了第八十五师，并击毙敌师长谢彬，鄂敌纷纷后撤，湘敌也收缩兵力转入防御。至此，敌人对湘鄂川黔革命根据地的“围剿”以失败告终。蒋介石不甘心失败，于1935年9月，又调集130个团的兵力，对湘鄂川黔根据地发动更大规模的“围剿”。在敌强我弱的不利情况下，二、六军团决定退出根据地，向敌人薄弱的地区发展。11月9日，红二、六军团主力从桑植出发，开始长征。

1936年3月23日，红军总司令朱德、总政治委员张国焘电令红二、六军团北渡金沙江，同在甘孜的红四方面军会合。6月3日，红六军团先头部队在理化以南之甲洼地区与红四方面军第三十二军一部会合；30日，红二军团在甘孜以西的绒坝岔与红四方面军第三十军一部会合；7月1日，红二、红六军团全部集结于甘孜，2日，两军举行会师庆祝会；7月5日，红二、红六军才与红三十二军合编成红二方面军。第二军：军长贺龙，政治委员任弼时，副政治委员关向应，参谋长李达，政治部主任甘泗淇。下辖第四师和第六师。第四师：师长卢冬生，政治委员冼恒汉（不久由李井泉继任），参谋长唐健伯，政治部主任刘亚球。下辖第十团（团长刘开绪，政治委员朱绍田），第十一团（团长张鸿卿，政治委员陈正才），第十二团（团长黄新廷，政治委员杨秀山）。第六师：师长贺炳炎，政治委员廖汉生，参谋长常德善，政治部主任刘型。下辖第十六团（团长顿星云，政治委员汤成功），第十七团（团长蔡炳贵，政治委员段云武），第十八团（团长成本新，政治委员王立中）。

随着红二、六军团的到来，张国焘被迫同意取消“第二中央”，与二方面军共同北上。根据红军总部的战略部署，红二、四方面军编为左、中、右三个纵队北上。

红二军在班玛的故事

红二方面军总部和二军在班玛的长征路也是红二方面军北上途中最为艰苦的长征路。红二方面军是随左纵队北上的，实际上，红二军担任了整个左纵队的后卫任务。7 月 4 日至 5 日　二军各师在甘孜休整，准备继续北上。部队行动前，认真进行了两个方面的准备：一是深入地进行思想动员，反复讲明通过草地的具体困难和有利条件，号召大家发扬团结友爱精神，克服困难，坚持北上与党中央会合；二是积极筹集粮食、衣服、草鞋和帐篷等物，尽力做好物质准备。7 月 6 日二军直属队仍在甘孜休整。四师到浦玉隆，朱倭集结。7 月 7 日和 8 日，方面军总指挥部和二军直属队仍在甘孜准备北上物资。五师到百利，四师到东谷集结。7 月 9 日，总指挥部及二军直属队和五师到浦玉隆。四师仍在东谷，准备北上。六师到了甘孜。7 月 12 日，贺龙等率红二方面军总指挥部和第二军（辖第四师，师长卢冬生、政委冼恒汉；第六师，师长贺炳炎、政委廖汉生）继红六军之后从东谷出发北上，总指挥部和二军直属队及五师到东谷。四师仍在东谷，其十团到日庆。六师在朱倭，继续准备过草地的物资。总指挥部及二军随六军后行进。这是红二方面军中最后北上的部分，也是最后进入青海班玛藏区的红军部队。16 日总指挥部及二军四师到打盆、大吉岭。六师在东谷。因河水涨，需架设浮桥，17 日才能继续前进。7 月 17 日，二方面军总部及二军到达日庆及其附近地区。7 月 22 日，贺龙率红二方面军总指挥部、红二军沿红六军行军路线抵达绒玉。绒玉没有粮食，采野菜也很困难。23 日，总指挥部及第二军到达塞乌，第五师、第六师距塞乌一天路程。26 日，总指挥部及二军四师到阿坝，27 日二军五师、六师到了阿坝。红二方面军总部、红二军全部先后走出青海，与红六军会合。

红二方面军总指挥部、红二军不仅是整个左纵队中最后北进的部队，是最后进入青海班玛藏区的部队，也是左纵队在青海行军中最困难的部队，当然也是减员等损失最大的部队。这是因为前面的部队不仅将能筹到的粮食都筹完了，能筹到的牛羊都筹完了，而且连能吃的野菜都吃完了，就是牛羊等动物骨头、动物皮张等能吃的都吃完了。留给红二方面军总部及二军的困难非常之大。为了生存，他们寻找一切能吃的东西，包括从没见过的、不知道是否有毒害的野草，如红二方面军政治部主任甘泗淇选择了靠野菜充饥的办法。每到一个宿营地，他不休息，立即带领政治部机关的同志们四处寻找野菜。可是能吃的野菜几乎被前面过草地的部队吃光了，他就试着吃那些不知道有没有毒的野菜，这样的试验是很冒险，万一中毒，以当时的医疗条件很难抢救。但他不听同志们的劝阻，总是执意由自己先尝。当证明一种野菜确实是无毒的后，他会高兴得像个孩子，马上拟出电报稿，详述此种野菜的形态，交电台迅速发往各部队，通知指挥员尽快派人采集。他们除了吃这种“野菜”外，还要将自己的战马杀了供指战员们维持生命。贺龙多次下的一道命令是，在任何艰难困苦的情况下，都不能丢掉伤病员，我们活着的人，只要还有一口气就要抢救阶级兄弟。他还下令把一直跟随他征战的枣红马杀掉，把马肉分给战士们充饥，以维持生命。甘泗淇是红二方面军的政治部主任，他和贺龙是随二军北上的。在到达陕北之后就写了《关于红二、六军团长征的政治工作总结报告》，这份报告是除红军长征日记之外，最早记述红军从甘孜到阿坝之间行军内容的材料，报告对红二军从甘孜到阿坝途中的困难及二军解决困难的情况进行了总结。在说到困难时写道：“四方面军行进很远了，我们不能延迟了，七月十一日即由东谷向草地继进，经过了十七天的行军到达了阿坝，在阿坝仅六天的筹粮即向包座前进，八月十三日到包座。这一时期是我们长征中最艰苦的时期，其情况的特点：（1）除阿坝及三数地方有房屋外，其余总是终日走于荒凉的原野，有时还旁徨于深草泥坑。（2）十余天只见先头部队的足迹蹄痕，见不到一个人影，向导也没有。总是跟到先头部队宿营地宿营。（3）天气是随时变化的，常常早晨起来天明气清，忽然阴霾满布，忽然大雨淋淋，忽然下雪雹，忽然白雪纷纷，草地中的雪山是更难过的，又冷又出气不得赢，突然冷冻中，确实死亡不少的红军战士。有时也终日见太阳，但虽然在夏天也不见如何和煦，不过阳光下的行军总算是比较舒服的。（4）沿途死人很多，虽军、师、团的先头部队组织了掩埋队，总是未埋完，有的地方一堆几个，去年遗骸还有到处横竖于路旁的。”当然，红军是不能被困难吓倒的，在贺龙等的领导下，他们采取以下的方式，终于解决了困难。甘泗淇说：“（1）行军中的政治动员与政治教育：A、进行各种会议，解释迅速通过草地进入西北广大有利地区，北上抗日，举行了一些文化娱乐——宿营后短促的晚会，与行进时各种简单娱乐工作。B、干部与党团员中进行了授课……。C、战士在照红色战士读本利用时间上了一些政治课，这时教育一般的在晴天都能举行。（2）收容工作：在长征中战士的体力确是消磨了不少，病员在不断的增加，加上草地行军给养困难，帐篷不全，气候不和，以及我们政治工作上、组织上还有许多弱点，以致落伍掉队现象表现严重，因此不能以最大力量进行收容工作。我们所采取的办法：A、行军时一般的每二十里一小休息，四十里一大休息，利用大小休息与宿营后，以师、团为单位动员所有马匹派适当干部去接落伍人员，这一办法收得了不少的结果。B、支部中具体分配党团员负责扶助某个伤病员。C、军、师、团的收容队重新加强了一些人员，备有粮食、骡马。D、收容确是很艰苦的工作，有些战士常常一倒在地下就不能起来，扶起也走不动，有的用绑带绑在马上运走；担架是没有的,有些病员就此中途死亡了。这一时期干部差不多是没有骑马，还要替战士背枪，干部得病的亦不少。（3）保证给养问题：A、我们在甘孜、东谷时给养并未带得充足，沿途河水澎涨又迟延两天，以致给养不够，特别是六军团在东谷出发后，更是困难万分；……前头部队过了许多，粮食几乎筹尽了，先头部队虽然来了很大的动员，节省了不少的牛羊，为着保证给养，军事、政治机关都来了很大的动员。……B、特别是后卫部队更困难（如六师），到阿坝后还饿死了十余人，沿途饿死的很不少,死尸的口里不少是含起草的。特别掉队失了联络的战士受饿的更多，虽然动员了一点粮食，临时救济他们，但终于未得到圆满的解决。沿途烧牛羊骨头、牛皮吃的常可以看到。C、调剂粮食须经过许多的解释，我们在这时期举行了好几次粮食调剂运动，来补助粮食缺乏的部队，收得了一些成效。D、节省粮食运动也做到了一些工作：各首长亲自在连上帮助称粉子，与开会通过每人每天少吃多少两粉子和多少两野菜（有的最后几天连每人三两都没有吃的）；按时开饭不准自由吃粉子，曾组织了检查队，在路上检查，与无故消耗粮食的现象作斗争；动员指战员热烈摘野菜充饥，进行了比赛作为补充食料，但有些地方，特别在阿坝通包座路上有许多地方无野菜，或则很少，被前头部队摘完了，所以最后几天既无粮食又无野菜，真是很难支持下去；发动钓鱼作为补充食料，草地鱼易钓，很多人都可钓到，但无盐无油，其味很腥，草地粮食很缺乏，特别是前头部队很多，我们采取各种办法，才勉强渡过了这一难关。”

可以这样说，红二方面军总部和二军完全靠自己坚强的意志完成了从班玛藏区到四川阿坝的行程。

第二部分　红军将帅长征在班玛的故事

经过班玛藏区走出去的将帅到底有多少，我们没有进行统计，但这中间有开国元帅、上将、中将，有中国共产党中央政治局常委、政治局委员，更有中华人民共和国的主席、副主席，当然还有胜利完成长征并且活跃在各条战线上的巾帼女杰们。这中间的一些将军在中华人民共和国成立后又来到青海任职，成为青海省的省长、青海省军区的政委等。这些将帅不仅将自己的足迹留在了青海高原，更是将许许多多的长征故事留在了青海班玛。

坐镇班玛指挥红军北上的朱德的故事

朱德（1886—1976），字玉阶，原名朱代珍，曾用名朱建德，中国共产党、中国人民解放军和中华人民共和国的主要缔造者和领导人之一。中华人民共和国十大元帅之首，是中华人民共和国著名的革命家、军事家、政治家，党和人民军队的领袖。北洋时期，曾被授予三等文虎勋章、陆军中将军衔。抗日战争期间，被国民政府授予国民革命军上将军衔及抗战胜利勋章。中华人民共和国成立后，于 1955 年被授予中华人民共和国元帅军衔。

1936 年 6 月上旬是中国共产党和中国工农红军非常重要的一个时间点，这个月，分裂了近八个月的党和红军又走到了一起，张国焘放弃了“第二中央”，朱德也再次可以以红军总司令的身份领导北上红军了。此时的他心系整个红军，为每个红军部队着想，以下是他在北上途中的几个小故事。

把南下红军重新引向北上道路的朱德

1935 年 9 月，由于红四方面军领导人张国焘怀有个人野心，自恃人多枪多，对抗党中央的北上方针，导致一、四方面军会师 3 个月后又在草地分离了。这使党和红军面临了一次空前严重的危机。这时，同张国焘一起的朱德，处境艰难而危险，但他以其特有的坚定和智慧，挑起了克服这场危机的重担，在同张国焘分裂主义的斗争中发挥了中流砥柱的作用。

首先，朱德决定从维护红军团结的大局出发，不计个人的荣辱安危，跟着南下的部队走。当时，张国焘的追随者曾对朱德叫嚷："既然你拥护北上，那你现在就走，快走！"朱德明确回答："我是中央派到这里工作的，既然你们坚持南下，我只好跟你们去。"朱德为什么作出这种选择呢？一、四方面军分离后，随党中央北上陕甘的红一方面军主力仅有 7 000 余人，加上陕甘苏区的红军也不到 1.5 万人，而随张国焘南下的部队仍在 8 万人以上，很显然，这是一支十分重要的革命力量，不能把它丢给张国焘不管。朱德相信，四方面军广大干部战士都是好的、革命的。

朱德同一向专横跋扈的张国焘在一起，难免受到挟制和压迫，但他在重大原则问题上决不妥协，做到了毛泽东所说的"临大节而不辱"。

一、四方面军分离后，张国焘立刻大造反对党中央的舆论，他在阿坝、卓木碉等地开会，攻击中央北上是"逃跑主义"，并逼迫朱德当众表态："反对北上，拥护南下。"朱德毫不动摇地说："党中央北上抗日的方针是正确的。北上决议，我在政治局会议上是举过手的，我不能出尔反尔。我是共产党员，我的义务是执行党的决定，南下是没有出路的。"朱德还说："我们这个'朱毛'，在一起好多年，全国全世界都闻名，要我这个'朱'去反'毛'，我可做不到。"

张国焘公然在卓木碉宣布另立以他为首的"临时中央"，为扩大其声势，还宣布朱德为"中央政治局委员""中央书记处书记"。朱德严正表示：你不能另起炉灶，你这个"中央"不是中央，我按党的规矩，保留意见，以个人名义做革命工作。徐向前回忆说："朱德同志坚决反对另立'中央'，对张国焘也起了有力的制约作用。"

朱德身陷逆境，但不放弃职责。当时担任四方面军军事负责人的徐向前回忆说："朱德总司令虽然不同意张国焘的分裂主义行为，但认为部队既然已经南下，就应打开战局，找块立脚生存的地方。那么多红军，没有地盘，没有饭吃，无异于不战而自毙。同时，在军事行动方面，他积极行使总司令的职权，及时了解敌情，研究作战部署，不当‘空头司令’，尽量发挥自己的作用。”

红四方面军南下后，广大指战员英勇战斗，曾取得一些胜利，但由于张国焘南下方针战略性的错误，始终不能在川康边立足。经过几个月苦战，部队由南下时的8万余人锐减到4万余人。挫折和失败使四方面军广大指战员逐渐认识到张国焘南下方针是错误的。1936年2月，在战局日益严重不利的情况下，朱德和徐向前一起提出放弃建立川康边根据地的计划，撤离川西，转移到康定、炉霍一带休整部队，然后北上与一方面军会师。张国焘因南下碰壁，不得不同意。于是，南下部队又踏上了重新北上的道路。

时刻不忘红二方面军的朱德

早在红二方面军来到前，朱德就十分关注红二方面军（此时称红二、六军团），为了策应和等待红二、六军团的到来，朱德和四方面军指战员在康北高原度过了异常艰苦的4个月。为了节约粮食以备北上，朱德和战士们一起吃野菜；为了准备北上御寒物资，朱德和战士们一起捻毛线、织毛衣；为了搞好民族团结，朱德和战士们一起帮助藏族同胞春耕播种。1936年7月红二、六军团长征到达甘孜境内时，年已半百的朱总司令，身着粗布军装，脚穿自编的草鞋从炉霍赶到甘孜前往迎接。朱总司令对贺龙、任弼时、关向应说：“你们来了，我们一起北上，去和党中央会合。”在红二方面军组建后，特别是当北上抗日，与党中央会合的决定传达到各基层连队的时刻，他亲自检查部队的准备工作，仅用一天就赶到红二方面军的后卫支队，在一个红军设在尼姑庵内的医院里看望伤病员，了解出发前的准备工作，指示医院领导对“伤病员的生活要尽可能改善好一些，做好行军中对伤病员的照管工作”。在行军途中，他每时每刻都在惦念着随红军总部跟进的红二方面军后卫部队。7月10日，朱德、张国焘、任弼时率红军进入班玛。作为红军总司令的他十分关注红军左、中、右三个纵队北上的路线问题，特别是左纵队北上的路线问题，当李先念率领先头部队寻找到了一条相对好走的路线后，他于7月11日从绒玉发电报指示红二方面军二军、六军、三十二军经绒玉开往阿坝，不走让倘之路，走班玛之路。7 月中旬的一天，红军总部到达青川交界处，他考虑到红二方面军是首次过草地，虽在甘孜时由于他的努力，红四方面军给红二方面军留下了部分粮食，但他们是全军的后卫，饥饿会更严重地威胁着这支部队，于是他对时任兵站负责人的总部四局杨以山说："从这里走出草地还得六七天，咱们每人每天发的牛羊肉连皮带肉不能超过一斤，其余的都留下，否则后卫部队就过不了草地。我们要咬紧牙关，把困难自己承担起来，尽可能为后续部队提供一些方便。"并让红军总部各单位把所有驮东西的牦牛都留下来，必须带的东西由自己背，把头一天筹集的牛羊也全留给了红二方面军。

率领红军北上的朱德

在张国焘南下川康和中央闹独立时，在长达八个月的南下过程中，朱德是被张国焘架空了的红军总司令，这期间他没有多少权力。虽然他努力争取着红四方面军的广大指战员，虽然他有时也能制约着张国焘，但总的来说，他不能真正指挥红军，他不是有职有权的红军总司令。但随着到陕北的红军一天天向好，力量一天天增大，而南下的红四方面军则相反，向着不太好的方向发展，力量一天不如一天，张国焘已经没有往日的威风，他的权力在缩小。而朱德则渐渐从后台走向了前台。这一点从第二次北上之前的几个事情上就已经看出来了：一是在将红三十二军从四方面军划归到二方面军一事上，由于朱德的提议，加上陈昌浩等人的赞同，张国焘也只能答应。二是他希望任弼时随红军总部北上，当然这也是任弼时的想法。任弼时之所以随红军总部行动，一个重要的任务是继续弥合中央同张国焘的关系，积极促进全党全军实现集中统一领导，促成三个方面军胜利会师。实现党和红军集中统一的领导，是适应革命形势发展，夺取战争胜利的需要，也是三个方面军指战员的共同愿望和要求。任弼时意识到自己应起的独特作用，最利于做促进团结统一的工作。1936 年 7 月上中旬，红四、二方面军相继开始北进。任弼时按朱德意见，随同他和张国焘一起行动。任弼时随红军总部行动是朱德精心考虑做出的安排。任弼时是老资格的中央政治局委员，政治原则性强，随总部行动，可随时对张国焘起制约作用。

如果说北上之前，朱德只是部分地有了话语权、指挥权，那么，第二次北上之后，朱德就能以总司令的名义指挥红四方面军和红二方面军北上了，这一点我们从他给上述部队发出的命令电中完全可知。如1936年7月1日朱德总司令给红四方面军总指挥徐向前发电命令中纵队北进，电报说："中纵四军可在让倘集结跟九军进。"再如，1936年7月2日红军总部给四军军长王宏坤、三十二军军长罗炳辉及陈昌浩的电报中指示红四军及三十二军的行动，电报说："决令三十二军明随浩出发。四军四日随总部出发。三十二军留日庆，候六军接替四军直开让倘归还建制。"还如，1936年7月8日红军总部给徐向前、陈昌浩、李先念发出电报，指示左、中、右纵队下一步行动。从这些电报中我们可以清楚了解朱德在班玛期间是如何指挥左、中、右三路红军顺利北上的。

朱德在班玛发明牛骨头炖野菜的故事

1936年7月初，由红二、四方面军组成的左、中、右三个纵队北上，朱德随左纵队来到了班玛地区。到达班玛后，摆在红军指战员面前最大的困难并非敌情，也不是海拔的高度和道路的艰辛，而是粮食的极度短缺。而此时的班玛地区是在青海马家军的统治之下，班玛人民身受各种压迫，生活十分贫困。红军部队刚到班玛时，班玛群众对这些不速之客的到来是抱有敌意的，但是在随后的观察中，他们看到这支红军队伍纪律严明，绝不拿老百姓的一丁点东西，而且还帮助生了病的穷人看病，红军指战员的这些做法深深感动着班玛人民，人们纷纷拿出家中为数不多的粮食、牛羊来帮助红军部队。但是群众的这些无私援助并不能完全改善部队缺粮的现象。

为了保证红军指战员们每天都有饭吃，部队规定指战员们每天两餐，每餐只有2两左右的粉子（青稞炒面）泡水充饥；再过几天，连每餐2两炒面都难以保证。所以解决粮食问题，是摆在各级指战员面前的一个重要任务。作为红军总司令的朱德也不例外，他在领导红军北上和筹粮工作之余，考虑着如何充分利用手中的粮食和牛羊的问题。

在一个清早，朱德身穿打了不少补丁的灰粗布军衣，脚蹬一双草鞋，腰间扎着皮带，手中拿着一根已经磨得溜光的棍子，来到了一群战士中间，战士们看到朱老总来了，都无比激动和兴奋。朱德就和战士们唠起了家常，告诉大家困难是暂时的，只要我们大家团结起来，一定能够克服眼前的困难，要用乐观的革命精神来看待眼前的困难。正在大家聊得高兴时，一位藏族群众向部队送了一头牦牛，以感谢红军把他家人的病给医治好了。战士们看到了牦牛更加高兴。“把牦牛杀了，美美地吃一顿。”这是每一个被饥饿困扰的人的第一想法。可是仅有一条牦牛，也不够大家吃。作为总司令的朱德笑着说道：“你们想吃肉，怎么还嫌一条牦牛少呢？”他把大家的想法说了出来，大家都不好意思地咧嘴笑了起来。此时的朱德又说道：“现在是困难的时候，我们既然有了粮食，要合理地使用。不能一顿吃完它，不管下一顿。同志们，过日子嘛，要有长远打算，不能只看到鼻尖上，宁愿顿顿缺，也不要一顿无。”大家纷纷点头表示说的有道理。朱德又接着说：“牛身上的所有部分都是好东西，是好东西就不要浪费。留下牛皮、牛肉做干粮。至于牛骨头嘛，我们可以来一个牛骨头炖野菜。因为牛骨中富含钙质，所以营养价值是很丰富的。”对于朱老总的说法，大家纷纷表示赞同。

紧接着，战士们向四周跑去挖野菜，朱德也走向挖野菜的人群中，和大家一起挖野菜，他边挖野菜边向大家介绍不同野菜的形状和特征。当看到战士挖出来的野菜不对时，他会走上前去告诉他们说：“挖野菜和干革命一样，要有坚定的目标，不要乱挖。当拿不准的时候，应多向他人请教，因有些野菜是有毒的，大家吃了会有生命危险。”就这样边说边挖，没有多长时间，大家就挖回来好多野菜，并把野菜洗干净送到了炊事班。而此刻的朱德和战士们又坐在一起谈笑着。

开饭声响起后，大家纷纷围坐在一起就餐。其实牛骨头炖野菜味很香，但吃起来又苦又涩，难以下咽。朱德看出了大家的心情，一边大口大口地吃着，一边称赞野菜的味道美极了。战士们看到朱总司令能和大家吃一样的饭菜，又那么平易近人。也不觉得饭菜难吃了，战士们边吃边谈，称赞朱总司令的牛骨头炖野菜好得很。对于长期处于饥饿状态下的战士们，也是长征中一次难得的会餐。

朱德的这一办法，很快在红军指战员中传开。大家都称赞朱德总司令的主意好，既可以解决眼下的困难，又可以增强战士们的身体抵抗力。到了后来，不仅是牛肉、牛骨，甚至牛下水都被红军指战员们洗干净之后，煮着野菜吃了。正是这种吃法，尽可能多地减少了浪费，为红军指战员度过难关，顺利北上做出了贡献。

把红军伤病员生命放在第一位的故事

开国中将吴先恩给我们讲述了朱德如何将红军指战员的生命放在第一位的故事，他这样回忆：红军第三次过草地，听说部队有一批伤病员住在兵站，兵站负责人对怎么把这批伤病员安全带过草地非常发愁。朱总司令对此非常关心，把兵站负责人吴先恩找来询问：

“你们兵站有多少伤病员？”“600多个。”“有多少担架、骡马？”“有100多副担架，200多匹骡马。”朱总司令关切地问：“有没有能坚持走的伤病员？”“绝大多数都不能走。”“你们打算怎么办？”朱德望着吴先恩。吴先恩沉默了。朱德踱了几步，突然问：“200匹牲口驮的是什么？”“全部是枪支。”“能不能把枪支腾出来驮伤病员？”吴先恩为难了：“那这么多枪支怎么办呢？”“统统毁掉！”朱德毫不犹豫他说。吴先恩望着朱总司令说：“按照红四方面军的规定，毁枪是要受处分的。”朱总司令动情地对他说：“这个规定好，但是同志，情况不同了，过去是人多枪少，现在是人少枪多，人是最宝贵的。多一个人，革命就多一分力量，有了人，不愁将来没有枪。”朱总司令接着坚定地对他说：“就这么办，要人不要枪。把枪统统毁掉，如果受处分，由我替你顶着。”朱总司令看到还需要一些马匹才能把所有伤病员带走，就亲自打电话给各部队，要求把能抽出的骡马和牦牛都抽出来，领导干部有两匹牲口的抽出一匹，他带头抽出了自己的一匹牲口，最终把所有伤病员带出了草地。

长征路上话未来的故事

开国中将吴先恩还给我们讲述了朱德在草地上描绘革命胜利后草原建设蓝图的故事，从他的回忆文章中我们不难发现故事发生地就是今天的班玛。吴先恩这样写道：

一九三六年七月，我们跟随朱总司令指挥的左纵队，沿着广漠的草地继续北进。这里名为草地，实为高原，空气稀薄，走四五里路，就气喘吁吁，需要休息。气候变化无常，眼看着晴空万里，刹那间，一阵阵风过后，暴雨夹着冰雹倾盆而下。遇到这种情况，同志们不管三七二十一，把脸盆、菜盆、铁桶、背包举在头上，抵御着冰雹的袭击。平日最辛苦的炊事员，这时成了最值得羡慕的人，他们把锅顶在头上，任凭冰雹砸得叮当作响，却若无其事。一会儿，风停雨止，又是骄阳似火。

一天上午，这是个难得的好晴天。湛蓝湛蓝的天幕上，飘荡着朵朵白云，低的好像伸手就能够着，强烈的阳光，照得人们睁不开眼。休息号响了，我们在一个长有小树的山包前停了下来，有的捡树枝，有的拾牛粪，有的挖野菜，准备做午饭。

一个身影出现在小山包的最高处，他双手举着望远镜，看看天，又看看地，东南西北看了一圈，好像在探寻什么秘密。我眨了眨眼才看清，他是我们敬爱的朱总司令。看了一会儿，总司令把望远镜交给了参谋，喃喃自语说：

“可惜喽，这么大的地方，没人放牧，没人耕种，真是太可惜了。”

听了这没头没尾的话，我还没弄懂是什么意思，站在总司令身旁的刘伯承总参谋长问道：

“总司令，何事如此感慨啊？”

“你们不是都看到了嘛。”朱总司令边讲边打手势。我们放眼看去，草原风光尽收眼底；一望无际的草地，高高低低的鼓起许多浑圆的山包；弯弯曲曲的河流，如同一条条白色的带子，束在山腰间；星罗棋布的湖泊，宛如一颗颗宝石镶嵌在绿绒毯上，在阳光照耀下熠熠闪光。

“草地，有人说这是不毛之地。我看哪，它比苏联的粮仓——乌克兰，还要广阔、还要肥沃啊。”

“如果不打仗，在这里养上千百万头牛、羊、马、骡，一年就能收获多少皮、毛、奶、肉哟。”

“将来革命胜利了，在这里修上铁路、公路，发展工业、农业、畜牧业，都是大有作为的。”

“啊唷唷，”刘伯承总参谋长说，“还是总司令站得高，看得远。”

“这不光是我看得远，咱们一起走了好几天，还是在它的边边角角上转哩。”

“那么，请问总司令，我们能不能赶上参加草地的开发和建设？”

“这……这很难说，”朱总司令停顿了一下，缓缓地说，“这有两个可能：一个可能是我们能赶上参加这个建设，但不可能完全成功；一个可能是我们赶不上，由我们的下一代来完成。这两种可能，第二种可能是肯定的。第一种可能，也并非完全没有，而是要看我们共同的努力，争取革命成功，早日建设！”

“好哇，总司令。”刘伯承总参谋长也受到总司令的感染，无比兴奋地说：“将来开发建设草地，您当总指挥，我还当您的助手——参谋长。”

“行啊，老战友，但愿我们都能赶上这一天！”

总司令的这番谈话，成了午间休息的中心议题。同志们仨一群、俩一伙地围着火堆，一边喝着青稞野菜汤，一边热烈地讨论着。有的同志扳着手指数呀算的：总司令今年五十岁，如果十年革命成功，再搞十年建设，那就七十岁了，保准没问题。不知是谁一拍大腿，大声说：“二十年就二十年，老子已经干了十几年，再干二十年有啥子了不起，为子孙后代开发草地，咱还要冲锋陷阵！”

跟随红军总部北上来到班玛的任弼时的故事

任弼时（1904—1950），伟大的马克思主义者，无产阶级革命家、政治家、组织家，中共中央主要领导人之一，中共第七届中央政治局委员、中央书记处书记。湖南湘阴县塾塘乡唐家桥（今属汨罗市）人。1904年4月30日生于乡村教师家庭。曾就读长沙明德中学、湖南第一联合县立中学。1920年8月加入中国社会主义青年团。1921年5月赴莫斯科东方劳动者共产主义大学学习。1922年底转为中共正式党员。

1924年秋回国，担任中国社会主义青年团江浙皖区委委员，任教于上海大学。1925年1月当选为团中央执行委员，担任组织部主任。积极领导青年参加“五卅”爱国运动。同年7月任团中央总书记。10月任中共中央军事运动委员会委员。1927年5月出席中国共产党第五次全国代表大会，当选为中央委员。同月，主持召开共青团第四次全国代表大会，当选为团中央执行委员，继任团中央总书记。同陈独秀右倾错误作斗争。国共合作破裂后，于1927年8月7日出席在汉口召开的中共中央紧急会议，积极主张土地革命，当选为中共临时中央政治局委员。

1928年中共六大在莫斯科召开，与李维汉、罗登贤留在国内主持中央日常工作，起草《城市农村工作指南》等中央文件，为纠正盲动主义、复兴革命起了推动作用。继续当选为中央委员。1928 年和 1929 年先后两次被捕，受严刑折磨，坚贞不屈，后经组织营救出狱。1930 年任湖北省委书记、中共长江局委员、武汉市委书记，苏区中央局委员、革命军事委员会委员。1931 年出席中共六届四中全会，当选为中央政治局委员。同年 3 月率中共中央代表团赴江西苏区，11 月当选为中华苏维埃共和国执行委员，12 月任苏区中央局副书记，兼组织部长及党校校长。

1933 年任中共湘赣省委书记，湘赣军区政治委员。中央苏区第五次反“围剿”失败后，1934 年 8 月奉命率红六军团撤离湘赣苏区，突围西征，为中共中央和中央红军战略转移探路，任中共中央随军代表、红六军团军政委员会主席。同年 10 月底，与贺龙率领的红三军会合（会合后恢复红二军团番号），共同开创湘鄂川黔革命根据地，任红二军团政治委员。11 月底任中共湘鄂川黔边临时省委书记兼军区政委。1935 年 11 月与贺龙等率红二、红六军团突围长征，1936 年 7 月在四川甘孜与红四方面军会合。同月，根据中央军委命令，以红二、红六军团及红三十二军组成红二方面军，任政治委员，坚定地拥护以毛泽东为代表的中共中央，维护党的团结，同张国焘的分裂行为作斗争，力促红军三大主力胜利会师。10 月任中国抗日红军前敌总指挥部政治委员。12 月任中央革命军事委员会主席团委员。

抗日战争爆发后，任中共中央军委华北分会委员、八路军政治部主任，和朱德、彭德怀等率八路军开赴山西前线抗战。1938 年 3 月，代表中共中央赴莫斯科向共产国际系统地汇报中国抗战形势与中国共产党的工作和任务，阐明以毛泽东为代表的抗日民族统一战线，取得了共产国际的理解和支持。1940 年 3 月回国，参加中共中央书记处工作。1941 年 9 月任中共中央秘书长，协助毛泽东领导整风和大生产运动，并受中央委托主持《关于若干历史问题的决议》的起草工作。1943 年 3 月与毛泽东、刘少奇组成以毛泽东为首的中共中央书记处。1945 年在中共七届一中全会上当选为中央政治局委员、书记处书记，与毛泽东、朱德、刘少奇、周恩来组成以毛泽东为首的中共中央书记处。1946 年后，和毛泽东、周恩来一起转战陕北，协助毛泽东指挥全国解放战争，制定中国共产党的土地政策和开展土地改革工作。

1949年初，指导建立中国新民主主义青年团，被推选为团中央名誉主席。同年11月赴苏联就医。1950年5月回国。同年10月27日病逝于北京。

（选自《中华人民共和国国史百科全书（1949—1999）》中国大百科全书出版社1999年7月版。）

以下是任弼时长征来到班玛前后的几个故事。

跟随红军总部长征来到班玛的任弼时

任弼时是红二方面军的政委，同时兼任红二军政委。他不仅是红二方面军的政治领袖，更是红二方面军所有指战员包括贺龙心中的主心骨。张国焘在后来的回忆中提到了二、四方面军会师时他对贺龙的印象，说贺龙已经抛掉了身上的“土匪”气息，成为一个十足的共产党人，贺龙心中只有任弼时一人。那么，红二方面军中这样重要的人物为什么在北上之时却要跟随红军总部行动呢？

实际上，任弼时作出这样的决定是经过深思熟虑的，他之所以这样决定是出于这样两方面的原因：一个原因是他想搞清楚一、四方面军会师后的分裂原因，搞清楚张国焘与党中央分歧的真因。部队到甘孜后，他就着手进行这方面的了解，但消息被张国焘封锁，并给他提供了不实的说法，如在张国焘的授意下，他们给红二方面军准备了一些对党中央不利的材料，并在二方面军中散布。任弼时感到这种做法十分错误，下令收回了这些宣传品并销毁。但任弼时对党和红军十分忠诚，他不愿意党和红军出现分裂，他决心将一、四方面军的矛盾搞清楚。他认为只有和红军总部一起行动，和张国焘、朱德一起行动，他才能够更多了解这方面的事情。同时，他也能更多地接触到四方面军的指战员，能从指战员口中了解东西。第二个原因是朱德的邀请。八个多月来，朱德总司令几乎是单打独斗和张国焘斗争，虽然有时刘伯承能帮助他制约一下张国焘，但刘伯承很快就被张国焘贬到红军大学当校长了，朱德只能靠自己的力量对付张国焘，力不从心。这次北上，朱德虽然恢复了红军总司令的职权，但他还需要一个政治上成熟的领袖的帮助，而任弼时是最佳人选，所以他真心邀请任弼时随红军总部一起北上。正是由于这两个原因，任弼时随红军总部来到了班玛。

长征中坚持红军铁的纪律的任弼时

红二方面军在草地行军中遇到了极其严重的粮荒，开始每人每天还能分到三两青稞炒面，尽管被雨淋过的炒面变成硬疙瘩，但也能充饥，到后来干脆断了粮，战士们就把牛皮、牛羊骨骨髓煮熟烤焦充饥，挖野菜吃。艰苦的环境，使长途行军的红军战士一个个面黄肌瘦。一天，有几个战士从路上拣到一个内装青稞的皮袋，拿回来将青稞煮着吃了，任弼时知道后，立即召集干部战士谈话，严肃地指出："我们不论在什么情况下，都应该遵守红军的纪律，不能随便拿百姓的东西。"当他看到有的战士好像受了委屈，便又接着说："我知道现在同志们饥寒交迫，但我们是天下穷人的队伍，维护群众利益是我们的天职，我们一定要遵守红军的纪律，决不拿群众的一针一线。"战士们说："我们要给钱，但没有见到老百姓。"任弼时说："那就照老办法，在拣粮食的地方把钱留下，让老百姓来取。""我们这次行军，是在没有根据地、没有后方的情况下进行的，那就更应该注意做群众工作，而模范地遵守红军纪律，就是最有说服力的群众工作。"党和红军铁的纪律是党和红军最终会受到群众支持的根本原因。草地行军，往往是露宿在外，任弼时常常不顾自己的疲劳和肺病的折磨，披着破棉袄，拄着拐棍，来安慰和鼓励大家："我们今天就苦一夜吧！坚持一下到前面就好了。"很多指战员在任弼时的安慰和鼓励之下振作了精神，最终走完了长征之路。

将工作重心放在维护红军团结统一上的任弼时

在青海境内，任弼时将主要精力放在了维护党的团结和红军的团结上，徐向前元帅这样说这一时期的任弼时："任弼时同志异常关心全党全军的团结。他到甘孜后，即与朱德、张国焘、陈昌浩等人交谈，了解张国焘与中央发生分裂的经过，以便找出圆满的解决方案，进一步消除隔阂，促进党和红军的团结。""在草地里，他同我第一次见面，就询问这方面的情况，征求我的意见，并说：‘我已向中央建议召开六中全会，请共产国际派代表参加，从原则上解决以往的分歧。’我赞同他的倡议，讲了几点看法：（一）中央和毛泽东同志的北上方针是正确的。自己当时没有跟中央走，是不想把四方面军分成两半。（二）大敌当前，团结为重，张国焘另立中央，很不应该，党内有分歧可以慢慢地谈嘛！但是我说话他不听，朱老总的话他也不听，现在取消了‘中央’，对团结有利。北进期间，最好不谈往事，免得引起新的争端。（三）一、四方面军会合后，我们很高兴。但中央有的同志说四方面军是军阀呀，土匪呀，逃跑呀，政治落后呀，太过分了，伤害了四方面军的感情。我和四方面军许多指战员都想不通。（四）我们从参加革命起，就表态拥护第三国际，臂章上也是那样写着的。由共产国际出面解决以往的分歧，我赞成。弼时同志很高兴，表示一定要在这方面作出努力。他给我的印象，冷静、诚恳，对促进党和红军的团结，充满信心。任弼对同志的这种态度，在八月九日他给贺龙、关向应、萧克、甘泗淇同志的信中，有充分的反映：“我这次随朱张等行动，力求了解过去一、四方面军会合时的党内争论问题，并努力促成我党的完全团结一致，我与朱（德）、张（国焘）、刘（伯承）、向前、傅钟、卓然等同志的谈话，大家对党在组织上的统一建立最高集体集权领导是认为迫切重要的问题，陕北同志亦同样是认为迫切需要的，在这一基础上我党团结一致想可能得到顺利的成功。我对陕北同志建议召集中央全体会议（在一、二、四方面军靠近和会合时）已得他们的同意。现国际正讨论这一问题，大概是可能批准这一次会议的召集，我现在正在这边同志中要求他们将来在六中全会上很（作）客观冷静正确的自我批评。根据目前形势与党的策略路线决议基础，重新估计过去中央的领导，六中全会应着重在目前形势与战斗任务上的讨论，对粉碎五次‘围剿’斗争经验只须在主要问题上提出原则上的讨论，而应避免一些枝节不甚重要而且争论也无良好结果的小问题。”任弼时同志做的这些工作，对促进党和红军的团结，有重要作用。

一心想着红军指战员的任弼时

任弼时是我党我军思想政治工作的楷模。红军北上，要穿过茫茫无际的草地。在草地上行军非常艰难，任弼时不断鼓励大家，一定要坚持住，跟上队伍不要掉队，大家要相互帮助，不丢下每一位同志，共同克服困难。一次夜间急行军中，任弼时正带着一支十几人的队伍向前行军。当得知前有堵截，后有追兵，任弼时说："我走在最前面，走夜路我有经验。"说罢，他就走到队伍的最前面，在穿过敌人布下的铁丝网时，他突然脚心一阵剧痛，跌在地上再也迈不动步子。战友提来马灯一看，一根近 0.1 米长的竹签穿过了他的右脚脚掌，脚背上还露出长长一截。受伤后，一位战士给他做了简单的包扎，他完全不顾自己的伤，继续带领大家前进，最终使大家摆脱了敌人。

任弼时在带领七八个比自己年轻的红军战士执行任务时，一位小战士问道："首长，将来会是什么样子的？人人都生活得很幸福，不缺衣少食，那能实现吗？"任弼时说："肯定能，我们现在所做的就是为天下劳苦大众谋幸福的事情。"任弼时的话，让这位小战士倍受鼓舞，更坚定了自己的信念。

任弼时心里时时刻刻装着广大指战员，一心为他们着想。正是在任弼时等一大批政工干部的关怀和指导下，红军指战员克服了一个又一个的困难，最终取得了长征的胜利。

始终关注民族宗教政策的任弼时

红军长征进入藏区后，任弼时又特别强调实行正确的民族政策，着重对上层人士开展统战工作，强调对少数民族必须讲政策，讲团结，不能蛮干。他同贺龙专门了解了藏族同胞的风俗习惯和军队进入藏区必须注意的事项，接着对各部队作了以下规定：一、我军人员一律露宿街头，不住民房，不进经堂，不撕毁藏族群众门楣挂着的红布和门板贴着的佛像；二、不进寺庙，不侵犯僧侣利益，保障宗教信仰自由；三、公买公卖、态度和蔼，爱护藏族群众牲畜、庄稼；四、这一带吃水困难，要帮助藏族老人背水；五、上街刷写保护藏族群众的标语。由于各部队对此认真执行，因而顺利地经过了千里藏区。

随红军总部来到班玛的任弼时同样要求各级红军组织认真贯彻党和红军正确的民族政策和宗教政策，在藏族地区要特别尊重当地的民族风俗习惯，尊重宗教寺院正常的宗教活动。他要求红军指战员深刻理解并遵守党和红军的民族宗教政策，广大指战员要将红四方面军政治部宣传部通俗的《藏区工作十要十不要》熟记在心，按照《藏区工作十要十不要》的规定处理藏族地区的问题。

任弼时的半条皮带的故事

在红二方面军中，广泛流传着任弼时“半条牛皮带”的故事。红二方面军进入草地几天后，所带的干粮全吃光了，而这时候野菜也找不到了，饥饿的阴影笼罩着指战员们。警卫员李少清皱着眉头对政委任弼时说：“任政委，今天什么吃的都没有了，怎么办？”任弼时随手从地上拔起一把草，笑笑说：“野草甜，野草香，红军粮食满山岗，这不是吃的吗？”“这草不能吃！”警卫员说。“不要愁，想想办法。”任弼时略一沉思，一眼瞥见李少清手上的手枪背带，眼睛一亮：“有办法了。看，身上背的牛皮带可以吃呀！同志们，快解下来！”任政委让警卫员拿来一把刀，一人扯住皮带一头，隔一寸割一段。第一次割了八块，找了些树枝点火，然后任政委把割好的部分放在火上烤了起来，当烧得发焦时，就把皮带表面的黑焦刮去，再放到水里煮，皮带是煮不烂的，煮了一个时辰，任政委说：“差不多了，咱们吃‘牛肉’吧！”便带头吃了起来，一面“咯吱咯吱”地嚼着，一面又风趣地说：“这东西很有味道。”贺龙、关向应这时也走过来，先后也吃了起来，还连声说：“这是好东西，比野菜好，你们真有办法！”于是，他们发动部队，开始用任弼时政委的办法吃皮带、皮包。这样，暂时解决了一段粮荒。牛皮带不易消化，吃到空肚子里咕咕直叫，最后又原封不动地拉出来。但当时这是唯一能进肚的东西。任弼时号召大家要节约吃，计划好，因为还有好几天才能走出草地。任弼时当时有两条皮带，吃到最后还剩了半条。他在上面亲自用钢笔写了一行字：“越吃越健康，将革命进行到底！”走出草地后，他将吃剩的皮带一直保存着，以作纪念。1938 年，任弼时从山西太行山区返回延安的时候，把它送给警卫员李少清保存。后来，李少清又将这条皮带捐给了中国革命历史博物馆。现在，这半条牛皮带作为珍贵的历史文物，收藏在中国革命历史博物馆，上面仍保留着用刀分成一段一段的痕迹。

陈昌浩随三十二军长征来到班玛的故事

陈昌浩（1906—1967），又名陈海泉，曾用名苍木。出生于武汉市汉阳县永安堡戴家庄（今武汉市蔡甸区奓山街），中国共产党的优秀党员，忠诚的无产阶级革命战士。

1919年，陈昌浩进入武昌私立中华大学附属中学学习。1926年考入私立武昌中华大学（现华中师范大学）。1927年转入武昌中山大学（现武汉大学），同年加入共青团，“七一五”事变后转入地下，12月转去苏联莫斯科中山大学就读。1930年10月，陈昌浩回到上海，12月转为中共正式党员，曾任共青团江苏省委常委、团中央委员等职。1931年4月同张国焘一道由顾顺章护送前往鄂豫皖苏区，任中共鄂豫皖中央分局委员兼共青团特委书记。同年9月，任红四军政治委员。1931年11月7日，中国工农红军红四方面军成立于湖北黄安，陈昌浩任总政治委员。1935年，红四方面军进行长征，同年6月与红一方面军在四川懋功会师；8月6日，陈昌浩在沙窝会议上进入中共中央政治局，任政治局委员、右路军前敌总指挥部政治委员。但是在得知张国焘命令其停止北上后，陈于9月10日在班佑率领原属红四方面军的红四军和红三十军转而南下。由于在西康屡遭挫败，陈与张国焘产生矛盾，转而主张北上。

1936年6月，他与朱德、徐向前、刘伯承等人迫使张国焘同意北上，同年10月22日，红一方面军、红二方面军和红四方面军会师于甘肃会宁。陈旋即被任命为西路军军政委员会主席，与徐向前一起率领红四方面军主力西渡黄河，力图打开前往苏联的通道。在河西走廊与马家军作战4个月后，由于补给缺乏，又无援军，西路军全军覆没。

1939年8月，他请求去苏联“养病”，获批准。在苏期间参加了斯大林格勒保卫战，获“卫国战争奖章”；1951年回国，担任中央编译局副局长等职务；1967年含冤辞世，1980年恢复名誉。

红四方面军第二次北上中，陈昌浩随红三十二军来到了班玛。按理，作为红四方面军总政委的陈昌浩应该在红四方面军的总部，也就是说应该和徐向前一起随中纵队北上的，但我们从朱德、张国焘的电报中发现，陈昌浩是随三十二军行动的，这封电报这样说：“决令三十二军明随浩出发。后三十二军留日庆，候六军接替四军直开让倘归还建制。”那么，为什么他在三十二军？而且随三十二军行动呢？实际上，陈昌浩来到三十二军时，三十二军仍属红四方面军建制，他是以红四方面军总政委的身份来三十二军工作的。但也就在此时，二、四方面军会师之后，中央重新调整了各方面军所属部队，三十二军整军划归红二方面军建制。这样从一定意义上说，陈昌浩伴随红三十二军走完了在红四方面军的最后一程。他也伴随三十二军开始了在红二方面军中的第一步。这期间，陈昌浩的一个重要工作是向二方面军整体移交三十二军。当然，陈昌浩随三十二军来到班玛后，有较多的时间思考一年来的党内斗争，之后他从拥护张国焘转变为开始对张国焘一年来的做法表示怀疑，进而反对。这种思考的结果是北上来到甘肃后他和张国焘的直接斗争。9 月 16～18 日，“西北局”在岷州三十里铺召开会议，解决行动方向问题。张国焘反对执行中央 13 日来电，说北上是“断送红军”，坚持西渡黄河。陈昌浩第一次公开站出来反对张国焘，二人之间发生激烈争吵。两人互不相让，最后张国焘以“不干了”相威胁，带着警卫员哭着离开了岷州。张国焘以红军总政委的身份调动部队西进，陈昌浩以红四方面军总指挥部的名义，命令部队停止西进，待命而动。张国焘先是跑到前线徐向前、李先念等人所在的樟县大哭，说“陈昌浩反我”，有取而代之的野心，赢得了不明真相的众将领的同情，又深更半夜找陈昌浩谈心，哭说利害，要求保存四方面军，说北上“会合后一切都完了，要我们交出兵权，开除我们党籍，军法从事”。续开“西北局”会议时，陈昌浩仍坚持北上，明确表示不能再作四方面军政委。正是陈昌浩在会议上的据理力争，才使张国焘的西进方案没有得到批准，并最终迫使张国焘同意北上，顺利实现了红二、四方面军与中央红军的大会师。

两次率兵进入青海的北上先锋李先念的故事

李先念，1909 年 6 月 23 日生于湖北黄安，伟大的无产阶级革命家、政治家、军事家，坚定的马克思主义者，党和国家的卓越领导人。1983 年 6 月当选为中华人民共和国主席，时年 74 岁，成为继毛泽东、刘少奇之后，中华人民共和国第三位国家主席。1992 年 6 月 21 日逝世。

李先念 1927 年加入中国共产党，11 月参加黄麻起义。先后任中共黄安县高桥区委书记、陂安南县委书记、县工农民主政府主席。1931 年后，他历任中国工农红军第四方面军三十三团政委、第十一师政委、红三十军政委等职，是中共鄂豫皖和川陕革命根据地的高级领导人。1935 年，李先念率部队参加长征时任红三十军政委。

李先念是少有的两度率领中国工农红军部队进入青海境内的将军，第一次就是红二、四方面军会师并决定重新北上后，率领左纵队先头部队北上而进入青海班玛地区的，他也是最早进入青海的红军领导人之一，此时的李先念年仅 27 岁。第二次是 1937 年 4 月率领西路军余部来到了青海祁连山区。

以下是李先念两次率部来到青海的故事。

李先念率部来班玛的故事

长征期间，李先念以及所率领的红三十军以打先锋最为擅长，多次以先锋身份出现在红军的行军打仗之中。如 1935 年 3 月，他指挥所部参加强渡嘉陵江战役，并率一部兵力先后攻克青川、平武，抢占战略要地摩天岭，打破了敌军夹击红军的计划，保障了西进主力右翼安全。5 月，率方面军一部由岷江地区西进，策应红一方面军的行动和迎接中共中央。李先念时任红三十军政委，程世才任代军长，下辖八十八师、八十九师、九十师，计 2 万余人，是四方面军的主力。5 月下旬，红四方面军总部召开会议，布置迎接党中央及红一方面军的准备工作。会议决定由李先念率领红三十军八十八师和九军二十五师、二十七师各一部，开往小金川地区迎接党中央。会后，李先念立即从茂县去汶川传达和动员，要求部队迅速赶赴懋功，迎接党中央和红一方面军。从汶川到懋功有 300 多里崎岖难行的山路和大片的原始森林，还有一座海拔四五千米、终年积雪的红桥山。李先念率八十八师的官兵们，满怀着迎接党中央的热情，不怕一切困难，日夜兼程。6 月 8 日，先行的红九军二十五师占领懋功，继而占领达维。6 月 12 日，红一、四方面军的先头部队在夹金山下胜利会师。6 月 18 日，毛泽东、周恩来、张闻灭等会见了红三十军政委李先念。毛泽东称赞李先念："名不虚传，果真英雄少年！"

1936 年 6 月下旬，在二、四方面军会师之前，红四方面军总部作出了重新北上的决定，并将红四方面军分为左、中、右三个纵队，在和二方面军会师之后分路北上。6月25日命令红三十军的八十九师、骑兵师和红军总部教育局组成先遣军在两个方面军北上之前率先出发，目的是为左纵队筹粮和探路。李先念率部于6月27日从甘孜出发，并于7月3日来到了青海班玛。当时方面军总部给他们的任务是："先头须查报西倾寺或让倘到阿坝路状"，"为后续部队筹集粮食、牛羊"。通过许多老红军的回忆和一些长征日记看，李先念率领的左纵队先头部队较好地完成了方面军总部交给他们的任务，尤其是寻找路线的任务完成得很出色。从老红军的回忆和一些长征日记中不难发现，左、中、右三路北上大军中，左纵队所走路线相对较好。同时，就先头部队的另一个主要任务——为后续部队筹集粮食、牛羊而言，也基本完成了任务。虽然，左纵队选择的北上之路人口稀少，粮食很难满足数万大军的需求，但在李先念等人的努力下，先头部队最大限度地完成了筹粮及筹牛羊的任务。

李先念率部来青海祁连的故事

李先念第二次率部进入青海是9个月以后的事，他率领西路军左支队进入青海祁连，并成功地将部队带到了新疆。1937年3月在西路军征战的最后阶段，西路军军政委员会在石窝山顶召开了最后一次会议。决定：① 为了减小目标，陈昌浩、徐向前离开队伍，回陕北向党中央汇报情况。② 现有部队分三个支队就地游击：王树声率一路，约五个连步、骑人员；张荣率一路，包括伤病号及妇女、小孩千余人；李先念、程世才率一路，系三十军余部五个营及直属队，也是千余人。③ 成立西路军工作委员会：由李先念、李卓然、李特、曾传六、王树声、程世才、黄超、熊国炳等同志组成，李卓然为书记并负责政治领导，李先念负责军事。

当天夜晚，李先念、李卓然、王树声等人怀着沉重、难舍的心情，送走了陈昌浩、徐向前后，立即集合部队准备转移。临行前，李先念作了动员讲话。他说："同志们，我们现在的处境非常艰难，但并不是无路可走，出路就是要快速行动，跳出敌人的包围圈，摆脱马家军骑兵的跟踪追击。只要我们能突围出去，就有回旋的余地，就有办法可想！西路军虽然失败了，但河东的红军还在战斗，党中央还在陕北，革命并没有失败，暂时的失利吓不倒我们，天大的困难压不倒我们，最后胜利一定属于我们，属于红军!”李先念这铿锵有力的声音，震撼着山谷，也深深地鼓舞着指战员们的斗志。

李先念率领的以三十军为主的左支队千余人，于石窝会议当晚向南行动，随后即深入祁连山区，西路军工作委员会大部分领导人随左支队行动。李先念率军西越祁连山，是经过了审时度势、深思熟虑才作出的决定。当时东、北面都是马家军重兵集结、搜剿的地区，南面的青海柴达木盆地则是马步芳的势力范围，红军到了这些地区都将无法生存。西面虽然是渺无人烟的冰山雪岭，但敌军的兵力少，容易摆脱追敌。事后证明，李先念的这一决定是完全正确的。3 月，正是祁连山最寒冷的季节。高耸入云的山峰，披冰戴雪，寒风夹着鹅毛大雪从山头扑向峡谷，像利刀似地刮着战士们的皮肤。1 500 来人的左支队指战员，冒着零下 30 多度的严寒，踏冰履雪，跟着向导朝祁连山西部行进。也正是在李先念的领导下，西路军余部 430 多人最终到达了新疆，从而为我党我军保留了一批珍贵的人才。

红二方面军副政委关向应在班玛的故事

关向应（1902—1946），辽宁省大连市金州区人，满姓瓜尔佳氏，是中国共产党早期军事领导人，是无产阶级革命家、军事家。

1924 年加入中国社会主义青年团，第二年加入中国共产党。先后在中共河南省委和共青团中央组织部工作。在中国共产党第六次全国代表大会上当选为中央委员，会后任中国共产主义青年团中央书记。后从事中国工农红军军事委员会及中共中央长江局工作。1932 年到湘鄂西革命根据地任湘鄂西军委主席和红三军政治委员。长征途中，任第二方面军副政治委员，曾坚决抵制张国焘另立中央，分裂红军的错误行为。1937 年任八路军第一二〇师政治委员，与贺龙一起开辟了晋绥根据地。1946 年病逝于延安。

关向应是随二方面军六军和三十二军北上来到班玛的。以下是他长征来到班玛前后的几个小故事。

关向应善待喇嘛完成筹粮任务的故事

这是关向应在来班玛之前和藏族喇嘛交朋友，完成筹粮任务的一个故事。

1936 年 4 月底，红二、六军团从金沙江畔出发，翻过海拔五千多米，高耸入云，人迹罕至的玉龙雪山，于 5 月 1 日到达中甸。部队准备在此作短期休整，扩大红军和补充物资再继续北上。

中甸在版图上虽然划在云南省，实际归西藏噶厦政府管理，是一个只有几百户藏族群众，比较荒凉封闭的山城。部队在此地根本无法进行修整补充。所以，部队准备稍作休息继续前进。为了使部队顺利通过这一带藏区，长期从事思想政治工作和组织工作的关向应对部队进行了民族政策和宗教政策教育，要求指战员严格遵守“三大纪律、八项注意”，尊重少数民族的宗教信仰和风俗习惯。在关向应的建议下，贺龙以中华苏维埃共和国中央革命军事委员会湘鄂川黔康分会主席的名义发布文告，说明红军是为扶助藏族人民解除痛苦，为藏族人民谋利益而来，并号召广大藏族同胞和喇嘛僧侣“各安居乐业，毋得惊惶逃散”，红军会做到买卖公平，不强买强卖等。

关向应得知部队进入藏区后，藏族群众吃的酥油糌粑很多战士吃不习惯，他首先学会吃，并且告诉大家：“如果不学会吃酥油糌粑，雪山草地就走不出去，会要命的。”

红二、六军团于 5 月 5 日继续前进，为了减少沿途供给困难，两军团分作两个纵队从中甸出发，向甘孜前进。

关向应从长征开始，一直随五师或六师行动。五师和六师作为后卫，负责阻击敌人。因部队在中甸没能筹集到足够的粮食，再次行军中，粮食很快被吃光了。部队在渺无人烟的山沟里是无法找到粮食的，大家把就希望到前面的得荣县城筹粮。关向应随五师走到这座县城一看：县城内非常荒凉，根本看不到一个人影，也看不见一缕炊烟，在此根本筹集不到粮食。黄昏，指战员只好用水充饥。此时，关向应指示：明天去喇嘛寺筹粮。

第二天，关向应和五师的领导干部亲自带着总务处的同志前往喇嘛寺筹粮。大家找了一个中午也没能找到喇嘛寺。正当大家准备按原路返回时，侦察员用马驮来一个喇嘛。关向应急忙迎上前去，把喇嘛扶下马。

喇嘛因恐惧，闭着眼睛，头都不敢抬。关向应坐在他跟前，用十分和蔼的口气通过翻译告诉他："我们是红军，是穷苦人的队伍，不是国民党。我们路过这里断了粮，听说附近有喇嘛寺，想去借点粮，但是找不到路，请你给我们指点一下。"足足做了半个钟头的工作，喇嘛才微微睁开眼睛，抬起头，对关向应等人说道："你们走错路了，这大山是翻不过去的，必须返回得荣，再顺大路向西南走，绕过大山再往北就到了。"

关向应谢过喇嘛，命令部队迅速下山，返回得荣取道向喇嘛寺前进。关向应亲自扶喇嘛上马随部队下山，并告诉他明天去喇嘛寺请他带路。喇嘛已经不怕红军了，连声答道："行！行！"第二天，由喇嘛带路来到喇嘛寺，但寺内空无一人，原来喇嘛听了反动宣传都跑了。红军所需要的大米、白面等，样样都有，但是没有主人，向谁去筹粮呢？这让红军有些为难了。后来，关向应把许多银元和一封致谢信，交给了向导喇嘛，并说道："寺院里没有人，只好请你替我们向主人道歉了。"同时将一份粮食清单交给向导喇嘛。他拉着喇嘛的手说："谢谢你！如果我们的钱不够，还可以拿着我们的信向后续部队要。"告别喇嘛之后，关向应率领部队继续前进了。

指挥红六军和红三十二军北上的故事

1936 年 7 月，红二方面军跟随红军总部及红四方面军左纵队从甘孜出发北上了，关向应以二方面军副政治委员的身份随六军和三十二军于 7 月 13 日来到了班玛境内。由于他是红二方面军副政治委员，实际上是到班玛的六军、三十二军的直接上级。所以，在行军中他要代表红二方面军总部处理六军、三十二军的一些重要事务。他在这一时期的一个核心任务是顺利从红四方面军接管三十二军。三十二军原是红一方面军的九军团，1935 年 9 月初被张国焘强行拉到了四川西南部，后成为红四方面军第三十二军。1936 年 7 月，红二、四方面军会师后，经红军总部的提议，在红四方面军总部同意下，划给红二方面军，成为红二方面军的属部。所以，关向应十分关心这支部队，亲自到三十二军了解情况，开展工作。当时，红四方面军的政治委员陈昌浩也在三十二军，也在进行着同一工作。正是在关向应、陈昌浩的努力下，三十二军的移交相当顺利。

指挥红六军和红三十二军筹粮的故事

我们从红军指战员的长征日记中可以发现，红二方面军随红军总部北上后的最重要任务是筹粮。由于没有粮，红军指战员们只能以野菜充饥，如关向应在自己的长征日记中这样记载：7月13日，6军经点头寺进沟，顺沟而上，翻了两个山，最后一个较高，下山坡很滑，行军约120里到绒玉。7月14日，6军在绒玉休息。无粮食，采野菜吃。7月15日，6军仍在绒玉休息，以野菜充饥。7月16日。6军上午出发，沿河而上，下午到王楼。各部队还是没有找到粮食，全吃野菜。指挥部及2军4师到打盆、大古岭。6师在东谷。因河水涨，需架设浮桥，明日才能续进。7月18日。6军在亚龙寺一线休息，准备补充粮食，但因该地区居民很少，有点粮食全为前边部队通过时收集走了。所以大部分部队采野菜做干粮……

正是因为这样，关向应在这一时期将工作的重心放在了筹粮上。作为二方面军的副政委，关向应还担心指战员们在筹粮时违反党和红军的纪律，所以经常提醒指战员们，再困难也不能违反党的民族政策、宗教政策和“三大纪律、八项注意”。筹粮中要和当地群众公平交易，不能强买。

尽管红军在这些地区没能筹到太多的粮食，在关向应等人的领导下，红军没有发生一起侵害藏族群众利益的事。

关向应无微不至地关怀指战员的故事

长征中，关向应无微不至地关怀着每一个指战员，是指战员心中最亲近的领导。长征中他的战马自己很少骑，却经常让给受伤或生病的战士骑，自己走在队伍中间，边走边给战士讲革命故事，鼓励战士前进。有一天，两个战士搀扶着一个受伤的战士，行动十分吃力。关向应看到，立即跳下马，关切地询问那个战士的病情，亲自扶病号骑到他的马上。身边的同志看着他那瘦削的身体，纷纷要求把自己的马让给他骑，他坚决不同意。同志们说：“首长身体不好，步行把身体累坏了怎么办？”他风趣地说：“部队都累垮了，我还给谁当首长呢？”有一天在登山，关向应有意识地走在队伍的最后面，关切地注视着每一个战士。走着走着，发现前面有三十多个因饥饿、寒冷和过度疲劳掉队的战士，他们蹲在雪窝里，冻得脸色发青，嘴唇发紫，浑身直打哆嗦。一问，原来是前卫部队和指挥部直属机关的同志。关向应立即命令跟随他的战士：“扶他们上马！”一边说一边和战士们把8个战士扶上了马，回头对其他人说：“在这里等一下，我们送这几个同志过山后，再回来接你们。”说罢，便牵着马护送8位同志过山。翻过雪山，天色将晚，看着他异常疲劳的神态，大家劝他在山下休息，由别人去接其余的同志，他坚持要去。有的人身体过于虚弱，在马上坐不住，他就一直扶着他们。这一天，关向应同其他同志一共翻越了4座山，把掉队的人员全部接过山来。

从甘孜出发北上后，敌人不再追击了，饥饿却常常严重威胁着部队，饥饿、缺氧，加上时雨时雪的恶劣气候，许多战士病倒了，牺牲了。部队翻过麻尔柯山时，下了一整夜雨雪，第二天到绒玉清点人数时，发现有一百四十多人牺牲了。这次行动以前，只筹集到几天的粮食，进入草地很快出现了粮荒。开始可以采集野菜充饥，关向应就告诉大家野菜的种类和吃的方法。后来野菜都被先头部队采集光了，后卫部队连野菜也找不到。在断粮的日子里，关向应穿着一件破烂的灰军衣，背着一条空荡荡的干粮袋，和战士一起边走边谈，鼓励他们战胜困难。部队宿营了，他却忙于深入连队了解情况，开展思想政治工作。有时总指挥部给他一袋挂面，他一回到师部，就把挂面分给大家吃。他一个人几天的干粮，往往一下子就分吃光了。以后的日子，他和战士们一样，也靠野菜充饥。

在艰苦困难的环境中，关向应总是这样以身作则，和战士甘苦与共，真正做到了“关心别人比关心自己为重”。一路上，他继续把马让给病弱的战上骑，自己依旧跟战士一块步行。他说：“这些同志都是忠实于革命的，只要他们还能走一步，就要拖他们走。”他要求部队各级领导机关加强收容工作，务必保证全体指战员都能顺利地走出草地。

来到班玛的红军总参谋长刘伯承的故事

刘伯承（1892—1986），名伯昭，字伯承，小名孝生，四川省开县（今属重庆市）人，中华人民共和国元帅，中国人民解放军创始人和领导人之一，中国现代杰出军事家、军事理论家，有“川中名将”“军神”的称号。1911 年参加辛亥革命，后参加护国、护法战争。加入中国共产党后，组织和参与了泸顺起义、南昌起义，先后担任过红军总参谋长、八路军一二九师师长、第二野战军司令员、军事学院院长、中央军委副主席等职。他对中国革命军队的建立和壮大，对革命战争的胜利和新中国的成立作出了不朽贡献。1986 年 10 月 7 日在北京逝世。

长征中的刘伯承有过参加遵义会议、对毛泽东的主张大加赞同，并在随后为红军作战出谋划策的辉煌，也有过被张国焘撤销总参谋长职务、降为红四方面军红军大学校长的经历。长征初期，他协助红五军团军团长董振堂执行后卫任务，掩护中央机关通过国民党军四道封锁线。1934 年底复任红军总参谋长兼中央纵队司令员。1935 年 1 月指挥先遣部队突破乌江，智取遵义，甩开了敌军主力，使伤亡大半、疲惫不堪的中央红军获得了一次难得的短期休整。遵义会议上，他坚决拥护毛泽东的主张。会后，协助毛泽东等组织指挥了四渡赤水、二进遵义等战役，使部队跳出了敌军包围圈，直插云南北部，并亲率干部团抢占皎平渡，保障全军渡过天险金沙江。5 月兼任红军先遣队司令，同政治委员聂荣臻率部进入大凉山，与彝族首领小叶丹歃血为盟，使全军顺利通过彝族聚居区。继而指挥所部在安顺场强渡大渡河，打开红军北上的通路。红一、四方面军会合后，坚决执行中共中央关于北上抗日的方针，在逆境中和朱德一起同张国焘的分裂活动进行了斗争，被张国焘撤销总参谋长职务，降为红四方面军红军大学校长。

以下是刘伯承在藏区的几个故事。

长征路上办红军大学的故事

1935 年 10 月，经朱总司令、刘伯承等领导提议，红军总部批准，在卓克基成立了红军大学。

为了加强对红军大学的领导，总部指派刘伯承同志兼校长，张宗逊同志负责教学组织工作。陈伯钧、彭绍辉、郭天民等同志任军事教员，黄志勇等同志任政治教员。第一期设有高干科（队）、政治科（队），学员三百多人。长征路上的红军大学，最大的特点是：边走、边打、边教、边学。“走”，那是红军的主课，翻山越岭，涉水过河，可以说差不多每天都是在行军中度过的，随之也就出现了各种不同情况下的行军、宿营、警戒以及思想工作。“打”，就是随时会遇到各种各样的战斗，要打各种不同的敌人，如山地战、河川战、隘路战、麻雀战，打步兵，打骑兵，打反动地方武装，等等。在刘伯承同志亲自指导和教员的讲授帮助下，研究和总结怎样走、怎样打，这些都大大丰富了红军大学的学习内容，既生动又具体，使其既适用又实际。可以说当时的红军大学生活，真是体现了刘伯承同志所倡导的“理论联系实际，全面培养干部”的教育方针和“教员讲课多示范，学员学习多操练”的教学方法，做到了“需要什么，学什么”，“缺什么，补什么”。特别是学习了很多实用的知识，如能识别十几种野菜，在五分钟内搭好一座简易帐篷，在十分钟内用牛粪烧好一壶开水，等等。这种实践教学在世界上没有其他任何一所军事院校具有相同的内容。

1936 年 7 月中上旬，刘伯承率领着这支红军大学队伍来到了班玛。

教红二方面军打骑兵的故事

红二、四方面军会师之后，马上就面临北上的问题。实际上，红四方面军的一部已经北上了。然而，红二方面军北上还有很多事情要做，如筹粮等。同时还有一个必须进行的功课，这就是如何和西北军阀的骑兵打仗的问题。为此，朱德总司令向贺龙、任弼时推荐了刘伯承，让刘伯承教红二方面军打骑兵。于是，贺龙邀请刘伯承到红二方面军讲课。刘伯承在讲课中针对红军缺乏与骑兵作战的经验，专门为二方面军讲授了打骑兵的战术。7 月初的一天，第二方面军的干部集合在甘孜方面军司令部，萧克宣布了会议的主旨。广大干部，对于刘伯承多数是闻名而未谋面，今日见到了这位老成持重、从容大度的总参谋长，觉得与心目中的军事家形象非常吻合。在热烈的掌声中，刘伯承开始了他的战术报告，他说：“在我们今后的北进中及通过广大的草原地域时，必然会遇到敌人的骑兵。我们的指战员过去主要是习惯于森林、山地作战，很少甚至完全不了解骑兵。因此，很易于过分估量骑兵对于我们的危险性，遇见骑兵时，很容易发生惊慌，以致受到不应有的损失。现在我们应来了解新的敌人和消灭他的最好战术。”接着，他详尽地讲述了对骑兵作战的四项基本原则：一要提高战胜敌人骑兵的信心，二要严格估计部队从准备到进入战斗的时间，三要经常研究和充分利用地形，四要利用各种武器在一定的距离上组成密集而有效的火力。最后，他讲解了打骑兵的队形、追击、有组织的后移以及平时进行实际演习等问题。

在这以后，第二方面军广大指战员由于有了对付敌人骑兵的精神准备和战术训练，在遭到骑兵的几次袭击中都没有吃亏。

“太阳万岁”背后的故事

班玛被称为果洛小江南，林地面积 2 823 万亩，山川险峻雄美，林木纷杂葱郁，植被茂盛。这里雨量非常充足，特别是每年的六七月。但雨量充足却让长征行军中的红军吃了很多苦头。红军总部部队进入班玛以来，天天有阴雨“招待”红军，大家始终见不了太阳。1936 年 7 月 11 日这天，红军总部长征来到绒玉（今天的班玛县城），并在此休整，到了中午，久违的太阳终于出来了，正在山坡上的刘伯承见到太阳后大声喊道：“太阳万岁！”他的喊声引来了更多的“太阳万岁”，见到如此美丽的草原，见到久违的太阳，各种欢呼声此起彼伏，特别是各种方言的“太阳万岁”，甚至是俄语的“太阳万岁”响彻了班玛上空。红军指战员从内心里感谢如此美丽的草原，感谢如此美丽的天空。然而，刘伯承喊出这句“太阳万岁”时内心还有一种心情，这就是近一年来压在他头上的阴云散去，太阳出来的心情。

1935 年 9 月张国焘公开分裂党和红军，于 9 月中旬，在阿坝召开了中共川康省委扩大会议。会议在一个喇嘛庙里举行。会上，刘伯承公开提出：“我同意北上，从全国形势来看，北上有利，南下是要碰钉子的。薛岳、李抱冰并没有走，向南走，就会碰到薛岳和川军，打得好可以蹲一段，打不好还得转移北上。”刘伯承的主张显然和张国焘的南下是背道而驰的，刘伯承公开支持毛泽东、党中央的发言直接让张国焘难堪，张国焘非常不高兴。但会议还是在张国焘的操纵下，通过了所谓“决议”，污蔑北上是“右倾逃跑”“机会主义”，鼓吹南下才是“进攻路线”。从此以后刘伯承到处受到张国焘的打压。不久，就将刘伯承的总参谋长职务免去，调任第四方面军红军大学校长。这是刘伯承第二次被撤掉总参谋长职务，算上南昌起义自然失掉参谋长职务那一次，已有三次之多。但刘伯承依然和张国焘斗争着。1936 年 2 月，第四方面军红军大学在天全红岩坝开学。由于部队的大量伤亡和非战斗减员，官多兵少，许多干部只好放在学校里。刘伯承利用一切机会，宣传北上抗日的正确性，用中央红军北上发展与第四方面军南下受损做对比，用第四方面军南下前后的情况做对比，耐心地说服干部。许多干部在正反两方面经验教训的教育下，逐渐觉悟起来，感到再这样下去非把部队拖垮不可。北上的呼声越来越高。6 月下旬，随着红二、四方面军的会师，更随着朱德、任弼时、贺龙、刘伯承、关向应等人的坚决斗争，张国焘终于同意第二、四方面军一起北上与中共中央会合的行动方针，取消了他另立的“中央”。红军重新回到了正确道路，革命向着胜利的方向前进，刘伯承的心情也随之大好，所以从内心喊出了“太阳万岁”。

在班玛留下素描的故事

刚刚我们讲了 1936 年 7 月 11 日班玛天空出现久违的太阳，刘伯承的心情大好，喊出“太阳万岁”的故事。当时的山坡上，廖承志正在给红四方面军政治部主任傅钟画像，心情很好的刘伯承也跑过来了，也让廖承志给他画张像。于是发生了一场“讨价还价”的画前谈判。一方的刘伯承提出了条件，画中不仅要有他，还要有身后的葛曲河（在班玛北面七公里处），更要有河边的渡船。刘伯承的这些条件，廖承志都答应了，之后，廖承志提出了条件，他说画完之后，要让刘伯承酬劳他，代价是半袋子青稞。说话间还大声喊道“卖画了，公平交易”。于是这笔“买卖”做成了。廖承志得到了半袋青稞，刘伯承得到了画有葛曲河、河边的渡船以及长征中的他的画像。遗憾的是我们多处寻找，始终没有找到这张带有历史痕迹的画像，也许是在战争年代早已丢失。画虽然不在了，但这个美好的故事却始终流传着。

杀战马救战友的红二方面军总指挥贺龙的故事

贺龙（1896—1969），原名贺文常，字云卿，湖南省桑植县人，汉族。中国工农红军和中国共产党领导的军事力量的重要领导人，中华人民共和国元帅之一。1914年加入孙中山领导的中华革命党。1927年应谭平山策动，任八一南昌起义的总指挥，脱离中国国民党之后加入中国共产党。1935年11月19日，红二、红六军主力开始转移。1936年6月30日，与红四方面军在甘孜会师。1936年7月5日，与红四方面军划归的红三十二军合编组成红二方面军。中华人民共和国成立后，出任国务院副总理、中华人民共和国国防委员会副主席等职，1955年被授予中华人民共和国元帅军衔。1969年6月9日病逝。

以下是贺龙率部来到班玛前后的几个故事。

视藏族同胞为亲人的贺龙

贺龙是红二方面军的总指挥，从1935年11月开始，他和任弼时、关向应、萧克一起率领着红二、六军团（红二方面军的前身）开始了长征。到1936年5月中旬之后，贺龙等率领着二、六军团就进入了藏区。为了搞好和藏族同胞的关系，贺龙要求所有红军指战员，必须像对待自己亲人一样对待藏族同胞。他不仅这样说，也是这样做的。在进入藏区之前，贺龙等就组织了一个没有具体名称，但是专门负责对藏族事务的小组，实际上是一个小小的藏族群众工作组，归军团首长直接领导。贺龙、任弼时等首长特别指示工作组的同志们，要执行好政策，做好团结藏族群众工作，还要学点藏语。

1936年5月中旬的一天，部队来到了一个小山村。这里两边是高山，中间一块很大的平坝。山坡上有一片片的青稞、玉米，碧绿的草地延伸到森林的边缘。这个山村只有二三十户人家，部队到达时，居民都跑光了。部队在这里宿营后，当即组织人员到附近山野去找老乡。不一会儿，通司找来一个藏语说得很流利的汉人。他告诉大家，他原是陕西人，做买卖来到康巴地区，遭抢劫落难在这里。村上有个藏族老阿妈，看他可怜但人很精明能干，就把他收留下来招为女婿，给了他40头羊，一片青稞地，平时放牧种青稞，外加做点小生意，日子过得很好，受到村里人的称道。部队向他宣传了红军的政策以后，他首先自告奋勇出面接待红军，并带着部队几个机关干部到山沟里呼叫，找回了全村老乡。同时，他还给贺龙介绍了一些当地的头人和一位有声望的“喇嘛头”。贺龙主动邀请他们到军部来做客。这位“喇嘛头”年龄已五十出头，身材魁梧，长得挺结实。据说，这位喇嘛不是活佛，但当过住持僧，不仅在本村本县是一位管事的“喇嘛头”，而且在附近方圆几百里乃至整个康巴地区都是有影响的人物，与康巴地区各寺庙都有来往。当部队向他讲述了红军为了北上抗日路过康区，以及红军有关民族宗教政策后，他表示理解和钦佩，并愿意同红军合作，帮助红军做工作。贺龙问“喇嘛头”和头人们群众为什么跑上山。头人们回答说：“汉官说啦，红军青面獠牙，杀人放火，破坏寺庙……现在我们亲眼看到了，你们红军跟我们一样，是好人，汉官说的统统是造谣。”贺龙哈哈大笑说：“那些汉官都是胡说八道，你们不要相信！不过，我们确实与国民党汉官不一样，他们欺负老百姓，欺压藏族同胞，而我们红军是中国共产党领导的保护人民的队伍。这次是为了北上抗击日本侵略者才路过贵地的。来到这里以后，你们都看到了，红军决不伤害群众，而且保护寺庙，保护牛羊，请你们回去转告乡亲们，安心生活，照常拜佛念经，上山放牧，做生意。”贺龙还说：“请诸位头人回去好好向老乡讲讲，红军北上打日本，为的是全中国的老百姓不受侵略压迫。红军要顺利北上，要打胜仗，也离不开老百姓的支援。我们一路上已经得到了包括汉族、苗族和藏族同胞的帮助，这才冲破国民党军队的封锁阻拦，渡过金沙江，翻过玉龙山。现在来到你们康区，山高路险，人不熟，路不熟，话也不懂，有很多事要请教你们，请你们帮助解决哩！”

由于贺龙对待藏族同胞是真心的，藏族同胞也视贺龙等为亲人，尤其是和贺龙交了朋友的那位喇嘛，更表示自己愿意为红军当向导。他说：“本人就愿意跟红军走一趟，作向导，还可与各方做联络。”部队在得荣县住了两三天，在附近筹了一点粮，又继续北上。这位喇嘛还带了两个头人，参加向导联络。他们的行装很复杂：帐篷、铜锅、青稞、糌粑、酥油、砖茶，七八匹马都驮满了，他们自身就已是一支小小的队伍了。

出发时，村里的男女群众都来送行，说着“平安”“吉祥”一类的祝愿话，很是热情。在喇嘛的引导下，出得荣行军个把月，便到了白玉。在白玉，部队的生活得到了改善，休整几天后，部队出白玉不几天就到了甘孜。在甘孜与红四方面军会师后，决定要与四方面军一起北上。这几位通司和喇嘛已经送了部队近千里路程，本该早日让他们回家，只是喇嘛执意要再送部队几程，这才到了甘孜，真是盛情感人啊！

这个故事虽然发生在云南和四川的藏区，但贺龙视藏族同胞为亲人的事迹是真实的。当贺龙带着红二方面军总指挥部和红二军来到班玛后，贺龙依然视班玛藏族同胞为亲人，他要求部队尊重藏族同胞宗教信仰和风俗习惯，不能侵害藏族群众的任何利益。

杀马救战友的故事

1936年7月中上旬，在朱德总司令、刘伯承总参谋长的领导下，红军左纵队以四方面军为一梯队，二方面军为二梯队，北上过草地。这时部队的物质条件更差了，战士体力也更弱了。为了维持部队的生存，红二方面军总指挥部的全体指战员想尽了各种办法来解决行军途中的吃饭问题，粮食吃光了，就挖野菜充饥，而当时这里只有灰苋菜。这里本来没有灰苋菜，是藏族群众放牦牛时，牦牛在别处吃了灰苋菜，菜籽没有消化，拉出来后生长的，所以数量也很少。有时前卫部队吃野菜，后卫部队就只能挖野菜根吃。总指挥贺龙，冒着中毒的危险亲尝各种野菜或到小溪中钓鱼。一次，四方面军的同志送来一些羊肉，供给部门就按人数分给每人一份。贺老总说：“我那一份不要了，给别人吧。我自己的伙食自己办。”说完自己拿了根竿子钓鱼去了。可他钓来几尾小鱼，还要把周围的同志都叫来尝尝。一天，他看到有的战士找马粪中还没有消化的青稞粒，用水淘洗干净后吃。此情此景令他非常难过，把传令兵叫来交待，再给各师申述一次命令，在任何艰难困苦的情况下，都不能丢掉伤病员，我们活着的人，只要还有一口气就要抢救阶级兄弟。并下令把一直跟随他征战的枣红马杀掉，把马肉分给战士们充饥，以维持生命。李少卿回忆，进入草地后，粮食、牛皮都吃了个干净，大家饿得发慌，不知谁半夜里弄来一匹马杀掉了，全连每人分到了一斤多马肉围着篝火吃烤马肉，第二天听说贺老总的马不见了，才恍然大悟，心想这下可坏了，一定得受处分。临出发前，贺老总来到连队，见大家都低着头，不敢望他一眼。贺老总安慰大家说："同志们饿了，不吃马肉又有什么办法呢？人对马亲，马对人亲，我们爱马，马也爱我们，现在为了革命，还舍不得一匹马吗？同志们！吃了马肉，应该有精神才对，让我们一道前进吧！闯过草地胜利就是我们的。"过雪山草地经过的地方，都是藏族聚居的地方。有时还能买到一些糌粑、酥油，部队南方人多，很多人吃不惯，贺老总却带头吃，而且吃得津津有味。一次干部会上，贺老总风趣地说："你们这些土包子什么也不懂，糌粑、酥油都是好东西，很有营养。你们看藏族同胞吃糌粑、酥油身体多健壮。到了这里就要适应这里的风俗嘛！"以后，很多同志都渐渐吃起糌粑、酥油来，可惜很难买到。

贺龙在班玛的特殊食物

红二方面军总指挥部和红二军长征来到班玛，是左纵队部队中的最后一批，由于前面已有数万军队从班玛经过，班玛大地上粮食、牛羊甚至野菜都所剩无几。从某种意义上讲，红二方面军总指挥部和红二军是北上红军中最艰苦的一支队伍，为了节约为数不多的粮食和牛羊，部队实行供给制，即每次开饭时，每人只能领到很少的一点粉子（将青稞炒熟磨成面粉，红军将其称为粉子，藏族群众将其称为炒面）。然后，将挖到的野菜甚至有些是野草和这些不多的粉子放到锅里面一起煮。然而就是这为数不多的粉子或其他食物，贺龙也将其让给其他红军指战员，特别是伤病员。

贺龙把这为数不多的粮食让给他人，自己则拿起简单的钓鱼竿去河边钓鱼。班玛境内有多条河流，有些河流还比较大，在这些河流中有一种鱼，叫哲罗鲑。因藏民族不食鱼，河中的鱼比较丰富。贺龙的钓鱼技术十分娴熟，一个人蹲坐在河边，一手执钓鱼竿，一手拿着大烟斗不停地抽烟，两眼专注地望着水面，几乎是"竿无虚发"。所以，贺龙每次总能用简单的钓鱼竿钓到一些鱼，鱼虽不大不多，但贺龙却将这些鱼和挖到的野菜放到锅里一起煮，他将其称之为野菜鱼汤。因为部队极度缺盐，所以贺龙的野菜鱼汤特别难吃。贺龙则笑着对指战员们说："为了长征的胜利，为了更多红军指战员活下来北上抗日，这样的食物必须吃，而且要以乐观主义的态度去吃。" 有一天，他到河沟里钓了半口袋鱼，回到宿营地，就把装鱼的口袋交给司务长，并说："全都煮了，让大家在草地上吃一个'饱顿'吧！"司务长烧了满满一大锅鲜鱼野菜汤，贺龙亲自掌勺为大家分鱼汤，通信员、警卫员、炊事员，每人都分了一菜缸后，贺龙才给自己舀上。在班玛期间，贺龙以食野菜鱼汤为主，并通过吃这种食物走出了班玛。

开国上将萧克在班玛的故事

萧克（1907—2008），中国共产党的优秀党员，久经考验的忠诚的共产主义战士，无产阶级革命家、军事家，原中共中央顾问委员会常委，中国人民政治协商会议第五届全国委员会副主席，中央军委原委员，国防部原副部长兼军事学院院长、第一政治委员。1907 年 7 月 14 日出生于湖南省嘉禾县小街田村，原名萧武毅。他受革命进步思想的影响，学生时代就组织"共学社"，积极投身于反帝反封建的爱国学生运动。1925 年冬，从本县甲种简易师范学校毕业后，只身前往广州，1926 年初，考入国民政府军事委员会宪兵教练所（该教练所后归并黄埔军校），毕业后参加北伐战争，并随国民革命军征战江西、浙江等地。1927 年初，到国民革命军第十一军叶挺部任连政治指导员、连长，蒋介石叛变革命后，他投入武装反抗国民党反动派的斗争洪流，并于 1927 年 5 月加入中国共产党。

土地革命战争时期，萧克参加了著名的南昌起义。起义军南下失利后，他在家乡组建中共嘉禾南区特别支部，组织领导当地的革命斗争。1928 年初，他参加了朱德、陈毅组织的湘南起义，参与组建宜章独立营，任副营长兼连长，并率部参加井冈山会师，编入中国工农红军第四军，历任连长、营党代表、营长、第一纵队参谋长。他身先士卒，数次在战斗中英勇负伤。在创建中央革命根据地和 5 次反"围剿"斗争中，他历任红四军三纵队纵队长、十二师师长、红一方面军独立第五师师长，组建和训练农民军，并率部参加了攻打长沙和解放吉安的战斗。1932 年 10 月，他到湘赣苏区担任红八军军长，先后指挥了歼敌千人以上的九渡冲、棠市和沙市战斗，受到中央军委的通电嘉奖。1934 年 2 月，当选为中华苏维埃共和国第二届中央执行委员会委员；同年7月，担任红六军团军团长，奉命率部先遣西征，为中央红军的战略转移开辟通道，拉开了中国工农红军万里长征的序幕；同年10月，红六军团与红二军团会师之后，立即发动湘西攻势，策应中央红军长征。他参与指挥了十万坪、陈家河、板栗园、忠堡等战役，把国民党军120多个团的兵力吸引在湘鄂川黔边地区，创建了继中央革命根据地之后南方最大的湘鄂川黔革命根据地。1935年11月，他与任弼时、贺龙、王震等一起，率红二、六军团撤出湘鄂川黔苏区，声东击西，威逼贵阳，回旋乌蒙，佯攻昆明，巧渡金沙江，与红四方面军会师。1936年7月，红二方面军成立，他担任副总指挥，10月任红四方面军第三十一军军长，12月当选为中华苏维埃人民共和国中央革命军事委员会委员。他带领部队爬雪山、过草地，为保存红军力量和实现一、二、四方面军胜利会师作出了重大贡献。

萧克将军没有给我们留下长征日记，但他给我们留下了一篇纪念红军长征的文章，文章题目为《红二、六军团长征记》，在此文中他较详细地讲述了红二、六军团（红二方面军）从甘孜到阿坝再到甘肃的故事。这也是我们见到的红军将军中对这段历史描述较为详尽的文字。他这样说：

“长征途中，我们同天斗，同地斗，同阶级敌人斗，克服了种种难以想象的困难，战胜了无数艰险，部队始终保持着旺盛的士气。在草地行军，最大的问题是两个。一个是自然条件的障碍，也就是大家熟知的雪山草地。我们绝大多数是湘、赣、江、汉平原和贵州人，一下进入青藏高原，海拔在三千至五六千米，即便在一般盆地也不容易适应。我们去甘孜路上，都要翻雪山，左路二军团要翻两个海拔四千米和两个五千米的雪山。六军团也要翻瓮水、那坡两座大雪山，还要通过四个小雪山。大雪山上，终年积雪，气候严寒，瞬息万变。有时天晴气朗，有时漫天飞雪。空气稀薄，呼吸困难。如若不奋勇前进，停止休息，就有死亡的危险。从甘孜往北，向哈达铺前进，沿途大部分是广漠的草地。这里同样地势很高，空气稀薄，正值夏秋之交，几乎每天下雨，草深地湿。我们雨具不足，帐篷不够，露营不得安息。除了同天斗，同地斗，有时还要同动物斗。我们露营，通常把马拴在帐篷外。一次，有个单位天亮后发现少了一匹马，大家都奇怪，哪里去了？就派人去找，快到中午，在离露营地四五里的山梁上，看到几十个猴子，有些拉马缰绳，有些骑在马上，我们打了几枪，猴子跑了，才牵回马来。这在草地行军虽然是稀有的例子，可见与自然界斗争的严重性。第二个大问题，是粮食缺乏。在到甘孜之前，虽然感到粮食有困难，但西康南面人口不少，我们执行民族政策，得到藏族群众的帮助，比较好地解决了。但从甘孜向北以后，草地人烟稀少，即便有些村落甚至村落较密的居民区，农业也不发达，群众主要以畜牧为生。反动土司，常常把牛羊赶走。四方面军大队前面走，对后面虽然有些照顾，也是杯水车薪。部队因粮少疲劳，体力下降，由这一段到那一段（多为二三百里至四五百里），虽然努力准备粮食，常常不能完成行军计划。我们的口号是：‘走出草地，就是胜利。’动员全体同志节约粮食，规定每人的最低量，然而有时也难乎为继，就吃野菜野果，煮牛皮、牛羊骨汤喝。部队体力不断削弱，生病掉队增多，有些同志有时失脚一倒或坐下，就不能再起来。他们为了党的抗日救国路线，为了中华民族的生存，在祖国大地上光荣地为国捐躯了。

除了前述两个大困难外，还要同反动土司的骑兵作斗争。人们通常的印象，以为草地行军，除了同自然界作斗争外，没有敌情顾虑了。其实不然，同反动骑兵作斗争，也不是小问题。四方面军在草地有经验，组织了骑兵师，各军、师也有小骑兵部队。二方面军马少，也不懂骑术。侦察警戒，总得要求有一定的速度，所以也在军部、师部组织了少量的骑兵侦察员、通信员。对同反动荡兵作斗争问题，我们初到甘孜是没有认识的。有一天，我们到甘孜总司令部，朱德同志在一个会议上就明确指出这个问题的严重性，并指定刘伯承同志教我们打骑兵的战术。伯承同志来二方面军，向干部讲述了打骑兵及草地行军注意事项，这是他以自己丰富的军事学识和作战经验向我们第一次直接传授。在湘赣及湘鄂川黔苏区，许多同志就读过他翻译的《游击队怎样动作》和他撰写的《步兵连怎样冲锋》《战术、战役、战略在理论上的范畴》《现在游击队要解答的问题》等著作。直到现在，我仍有深刻的印象。由于有对抗骑兵的精神准备和战术教育，在遭到骑兵几次袭扰中，虽然不能消灭他们，但我们也没有吃亏。经过了近两个月的艰苦奋斗，终于在一九三六年九月一日走出了草地，胜利地到达了岷县的哈达铺。”

所有这些困难在贺龙、萧克等率领的红二方面军指战员面前都退却了，红军终于战胜了草地，顺利完成了北上任务。

一生以参谋长为职业的开国上将李达在班玛的故事

在中国人民解放军军史上，有过这样一位传奇将军。他参加过长征，参加过抗战，参加过解放战争，还参加了抗美援朝；他几乎在军史上的各个战争时期，都出任参谋长一职，累计任职时间更是长达40年之久；他曾经辅佐过五位共和国元帅，是解放军军史上辅佐元帅最多的参谋长；他足智多谋，战功显赫，有着超强的军事指挥才能和领导才能，为中国的革命事业屡建功勋。他就是中华人民共和国成立后被授予上将军衔的李达。

李达，原名李德三。1905年4月19日生于陕西省郿县（今眉县）横渠区崖下村。11岁时，家里借债供他读了5年私塾。1922年考入西安私立东道中学，后转入省立师范学校，参加过进步学生运动。1924年毕业返乡，在横渠区当小学教员。1926年考入冯玉祥创办的西北军第二军官学校。1927年毕业后，在国民革命军第二集团军任排长、连长、旅部参谋等职。1930年中原大战后，所部被编入第二十六路军。1931年随部到江西，参加对中央苏区的“围剿”。12月追随赵博生、董振堂、季振同参加宁都起义，在中国工农红军第五军团任连长。1932年到湘赣苏区，任红军独立第一师参谋长兼三团代理团长。同年9月加入中国共产党。11月起任红八军参谋处处长、红十七师参谋长兼五十团团长，参与指挥抗击国民党军对湘赣苏区的进攻，并配合红一方面军作战。1933年获二等红星奖章。1934年7月随红六军团西征，8月任军团参谋长。10月率部在贵州印江地区与贺龙率领的红二军团会合后，调任红二军团参谋长，协助军团长贺龙、政治委员任弼时发起湘西攻势，参与创建湘鄂川黔苏区和指挥反“围剿”作战。1935年11月参加长征。1936年7月任红二方面军参谋长，出色地完成了各项任务，成为任弼时、贺龙、关向应在军事方面的得力助手。贺龙曾高兴地说过：“林冲是八十万禁军教头，你李达是八千红军的总教官。我看，不是林冲强过你十倍，是你强过他十倍。”任弼时提到：“没有李达，红六军团生存不易，后来能成立红二方面军，李达居功至大。”1937年初任援西军参谋长，组织接应突围的西路军人员。

被称为“菩萨”将军的故事

1936 年 7 月初，红二、六军团与红四方面军在四川西北部的甘孜会师。会师后，中共中央和中革军委电令：红二、六军团组建为红二方面军，贺龙为总指挥，任弼时为政委，李达为参谋长。红二方面军成立后，与红四方面军共同北上抗日。

红二方面军是最后一支来到甘孜的红军部队，面对着粮草奇缺的局面，作为红二方面军参谋长的李达全力组织部队筹集粮食，准备穿越草地。

7 月中旬，红二方面军开始过草地。红二方面军也是最后一支过草地的部队，而此时摆在部队眼前最急迫的问题是粮食的短缺，因前面已经有几支部队通过了草地，草地上能吃的东西已被前面的部队吃光了。因此，李达常用自己并不多的干粮接济断粮的人员，并告诉大家要团结起来，共同克服苦难。

因草地中多沼泽地，在此前行对于受伤生病的人员是非常困难的，为了让伤病员能顺利前行，李达设法给伤病员找马骑。他的想法是：尽可能帮助同志们走出草地，多走出一个人就多一分胜利。红二方面军总部工兵连的一排排长颜振清，在筹粮时右腿负重伤，李达给他找了一匹枣红马。颜振清骑了几天，枣红马倒地累死。李达闻讯又给他找了一匹白马，可没几天白马也死了。李达对工兵连通信员说：“回去告诉你们连长，我这里没有马了，把你们连队驮器材的骡子空一头出来，给你们一排长骑，就说是我说的，照这样解决。”工兵连按李达的吩咐腾出来一头骡子给颜振清骑，颜振清终于走出了茫茫草地。

在草地行军中，指战员多患“鸡婆眼”（夜盲症）。李达就下令每个连队发一百块大洋，规定每人每天吃羊肝二两、羊肉四两、麦面一斤。约半月，“鸡婆眼”均治愈。

李达乐于帮助每一个同志，善于为部队解决实际困难，“就像救苦救难的观世音”。红二方面军红二军团第六师师长贺炳炎据此为李达起了个外号——“李菩萨”。红二军团第五师政委谭友林等人都觉得这个外号十分贴切，与李达的为人很相符。就这样，“李菩萨”这个外号越叫越响。

在班玛为部队筹粮的开国上将王震的故事

王震（1908—1993），字余开，曾用名正林、建成，湖南省浏阳县马跪桥村人，中国共产党的优秀党员，伟大的无产阶级革命家、政治家、军事家，中华人民共和国和中国共产党的重要领导人之一、中国人民解放军开国上将。他在60多年的革命生涯中，为中国人民的解放和新中国的建立，为社会主义建设和改革开放事业作出了重大贡献，深受全党全国各族人民的尊敬和爱戴。1993年3月12日，病逝于广州，享年85岁。

红二方面军组建并北上时任红六军政委的王震将军，在途经青南期间，对战友、对同志无微不至地关心爱护，留给后人的是一曲红军征服自然求其生存，走出草地，北上抗日的凯歌。

王震将军所率部队原计划从甘孜地区的东谷出发，经西康色达北部绕道青海南部抵达四川阿坝。1936年7月初，王震将军率领红六军团，高喊着“团结一致，战胜困难，渡过草地，北上抗日”的口号，从东谷浩浩荡荡向北进发了。王震将军穿着在干海子养伤时用牛皮做成的鞋底和用羊皮条串成鞋帮的“草鞋”，身着在贵州打土豪时得到的一套穿了多日、又脏又破的黑裤蓝衣随第十六师上路了。他的心情是异常兴奋的，战士们的情绪也十分高昂。出发时，每人准备了七八斤干粮，牲口驮着帐篷和军用物资。远远望去，几千人的队伍就像一条长龙在蠕动。按这般速度，预计有10天时间就可到达阿坝。部队休息后师长张辉对王震说：“政委，你看看你的衣服都成泥巴了。”顺手递给他一块肥皂。王震笑着说：“你还保存着这玩意儿？”这时，从红四方面军刚刚调来不久的陈伯钧军长走过来，望着王震打趣地说：“你这身衣服，洗一洗，那水就能做二亩田的肥料了。”王震笑道：“我就这一身衣服，你们也没有多余的借给我穿，难道我洗了衣服赤着身子行军吗？”

草原的天气一日多变。一阵大雨过后，陈军长和红二方面军政治部主任甘泗淇问：“是原地休息，还是继续前进？”王震说：“筋骨酸懒的时候，一停下来，再加上寒冷，身体就会垮的，只要能迈动双腿就要走。”原定十天就可到达阿坝，已经走了九天了，还不见阿坝的影子，战士们带的干粮吃光了，饥饿、寒冷、疲劳无情地向战士们袭来。暴雨过后，战士们的衣服打湿了，夜幕降临时大家和衣而睡。王震看到后把警卫员贺颈南叫醒吩咐说：“这样睡不行，都要冻坏身体的，立即通知部队，架起干柴取暖。”黑夜中升起的篝火，赶走了战士们的疲劳，大家提议让政委讲故事，王震思索了一阵，就用浓重的湖南话讲了当年他在火车上干活的事。故事讲完后同战士们唱起了《革命胜利喜洋洋》的歌。

在艰难的行军途中，眼看着战士们的干粮袋空了，连杀掉的牛羊骨髓都敲碎吸干了，王震和大家一样，挖野菜，吃草根。7月中旬的一天，第十七师政委汤祥丰因误吃野菜，接连拉肚子，发高烧，一步也挪不动了。王震叫来担架抬起就走，战士们看到后就来抢着抬担架，他不让，就在后面帮他抬，王震说：“别帮了，我的肩膀硬实着哩！”有个名叫米春生的战士，早在江西时就在王震身边，进入草地后，他的身体一天不如一天，是连长发现米春生把自己的口粮都悄悄地给了战友，王震知道后把自己的口粮送给米春生，说：“他是我们的好同志，无论如何不能让他倒下去。”一天，五十七团捕杀了一头野牦牛，王震把自己的那碗肉让警卫员端去给米春生吃。

在绒玉驻扎期间，王震带领模范师外出筹粮，整整两天时间没有见到牛羊的踪影，也没有筹到粮食。他听红四方面军的同志说，草原上不时有野牦牛出没，让大家注意狩猎。筹粮无果，回到驻地。师长张辉告诉他：“政委，有救了，我们逮着野牦牛了。”王震看到120多头好肥的野牦牛后交待：“一天杀3头，多熬点汤，能吃个把星期，同志们的生命就能维持下来了，这些野牦牛就是救命牛。”随即叫来副团长廖长青，叫他派一个排，牢牢实实地看好这群牛。谁知，又饥又累的战士在木栏边坐下就睡着了，半夜醒来一看，牛跑光了，廖长青找到王震，说他犯了罪，枪毙也没怨言。他右手搁在帽檐上停留了足有五分钟，王震眼眶湿润了，对这个在湘赣期间就在他部下当副连长的战友说：“念你过去有战功……”

王震在绒玉、王柔的几天中，筹粮无果，看到战友们面黄肌瘦，头发老长，走路都拄着棍子，心里难受极了。其他同志劝他给总指挥部发电报请求支援，被他拒绝了。7月18日，王震率部在作木沟露营；20日在离阿坝50里的山下露营后，陈伯钧来了，他身后由战士们赶着一群黑压压的牦牛，他告诉王震，这是红四方面军三十军送来的，送牦牛的是一个建制连，王震大喊“集合。”又下口令：“敬礼！”三十军的同志们也庄重地举手还礼。

新中国成立后，王震上将在《谈红六军团的历史》一文中说：“从甘孜出发，我们只准备了七八天的粮食和很少的帐篷。据当时红四方面军的首长说，北上三天至日庆，即可补充牛羊，再行四天至西倾寺，可补充粮食，再行两天至绒玉，又两天至哑龙寺，均有粮食补充。预计从甘海子到阿坝只要 10 天行程，结果有的部队走了 20 天，有的走了 23 天才到阿坝。路途中只补充极少数的牛羊，而没有补充粮食，所以部队遭受了极大的饥荒。在这 20 余天的草地行军中，有的战士 8 天甚至 12 天没有见过一粒粮食，遭受了人类不可忍受的饥饿、雨淋、寒冻。因为沿途没有人烟，找不到粮食，粮食断绝的时候，大家都在吃野菜和野草，吃皮带，甚至连牛皮草鞋、牛皮斗篷都煮熟吃了。我军不但要和敌人作战，还要同自然界作战，同饥饿作战，同暴风、雪、雨、冰雹作战。”在共产党的领导下，广大指战员以高度的阶级友爱和同生死共患难的精神，上下团结一致，艰苦奋斗，终于战胜了这一段最困难的里程，走出了草地。

参加过红军三个方面军长征的开国上将彭绍辉的故事

彭绍辉（1906—1978)，湖南湘潭人。1926 年参加农民赤卫军。1928 年参加平江起义，同年加入中国共产党。土地革命战争时期，历任中国工农红军第五军三团分队长，红军随营学校大队长，红五军第一师一团团长，红三军团第四师副官处处长、师参谋长，红军学校第二队队长，红五军第一师师长，兴国模范师师长，少共国际师师长，红三十军参谋长，红六军团参谋长。参加了长征。抗日战争时期，历任八路军一二〇师教导团团长，三五八旅旅长，独立第二旅旅长，晋西北军区第二军分区司令员，中国人民抗日军政大学教育长、副校长、第七分校校长。解放战争时期，历任吕梁军区代司令员、司令员，晋绥野战军第二纵队副司令员，西北野战军第七纵队司令员，第一野战军第七军军长。

中华人民共和国成立后，历任第一野战军参谋长，西北军区副司令员兼参谋长，中国人民解放军副总参谋长兼训练总监部副部长，军事科学院副院长兼战术研究部部长，中国人民解放军副总参谋长。是第一、二、三届国防委员会委员，第二、三、四届全国人民代表大会常务委员会委员，中国共产党第九、十、十一届中央委员。

张国焘打压彭绍辉的故事

来到班玛时彭绍辉还不是红六军的参谋长，而是红四方面军红军大学政治科长。彭绍辉从红三十军参谋长到红四方面军红军大学当教员是有原因的，而其中他反对张国焘是最主要的因素。1935 年 9 月，张国焘拒绝接受中央北上方针，扬言要另立中央。彭绍辉听了，异常不安。一天晚上，军长和政委都到总部开会去了，他突然接到叶剑英发来的电报，大意是：关系破裂，望你们迅速赶来，跟中央北上。

彭绍辉知道事态严重，便与一些同志连夜出发，去赶中央红军。那天晚上，一片漆黑，伸手不见五指。走了三四个小时，在上包座附近，彭绍辉他们被红四方面军总政委陈昌浩发现。陈昌浩将他们堵在路上，训斥了一顿，随后，把他们带到红四方面军总部附近的一间房子里住下。彭绍辉一连两夜睡不着觉，在床上写了一封长信，向朱德报告情况，托红九军团一个同志代为转呈。不料，此信竟落到了张国焘手中。张国焘十分恼怒，派人通知彭绍辉去谈话。

彭绍辉从未见过张国焘。他走进屋，看到朱德等很多人在开会，正想给朱德总司令敬礼，不料此时，坐在旁边的一个人蓦地站起来，将彭绍辉劈头盖脸地痛骂了一顿，并严厉责问他见了张（国焘）主席为何不敬礼，为什么反对南下和反对张主席，反对成立“新中央”。说着，竟然掏出驳壳枪，推上子弹，把枪口顶在彭绍辉的胸膛上。在这紧急时刻，朱德几步赶上，夺过驳壳枪，厉声说道：“同志，这是党内斗争！”那人见朱德下了他的枪，便抡起手给了彭绍辉一个嘴巴。朱德十分气愤：“打人是不对的，这是党内斗争，应该允许同志讲话。”而张国焘则若无其事地坐在那里，一言不发。朱德又说：“这样谈话怎么行呢？”然后亲切地对彭绍辉说：“你回去吧！”彭绍辉后来回忆起这段往事时感慨地说：“我的命是朱总司令从枪口下抢下来的。”彭绍辉被剥夺了对部队的指挥权，被调到红四方面军红军大学去当政治科长。对此，他憋了一肚子气，闷闷不乐。朱德总司令、刘伯承总参谋长（兼红军大学校长）经常开导他说："你们一方面军来的几个同志，都是好同志；这是党内斗争，不要操之过急，问题是一定会搞清楚的；到'红大'去，还要努力工作，要贯彻遵义会议精神，宣传中央北上的正确方针；红四方面军的广大干部是好的，要同他们搞好关系，争取共同北上抗日。"彭绍辉接受了首长的教导，对工作未曾稍懈。1936 年 7 月，红四方面军与红二方面军在四川甘孜地区会师后，彭绍辉又跟随部队又一次北上了。

长征路上给学员们讲授警戒敌人骑兵的故事

彭绍辉是拖着独臂来到班玛的，在这里他经受了比别人更多的严寒、饥饿和死亡的考验。然而他依然坚强地在长征路上给学员们讲授军事、政治课，我们从他的讲稿中可以看出他对工作的认真。形成于 1936 年 4 月至 7 月的《讲课提纲》就有数万字，内容非常丰富。到了班玛之后，鉴于主要敌人是青海马步芳的骑兵，彭绍辉认真准备了如何对付敌人骑兵的内容。骑兵是一支运动速度很快的兵种，尤其是在草原上运动速度更快，所以对付敌人骑兵的首要任务是做好侦察和警戒，对此他讲授了这样十个方面的内容：

组织侦察、警戒时要保障主力不受敌骑兵的突然袭击，加强必要的火器，使其具有单独战斗的能力，加强警戒周围环境，但不要分散兵力。

驻止时，通常不要派出侦察。

其他时，与通常的警戒一样。

露营时，一定要加强警戒，因地形原因不能构成圆圈的防御时，要仔细选定单独阵地，构成火力巢，用交叉火力来控制其间隙地。

对夜间警戒，黄昏后，减少兵力，缩短距离。拂晓时，则加强兵力。

行军时的警戒，侧方警戒和后方警戒兵力根据任务和敌骑威胁程度来确定，通常由团派出一个连或一个排担任。警戒的任务是补前方警戒之不足，保障侧翼的安全。警戒的行进法与本队取平行路前进，如无平行路时，则由此一观察所到彼一观察所逐段跃进。当遇到敌骑时，要占领有依托的阵地，用火力进行防御，在不利的条件下，不应战斗，应隐蔽起来，待敌骑通过后，用火力袭击，配合本队的战斗，前方和后方的警戒都应先用火力阻止敌人，使本队有战斗时间。

战斗时的警戒中，步兵在对敌步兵战斗中发现骑兵的征候时，要调近主力对敌步兵战斗，对侧翼接合部和后方需加强战斗警戒。战斗警戒的目的是无论如何坚决抗击阻止敌人骑兵，必要时，拨出预备队的六分之一，在情况紧急时与敌骑决战。

在侦察、警戒、通信联络中，规定发现敌人骑兵的特别警报，驻止时，警戒部队与被警戒部队之间应保持电话联系，调用骑兵通信员到侦察、警戒部队中去进行传递，通信联络要敏捷、不间断。

与敌骑兵遭遇时的动作。

驻军：依托村落抗击时，预先拟定对骑兵战斗的计划，充分利用房屋、庭院、墙壁等障碍阻止敌骑兵通过，用机关枪的短火力射击接近的敌骑兵，诸步兵分队须在坚固的障碍物后面占领火力点，特别是较高的窗户、树上和屋顶上。在森林、山地露营时，要有重层的配备，第一层应派有力的警戒，并进行周围的观察；第二层配置诸战斗部队，间隙地则配置机关枪分队，中央配置后方机关、司令部、预备队，预备队要加强火力。若没有障碍物依托或时机紧迫时，则应以密集队形进行抵制射击，白刃格斗，投掷手榴弹，利用附近就便器材，杀伤敌人。

行军时，应将机关枪等多数火器分配到总列队中去，使用在重要方向上，后方机关应放在安全位置并配备掩护队，缩短行军纵队的长径，保障主力集结和适时的进行战斗，保持不间断的联系，发现敌骑时，应使用信号及口令指示目标，迅速利用地形展开战斗队形，组织火力，杀伤敌人。

在战斗时要占领狭小的防御地域的正面，采取顽强的防御，以机关枪的交叉火力保障间隙地，特别是组织好合理的应策，阵地要有纵深的配备，对侵入前沿的敌骑兵，应以侧射火力猛烈射击。

对徒步骑兵的战斗，骑兵在居民地、森林地、山地，不能以骑兵队形行动时要进行徒步战斗，步兵全部展开采用对步兵战斗的方法，勇敢坚决与敌人进行白刃战斗，消灭敌徒步骑兵，并以小部分兵力轻装迂回敌人，断其退路，夺取其马匹。骑兵通过隘路、桥梁、森林、山路、居民地时，不能展开冲击，我则乘机击破。乘敌骑兵遭我火力杀伤，队形混乱，士气动摇回窜时，我应由防御转入坚决的进攻，在有效火力的支持下发展胜利。我们要牢记，即使在没有子弹或子弹很少并且失去联系的情况下，要沉着冷静，坚决顽强，大胆地与敌进行白刃战斗。

正是这种讲授，使广大学员较好地掌握了这方面的军事知识，可以这样说，正是由于有这样的军事教师，有这样多的受到过如此讲授的学员，长征路上红军没有太多地吃敌人骑兵的亏。

从班玛出去后，彭绍辉在朱德和贺龙的过问下，调任红二方面军第六军参谋长（军长陈伯钧、政委王震）。

在班玛留下肖像的开国上将傅钟的故事

傅钟（1900—1989），中国人民解放军上将（1955）。1900年6月28日生于四川省叙永县城。1919年在叙永中学读书，受到五四运动的影响。1920年赴上海预习法文，参加工读互助会。同年11月赴法国勤工俭学。1921年冬与巴黎共产主义小组取得联系，随后参加筹建旅欧少年中国共产党的活动，并加入中国共产党。1922年6月出席旅欧少年中国共产党(后改名中国旅欧社会主义青年团)第一次代表大会。1925年任中共旅欧总支部书记。1926年初到苏联，入莫斯科中山大学学习，任学生总支部局副书记。1927年秋转入列宁格勒军事政治学院学习，曾列席联共（布）第十五次代表大会，参加共产国际执委会扩大会的工作。毕业后于1930年回国，在上海中共中央军事委员会机关做人事和兵运工作，同时参与翻译了《苏军步兵战斗条令》和《苏军政治工作条例》。1931年秋被派到鄂豫皖苏区，先后任鄂豫皖革命军事委员会政治部秘书长、红12师政治委员、红四方面军随营学校校长兼政治委员、彭(湃)杨(殷)军政干部学校政治部主任、红四方面军兼西北军区政治部副主任等职。曾主编《红军报》等报刊，编写《红军须知》《连指导员须知》等教材，主持制订团、师、军政治机关工作细则。参加了鄂豫皖苏区的反“围剿”和创建川陕苏区的斗争，以及反“三路围攻”、反“六路围攻”等重要战役。1935年在陕南战役、强渡嘉陵江战役以及挺进川西诸战役中，负责群众工作和战勤工作。同年11月任中共川康边省委书记。1936年7月红二、四方面军会合后，任中共中央西北局组织部部长。长征到达陕北后，任中国人民抗日红军大学(后为抗日军政大学)政治部主任，积极参加了清算张国焘严重错误的斗争。

抗日战争开始后，任八路军政治部民运部部长、政治部副主任，八路军野战政治部主任，为创建华北敌后抗日民主根据地做了大量工作。1940年冬回延安，任中共中央军委总政治部副主任，兼陕甘宁晋绥联防军政治部副主任等职。1946年初被派到重庆，任中共四川省委宣传部部长兼新华日报社社长。同年秋任军委总政治部副主任。1949年7月，根据中共中央副主席周恩来的指示，在第一次全国文学艺术工作者代表大会上作《关于部队的文艺工作》的报告。

中华人民共和国成立后至1982年，一直担任人民解放军总政治部副主任，长期参与领导全军的政治思想特别是宣传、文化方面的领导工作。曾被选为第三、第四届中国文联副主席。是第二、第三届国防委员会委员和第一、第二、第三、第五届全国人大法制委员会委员，第五届全国人大常委会委员。1982—1985年为中共中央顾问委员会委员。1955年获一级八一勋章、一级独立自由勋章和一级解放勋章。1988年获一级红星功勋荣誉章。1989年7月28日在北京病逝。

班玛路上竟夜谈心的故事

这个故事的主人公是傅钟和任弼时，一个是红四方面军的政治部主任，一个是中共中央政治局委员、红二方面军政治委员。这个故事是两个年轻的“老干部”一次谈心的故事。说到年轻的“老干部”，是因为两个人尽管只有三十多岁，但都是我们党内的老革命了。任弼时早在1920年8月就加入中国社会主义青年团，1922年初加入中国共产党，大革命时期为了党的利益，他甚至反对过党的总书记陈独秀，到1936年，他已经是政治上非常成熟的马克思主义者了。傅钟同样是老革命，早在1920年赴法国勤工俭学。1921年加入共产主义小组。1925年任中国共产党旅欧总支部书记。1926年赴苏联入莫斯科中山大学，任中山大学学生会总支部副书记。两人早在十年前即1926年就认识，当时，任弼时是共青团中央总书记，到莫斯科参加少共国际代表大会，傅钟正在中山大学任学生支部副书记。就在这次代表大会期间，两人相识了，并且成了挚友。

这次见面后，傅钟感到自己有很多话要和任弼时交流，他这样说：

进入草地的第二天晚上，任弼时同志主动找我谈话。他开门见山地问我："去年北上，中央走了，你们为什么不走呀？"我不假思索地说："不知道。"他很惊讶。我说当时确实如此，不知道怎么闹到了那种地步。他仔细地听我说了我的经历和所见所闻。于是我详细告诉他我知道的情况。毛儿盖会议后，我在右路军前敌指挥部任政治部主任，政治委员是陈昌浩同志，徐向前同志是总指挥。尽管张国焘对我们说过一些挑拨离间的话，但大家都知道他的为人，并未深究，而且对中央的北上方针是完全同意的。所以王稼祥同志说："看来你们和张国焘是有争论的。"但这段时间令人不安的是，陈昌浩同志非常傲气。我看到他在参谋长叶剑英同志面前也是旁若无人，对党中央、一方面军说些令人十分难堪的话。我看不下去，表示了意见，陈就要我离开政治部，到包座前线部队进行战地工作。随后李卓然同志也去了。（1935 年）9 月 11 日清晨，突然来了骑兵通信员，送来陈昌浩同志的"特急飞传"的信件。里边是张两指宽、四寸长的纸条，上面写着：傅钟、卓然：赶快回来，中央夜里秘密开走，去向不明。他们丢下我们"开小差"，用意何在？飞速来议。

这突如其来的事变，真是霹雳盖顶，卓然和我都懵了！像被窒息了一样说不出话来，只是默默相顾，不知所措。过了好一会儿才想到：赶快走，回巴西！于是丢下带来的工作人员，我和卓然快马加鞭，往巴西飞跑。到达巴西已时过中午。见陈昌浩同志在大庙里，庙里坐了好多人，徐向前同志身体不好，斜卧在门板上。我靠近他坐下。陈昌浩同志开始讲话，神情暴躁至极，说中央"右倾"，"怕死"！丢下我们"逃跑"了！许许多多难听的话都脱口而出。人们听了更觉茫然，心神无主，难过极了！昌浩说完，问谁有话讲？我说没有，卓然也说没有。向前同志难受得很，叹气，无语。天近黄昏，陈昌浩宣布南下，口号是："打回通南巴！"要政治部对部队进行动员。我问昌浩，究竟出了什么事，为什么到了这种地步？昌浩说："你不必担心，我们还有几个军，自有出路！你们搞好政治动员。"在庙外草场上，我面对部队说不出话来，心慌意乱，只讲了讲行军注意事项，什么绑腿要打好呀，脚布要包好呀，防止"烂脚病"呀，要发扬阶级友爱呀，东一句西一句，言不由衷，匆匆结束。

第二天，黎明即起，在凄风苦雨中南下，人们的心像被浓厚的乌云紧紧包裹着，部队情绪和北上完全相反。走了10多天才知道，原来不是去通南巴！待到了板阳，10月初，张国焘、朱总司令从阿坝方向来到卓克基，四方面军和一方面军的五军团、九军团（后改为三十二军）又会合在一起，七八万人，浩浩荡荡！但想到党中央和一方面军已远去北方，不免感到孤单和不安。徐向前同志说过，合而再分为兵家所忌。但张国焘是听不进这种意见的。有天晚上，他突然召集会议宣布成立“中央”，自任党的军委的“主席”，一下子就乱了！到处都是胡说的，乱喊的。任弼时同志是敏于事而慎于言的。听完我讲的过程，严肃地问我：“北上有决议没有？”

我说：“有。”

“有，为什么不执行？”

弼时同志这个提问，一针见血，刺中我的思想深处。尽管草地的凌晨格外寒冷，我身上还是不由得冒出了汗。关于一、四方面军共同北上的战略方针，在两河口会议、沙窝会议、毛儿盖会议上，党中央都作了决议或补充决定，其中有两个会议我也列席了，但却没为执行和维护它进行坚决斗争。这是我终生难忘的过失，后来我多次为此作过自我批评。但这天晚上，弼时同志没有再说什么，只要我明天到总司令部机要科去看电报，说：“凡我看过的你都可以看。”

第二天我去总司令部机要科去看了一些电报，看过电报才知道，原来在一、四方面军分开前后，有不少重要事情，但我根本不知道，不是弼时同志打破张国焘的封锁，我还是被蒙蔽着。比如：中央率一、三军团到俄界后，不仅等了3天，来电7次，规劝张国焘放弃“南下”，跟随北上，而且直到9月18日，彭德怀、聂荣臻同志等还致电张国焘，告知他们已占领甘南的大草滩一线，当地的物资丰富，汉、回民众热烈拥护红军，“请你们立即北进”。显然，中央一直是坚持两河口会议精神，希望、等待并准备接应四方面军共同北上的。对争取张国焘一起北上真是做到了仁至义尽。所以，弼时同志再次和我长谈时语重心长地指出：“看来，不是中央丢下你们走了，是你们不跟上中央走，中央才先走的；责任不在中央，在你们！”这对我启发很深，彻底分清了是非。

关于张国焘自立“中央”问题，弼时同志说已在李卓然同志那里了解过。我说，那个委员名单，全是张国焘和黄超搞的，别人概不知道。

那天晚上开会，事先都不摸底，陈昌浩同志也不晓得要干什么。经过十来年艰苦奋斗和无数先烈流血牺牲创造的红军，眼看分裂到这种地步，谁不痛心叹惜呢？所以不管当时一些同志胡说了什么，胡喊了什么，都是张国焘的分裂阴谋所导致，党中央会理解的，历史会澄清的。弼时同志就是这样，以实事求是的态度对待这个问题，团结了所有同志。我把那次会上的记录给他看过，他明确指出："责任全在张国焘，事是他干的，人是他定的，你们谁管得了？"后来，弼时同志没有为此批评过哪个同志。对我则非常诚恳地说："按照列宁的党性原则，我们不是不参加党内斗争。必须考虑到，我们是拿枪的，彼此都带着队伍！意见有分歧不好搞斗争的！我们还在长征当中，艰难困苦，人间罕见，团结一致比什么都重要。"他的这些话贵如金石，在我心里产生了非常强烈的共鸣，不仅使我经久不忘，而且每想到它都会引起新的震动。

弼时和我都会俄语，这有利于我们把心底深处的话，包括直接批驳张国焘的话都可以无所顾忌地说出来。对于张国焘破坏党的统一，他极为愤慨，说："搞派别活动是张国焘的老毛病，斯大林都知道，想不到会发展得这样严重。"他认为最迫切的问题，是维护党中央建立绝对统一集中的最高领导。他用俄语说，列宁是非常重视统一问题的！列宁说过，统一对工人阶级是无限宝贵的，无限重要的，在斗争中是最伟大的武器！而没有统一的领导中心，党的真正统一是不可能的。我们再不能让张国焘破坏党的统一了！弼时同志这种坚定的鲜明的维护党的统一的态度，对我教育极为深刻。

经过几次和弼时同志的竟夜长谈，我对张国焘在四方面军党内制造的政治上的阴霾、思想上的糊涂、组织上的混乱有了深刻认识，一些问题也得到了澄清。按照弼时同志的见解，我和王建安、袁克夫等四方面军政治部的高级干部作过长谈。他们完全赞成弼时同志的意见，并积极主动地在部队中进行了团结一致和维护中央统一领导的思想教育。这样，指战员的精神面貌显得生机勃勃，对二方面军同志的感情更加亲热。

这次长谈之后，任弼时更加清楚了一、四方面军分裂的原因，更加了解了张国焘分裂党和红军的原委，也更加明确了他和张国焘斗争的目标。而对傅钟而言，这次谈话，使他知道了一、四方面军分裂的真正原因，因为他虽然是红四方面军的政治部主任，但很多核心内容是不清楚的，有时难免听信张国焘的谎言。

在班玛留下宝贵肖像的傅钟的故事

廖承志在班玛给开国上将傅钟画了一幅肖像，是傅钟终生保藏的一幅画，画上写得非常清楚，该画画于1936年7月11日，地点在绒玉，就是今天的班玛县城所在地。这张画对廖承志而言，是他在长征中画过的众多画像中的一张，但对傅钟而言意义就不一样了。这张画像能保藏到今天，说明了傅钟对它的钟爱，这是他长征的印记，这是他来到藏区的印记，更是他来到青藏高原班玛的印记。所以，他对这张画像十分珍惜，终生保存。这张画像对班玛而言同样意义重大。它是中国工农红军来到班玛的明证。1936年7月11日的上午班玛还是阴云遮天，但到中午时分，太阳出来了。雨后的班玛是青藏高原上最美的地方之一，刘伯承喊出了“太阳万岁”。红军指战员们的心情大好，当然，傅钟、廖承志的心情也很好。于是，廖承志（当时叫何柳华）掏出了铅笔和纸问大家：“哪个要画像？”傅钟说，就这样，廖承志给他画了一张侧面的头像，下边签上了时间、地点：11.7.1936，绒玉。

爱民如子的开国上将甘泗淇在班玛的故事

甘泗淇（1904—1964），中国人民解放军上将（1955）。原名姜凤威，又名姜炳坤。1904年12月21日生于湖南省宁乡县沩山区南竹山村一个贫苦农民家庭。幼年读过私塾。1924年于宁乡云山中学毕业后，考入湖南法政专科学校读书。其间积极参加爱国学生运动和农民运动。1925年加入中国共产主义青年团。1926年春转入中国共产党。1927年被派往苏联莫斯科，入中山大学学习。1930年回国到上海，在中共中央机关从事翻译工作。1931年调任中共湘赣省委宣传部部长，后作为省委代表被派到中国工农红军湘东南独立第1师工作。1932年1月起任湘赣军区政治委员兼中共湘赣省委宣传部部长、湘赣省苏维埃政府财政部部长兼国民经济部部长。参与组织群众兴修水利、开垦荒地等生产建设，并建立小型工矿企业和合作社、工农银行等商业、金融组织，同时参与领导苏区反“围剿”斗争。1933 年起任红 6 军团第 18 师政治委员、红 6 军团政治部主任、代理政治委员、红 2 军团政治部主任，参与指挥湘西攻势作战和领导开辟湘鄂川黔苏区及反“围剿”斗争。1935 年 11 月参加长征。1936 年 7 月起任红二方面军政治部副主任、主任。

有“质朴将军”之称的甘泗淇在长征来到班玛的路上，给我们留下了许多平凡而感人的故事。

为一把炒面撤了连指导员的故事

红军再次北上，面临最大的问题是粮食短缺。红军部队来到班玛时，所筹集到的青稞麦已所剩不多，而班玛地区位于牧区，生活在这里的人们世代以放牧为生，部队在此筹粮也很困难。为了保证指战员们每顿有饭可吃，部队只好将这所剩不多的青稞麦炒熟磨成“粉子”，分发给大家，沏水喝以充饥。为了保证分发的公平，更为了使部队度过眼下的困难，作为红二方面军政治部主任的甘泗淇作出了三点规定：一是各连首长要亲自给部队发粉子；二是每人每顿只准吃一把粉子；三是不到开饭时间不准吃粉子。还特别要求干部要起模范带头作用。

规定下发不久，出现了一个连指导员在给全连分发粉子时，自己悄悄多拿了一把的事情。此事很快在部队传开，甘泗淇对这件事情十分关注，在调查清楚这件事情后，签发了对这名连指导员撤职的决定。

为了给全连指战员们一个满意的交代，甘泗淇亲自到该连宣布对这名连指导员的撤职处分。在全连指战员面前，甘泗淇十分气愤地说：“现在是困难时期，作为一名干部，一名共产党员，一名参加红军多年的战士，要起模范带头作用，要带领大家一起去战胜饥饿，绝不能以权谋私。”这名连指导员虚心地接受了组织给予的处分，并向全连做了深刻的检讨，表示愿以此为戒，好好做一名普通的战士，和大家一起共同克服困难。后来这位同志由于体力不支，牺牲在前进的道路上。我们应该铭记这名为了一把炒面被撤职的连指导员。在长征路上，正是严明的纪律，各级干部的模范作用，使红军克服了一个又一个的苦难，最终实现了长征的伟大胜利。

“找不到主人也要付钱”的故事

“找不到主人也要付钱”，这是甘泗淇给红军指战员的命令。红二方面军长征通过藏区时，许多藏族群众因不了解红军，匆匆弃家逃到深山老林中躲藏了起来。这时，地里的青稞和蚕豆已经成熟，而红军又急需粮食。方面军首长遂决定：部队可以收割地里的庄稼，但是一定要按市价付钱。部队开始收割青稞和蚕豆了。时任红二方面军政部主任的甘泗淇有些担心，藏族老乡家中无人，部队又面临困难，在这种情况下，会不会发生违犯群众纪律的问题呢？他向部队官兵重申，收了庄稼要按市价付钱。他说：“找不到主人也要付钱，决不能因为主人不在家就少付钱，不清楚市价宁可多付一点。”在部队开拔前，他亲自带人到一些躲出去的藏族老乡家检查群众纪律。看到各家各户的确有部队留下的钱和条子，条子上除详细写明割了多少庄稼、付给多少钱以外，还写了向藏族群众致谢的话。直到这时，甘泗淇的脸上才露出了笑容。

冒险尝野菜的故事

红二方面军是最后过草地的部队，因而在筹集粮食方面遇到的困难也就最大。进入草地后没几天，粮食就吃完了，整个方面军都面临着饥饿的威胁。甘泗淇把自己那份口粮全拿了出来，分给了伤病员。他自己选择了靠野菜充饥的办法。每到一个宿营地，他不休息，立即带领政治部机关的同志们四处寻找野菜。可是能吃的野菜几乎被前面过草地的部队吃光了，他就试着吃那些不知道有没有毒的野菜，这样的试验是很冒险的，万一中毒，以当时的医疗条件很难抢救。但他不听同志们的劝阻，总是执意由自己先尝。当证明一种野菜确实是无毒的后，他会高兴得像个孩子，马上拟出电报稿，详述此种野菜的形态，交电台迅速发往各部队，通知指挥员尽快派人采集。甘泗淇用自己的身体做试验，冒险尝野

菜的事在部队传开后，战士们都深受感动，各级干部也深受启发——应该怎样发挥表率作用。

经班玛藏区时痛失爱子：长征途中，甘泗淇的夫人李贞怀孕了，但两个人常常把自己的骡马让给小战士骑，遇到有的小战士患病，他们总是不惜把自己也少得可怜的粮食拿出来救急，而他们则靠吃野菜和草根充饥。两个人的宿营帐篷也几乎成了刘月生、罗洪标、颜金生等小红军的专用帐篷。等他们睡着了，李贞就给他们缝补破旧的衣服。每当看到灯光里穿针引线的妻子，甘泗淇都会油然升起一股敬意，同时也不免有些担心尚在她腹中的孩子。他多么希望妻子能多补充些营养，多休息一会儿。甘泗淇7月中旬进入茫茫草地，不幸也降临到他们头上。由于草地气候恶劣，没有净水，也没有给养，他们又终日在遍布陷阱的泥潭沼泽跋涉，过度劳累，怀孕7个月的李贞早产了。没有充饥之粮，李贞又缺少奶水，孩子饿得哇哇直哭。热心的战友们送来了破衣服作尿布，送来了他们自己也舍不得吃的青稞面作营养品，但这毕竟非常有限，无法解决根本问题。还没走出草地，这个可怜的小生命便夭折了。

长征胜利后，贺龙称赞甘泗淇、李贞夫妇，说他们是“两个模范干部，一对革命夫妻”。这对革命夫妻，一生没有一个亲生子女，但他们却收养了20多位烈士的遗孤。1955年9月，周恩来亲自把上将军衔授予甘泗淇，把少将军衔授予李贞。

和藏族头人交朋友的开国上将洪学智的故事

洪学智（1913—2006），中国人民解放军上将（1955，1988），是中国人民解放军现代后勤工作的开拓者，戎马一生，功勋卓著。1913年2月生于河南商城汤家汇(今属安徽金寨)。1927年参加农民协会。1929年5月加入中国共产党。同年参加商(城)南起义，任商南游击队小队长，后编入中国工农红军第1军独立旅第5团。1931年红1军与红15军合编为红4军后，先后任第10师29团直属重机枪连排长兼支部书记、副连长、连长、政治指导员。在鄂豫皖苏区第一至第四次反“围剿”中，参加了攻打苏家埠、七里坪等战斗。1932 年冬随红四方面军主力向川陕转移，任营政治委员、团政治处主任。1933 年起任红 31 军第 92 师、93 师和红 4 军政治部主任，参加创建川陕苏区的斗争和反“三路围攻”、反“六路围攻”等战役战斗。1935 年随红四方面军长征，曾任方面军政治部组织部部长。到达陕北后，先后入抗日红军大学、抗日军政大学学习，任抗大队长、副大队长、第 4 团团长。

1954 年后，任人民解放军总后勤部副部长、部长。1960 年调任吉林省农业机械厅厅长、重工业厅厅长。1977 年后任国务院国防工业办公室主任、中共中央军委委员。1980 年起任总后勤部部长(1985 年兼任政治委员)、中共中央军委副秘书长，中华人民共和国中央军委委员，参与领导人民解放军革命化、现代化、正规化建设。1988 年军衔制恢复后，再次被授予上将军衔。是第一、第二届国防委员会委员，中共第八届中央候补委员，第十一届中央委员(1979 年增补)、第十二届中央委员，中共中央顾问委员会委员(1985 年增选)，第五届全国人大常委会委员，第七、第八届全国政协副主席。1988 年获一级八一勋章、一级独立自由勋章和一级解放勋章，1988 年获一级红星功勋荣誉章。

长征时期，洪学智担任红四军政治部主任，以下是他给我们讲述的他和一个藏族头人是如何通过谈判成为好朋友的故事：

1936 年 3 月 1 日，红四方面军先遣部队占领了道孚，15 日进占炉霍。然后，方面军以第三十军西出，攻占了西康东北部重镇甘孜。此后，第四军在道孚附近的脚耳住了七八天，后由脚耳经道孚、麻子沟、热里科、甲子孔到腊科。在腊科收集到粮食 3 000 余斤，牛、羊、酥油各一部分。4 月 4 日晚间，第四军部队攻占了腊科西南部的瞻化县城（即现在的新龙）。

我们占领了瞻化城以后，俘虏了土司武装几百人，经过教育后就把他们都放回去了。我们在瞻化还缴获了大批枪支和牛羊，都集中在广场里。群众来到广场，说有些枪支和牛羊是他们的。为了争取群众，凡是群众的东西，我们都归还给了他们，此事在群众中反响很好。

当地有一个万户头人叫巴顿多吉，听说红军把缴获的枪支和牛羊都归还了，俘虏的人也都放了，感到红军队伍不错，就派人来要求红军去和他谈判。其实，他是想乘这个机会，把他前不久俘虏的喇嘛首领诺那交给我们。诺那是国民党的民族委员会委员，蒋介石任命的西康宣慰使，前不久携带着一些武器和财产，在途经瞻化时被巴顿多吉给扣了起来。

事后，巴顿多吉觉得不好办，如果把诺那弄死吧，感到不好交代；放回去吧，抢的东西还得归还，到手的武器和财产也就没了。所以，巴顿多吉要求同我们谈判，是要把这件事推给我们处理。

巴顿多吉约我们谈判的地方是在一个山头上。开始谈判那天，天还没亮他们就把山头占领了，居高临下布置了很多人，都拿着长筒枪，以防我们打他。我们经过研究，决定派民运部长周干民去同他谈判。

周部长穿着便衣，戴着眼镜和一顶礼帽，让他们看着像一个大官。到山下时，他把随行的三个人留在山脚下，一个人从容上山。巴顿多吉见周部长后面没有一个兵，不像是搞阴谋的，又见他很勇敢，一个人上山还不拿枪，内心有些感动。

巴顿多吉说："你们要把牛羊枪支归还我们。"周部长说："归还可以，但我们红军要吃饭啊，所需的粮食请你们帮助解决。"巴顿多吉提出，只要红军的部队不打他们，红军所需要的粮食由他们去办。另外，提出把诺那交给我们处理。周部长说这两条红军都可以做到。随后双方商定，两天后巴顿多吉亲自到瞻化城去见红军最大的"头人"。

两天后，巴顿多吉带了一些人来到瞻化城政治部所在地同我谈判。我同巴顿多吉谈了一些关于红军对待少数民族政策的问题，谈得还不错。我们那时有个留声机，还给他放了唱片，他觉得很奇怪。问这怎么会响呢？我就告诉他是怎么回事儿，他听了以后很开心。我就把留声机作为礼品送给了他。

中午，我请巴顿多吉吃饭，他害怕我们下毒害他，请他喝酒他不喝。我就先喝了一杯，又吃了几口菜。他见我先吃先喝，解除了顾虑，也喝起来，越喝感情越近，然后我们就交杯，喝了公鸡血酒。我说："诺那我们可以接收，但是我们有两个要求。一个是把诺那的徒弟海正涛同时交给我们；二是我们的军队要吃饭，需要筹备很多的粮食，你们要帮助解决。"他说可以办到，并立即通知所管的寺庙，不准反对红军，并要求寺院主动捐献牛羊和粮食送给红军。

几天后巴顿多吉就把诺那送来了。诺那有 70 多岁，是黄教的大喇嘛之一。巴顿多吉没有同时把诺那的马送来，因那匹马很好，他想留下。但诺那年纪很大，没有马行走不便。因此，我又派人交涉，巴顿多吉最后也把诺那的坐骑送了回来。

后来，我们在瞻化成立了革命委员会，并请巴顿多吉出面就任瞻化革命委员会主任，为我们在当地开展工作创造了许多条件。当时瞻化地区还有两个万户头人。有一个万户同我们见过面后被争取过来，答应给我们提供粮食。另外一个万户也主动派来代表谈判，表示也愿意跟我们合作，提供粮食和牛羊。我们在瞻化那几个月，红军需要的粮食、牛羊、帐篷，还有许多物资，都是经过巴顿多吉送到我们手里的。

6月中旬，我们在瞻化接到萧克的电报，他说还有几天第六军团就要到瞻化，希望我们为他们筹集28万斤粮食。接到这一消息后我很着急，就找到了巴顿多吉说："我们又有红军要来，急需要28万斤粮食，还有牛羊等，请你抓紧筹备。"巴顿多吉说没问题，到时准时送到。随后，他用了一天一夜的时间，派人把所有的粮食、牛羊全都送齐了。

6月16日，萧克等率第六军团到瞻化与第四军会师，我们组织2 000多名少数民族群众在路两旁欢迎，并给第六军团准备了六驼食盐和十天的粮食，还有鞋子、帐篷等物品。晚上第四军请第六军团营以上干部吃饭，做了四大盆牛羊肉，还有杂碎汤和大饼等。接着，第六军团和第四军在一起召开了联欢大会。

率骑兵师打头阵的开国上将许世友在班玛的故事

许世友（1906—1985），1955年被授予上将军衔，中国人民解放军著名高级将领。1906年生，湖北省麻城县乘马岗区（今属河南省新县）许家洼村人。早年入少林寺习武，后投身军旅，曾任国民革命军连长。1926年9月加入中国共产主义青年团，1927年8月转入中国共产党。同年11月参加黄麻起义，先后任中国工农红军排长、连长、营长、团长、师长、军长等职。在鄂豫皖苏区反"围剿"作战中，多次参加敢死队，两次任敢死队队长，屡挫强敌。1932年11月红四方面军向川陕边转移途中，于陕西漫川关被国民党军堵截，他指挥第34团勇猛拼杀，为全军打开通路。在反"六路围攻"中，指挥万源保卫战，坚守阵地3个月，打垮了数量上占绝对优势的敌人。1936年底入抗日红军大学学习。

1938年任八路军第129师386旅副旅长，曾参与指挥香城固伏击战。1940年后任八路军山东纵队第3旅旅长、纵队参谋长，胶东军区司令员，参与领导巩固和发展胶东抗日根据地的斗争。1947年任华东野战军第9纵队司令员，参加莱芜、孟良崮战役。同年8月任华东野战军东线兵团（后称山东兵团）司令员，率部进行胶东保卫战和周张、潍县、兖州、济南等战役。1949年起任山东军区副司令员、司令员。1953年参加抗美援朝，任中国人民志愿军第3兵团司令员。在长期的革命战争中，许世友出生入死，身经百战，为民族的独立与解放建立了不朽的功勋。

1954年回国后，历任华东军区第二副司令员、人民解放军副总参谋长、国防部副部长兼南京军区司令员、中共中央华东局书记处书记、中共江苏省委第一书记、广州军区司令员、中共中央军委常委、中共中央顾问委员会副主任等职。1964年在南京军区曾总结推广“郭兴福教学法”，开展群众性练兵运动。1955年被授予上将军衔。1985年10月22日于南京病逝。

以下是许世友长征来到班玛前后的两个故事。

出任骑兵师师长的故事

1936年春，红四方面军正在甘孜地区进行整编、训练、筹粮和做群众工作，准备与红二、红六军团会合后继续北上。此时，红四方面军总部和红军总部考虑的问题是北上会遇到的敌人和如何对付这些敌人的问题。红军要北上，途中必须经过甘青和四川西北部，而这些地方由于地形开阔，所以敌人兵种均以骑兵为主。

所以，为了对付国民党军马步青和马步芳的骑兵部队，红军总部和红四方面军总部决定组建骑兵师。但谁来担任骑兵师师长成了领导们认真思考的问题。由于骑兵师师长是一个非常重要的位子，总部首长和方面军领导认为，骑兵师师长不能由一般的师级干部担任，必须要有组织能力和军事指挥能力的军级干部充任。而最佳人选非许世友不可。因为，从方方面面的条件看，他最适合这一职位。所以红军总部和方面军总部决定由红四军军长许世友任红四方面军骑兵司令员兼骑兵师师长。后来的实践证明：总部的决定是非常正确的。1936年5月的一天，在一片广场上，许世友骑上一匹高大的枣红马，集合了全师3 500人马，举行成立骑兵师的庆祝大会。会上，由朱德授予骑兵师一面鲜艳的旗帜。朱总司令授予这面军旗，标志着我军第一个成建制骑兵师的诞生！随后，新任骑兵师师长许世友又将骑兵团的旗帜，分别授予各团团长。部队接受了朱德、刘伯承等总部首长的检阅。骑兵师列队从主席台前走过。朱德发表了热情洋溢的讲话："同志们，骑兵师的建立，标志着中国工农红军进入了一个新的发展阶段，中国工农红军有了自己的第一支正规化骑兵队伍。这不但是你们的光荣，也是整个红军队伍的光荣。"

最后，朱德发出号召："你们应该在许世友司令的统一率领和指挥下，团结一致，英勇作战，显示出骑兵师的特点和威风来，为保障我们红四方面军和红二、六军团顺利北上与党中央会合作出新的贡献。"许世友牢记朱德的教导，率领骑兵师经过一个月的紧张训练后，准备第三次过草地。总部决定由骑兵师打头阵，负责为后面部队侦察道路、筹集粮草。

许世友率部在班玛筹粮和作战的故事

在骑兵师作战中，许世友身先士卒，经常带头策马扬鞭，挥舞马刀冲锋陷阵。据许世友回忆："由甘孜北上，是第三次过草地。我们骑兵师为全军先遣部队，经西倾寺先出阿坝，担负着侦察道路、筹集粮草的重任。沿途打了 72 次仗，打反动土司武装，打国民党骑兵。打来打去，3 000 多骑兵，打到甘南只剩下 200 多人。"

重新北上后、骑兵师经过的第一站就在班玛，在这里，许世友的筹粮和对敌斗争都获得了相对成功。就筹粮而言，在班玛藏族同胞的全力支援下，许世友不仅筹到了一些青稞，而且筹到了不少牛羊，为随后而来的红军总部和红二方面军走过高原草地作出了贡献。同时在他的率领下，打垮了青海马步芳派到果洛的统治者喇平福的阻击，消灭了马家军的部分武装。

开国上将王宏坤在班玛的故事

王宏坤（1909—1993），中国人民解放军上将（1955）。原名王宏春。1909 年 1 月 22 日生于湖北省麻城县（今麻城市）乘马岗区石槽冲村一个贫苦农民家庭。1926 年开始参加农民运动。1927 年 11 月作为农民义勇队队员参加黄麻起义。1929 年 1 月参加中国工农红军第 11 军，3 月加入中国共产党。1930 年 4 月起任红 1 军军部教导队排长、第 1 师 1 团 1 营 1 连连长，曾参加攻克霍山、英山、罗田、光山等战斗。同年 10 月在攻打坚固设防的罗山县城时，率 1 连和军部手枪队担任主攻南门的任务。发起攻击前，登云梯打灭安放在城墙垛口上的九盏油灯，为所部完成任务创造了有利条件。后任营长，随部东进皖西，参加攻克金家寨、麻埠、独山、叶家集等战斗和鄂豫皖苏区第一次反“围剿”。1931 年 1 月红 1 军与红 15 军合编为红 4 军，任第 10 师 30 团团长，参加新集、双桥镇等战斗和鄂豫皖苏区第二次反“围剿”。黄安、商潢战役后，任第 10 师师长，率部参加历时 48 天的苏家埠战役和鄂豫皖苏区第四次反“围剿”。1932 年 10 月随红四方面军主力转移，参加创建以通江、南江、巴中为中心的川陕苏区。1933 年参加川陕苏区反“三路围攻”后，任红四方面军第 4 军军长。随后率部参加营渠、宣达战役和川陕苏区反“六路围攻”。1935 年在参加广昭、陕南、嘉陵江等战役后，随红四方面军主力长征，曾任方面军副参谋长、川康省军事部指挥长、方面军直属纵队司令员。1936 年复任红 4 军军长，后为军政治委员。1936 年 7 月复任红四军军长，率部北上来到青海班玛。

以下是王宏绅将军长征来到青海班玛时的几个故事。

良师的教导，一生的受益

开国上将王宏坤的儿子在回忆父亲的文字中有这样一个信息：离开甘孜第二次北上后，他父亲曾和朱德总司令一起行军五天之久，五天中朱德总司令给他讲了很多革命道理，也讲了很多人生哲理。我们知道，虽然王宏坤和朱德总司令一起行军打仗有一年以上的时间，即 1935 年 6 月一、四方面军会师到第二次北上的 1936 年 7 月，虽然朱德是王宏坤的直接上级，但是由于各种原因，特别是红四方面军在这一特殊时期中的政治空气，使朱德总司令和这些军级干部们并没有太多的思想交流，更不可能有人生哲理的探讨。所以，这次王宏坤能和总司令单独相处，是极难得的机会，对他人生的成长是非常有益的。因为，此时的王宏坤，虽然已经是正军级干部，但年龄却只有 27 岁。顺便说几句，红军长征时期有一大批年龄在20多岁的年轻的“老干部”，如军团长林彪28岁，参谋长左权29岁，军团政委杨尚昆27岁，红二方面军副总指挥萧克26岁，政委王震26岁，红四方面军副总指挥王树声29岁，军长程世才22岁，政委李先念25岁，等等。王宏坤他们对革命忠贞不二，这是不用说的，他们的军事才能和政治组织能力也在长期的革命中锻炼出来了。但毕竟年轻，对一些深层次的革命道理和人生理念并不完全清楚。所以，难得的五天时间跟朱德总司令在一起，听他的教导，是他人生中的最大幸事。可以这样说，这五天时间使王宏坤的人生观有了新的提升，会受益终生。而这时他们就在青海班玛。

军长帮助小红军渡过难关的故事

红四方面军四军的首长变化较快,但1936年7月中上旬的军长是后来的开国上将王宏坤。1936年7月初，王宏坤率四军军部和十师、十一师作为方面军左纵队的一部，从瞻化出发，开始第三次过草地。和前两次过草地不一样，这次王宏坤他们吸取了前两次过草地的教训，进行了相对充分的物质准备。

由于这次北上，红四军是和红军总部一起行动的，所以王宏坤和朱德及其夫人康克清一起行军，走了五天。在来到班玛的路上，朱德十分关心王宏坤和他率领的部队，问长问短，给他们讲形势，讲革命理想。特别提到红四方面军终于北上了，很是欣慰。

总司令朱德的关心使王宏坤精神极为振奋，他率领着部队北上，一路上，他十分关心红军指战员的身体。在部队行进到青海班玛境内的一天，方面军总医院12岁的看护兵张敏，因断粮掉队没了力气，坐在草地上准备等死。就在他绝望之际，只见一位首长骑着马与警卫员们过来了。首长走近问他：“小鬼怎么不走了？”“首长，断粮了，饿得走不动了。”首长一听，忙叫警卫员从他的马上驮着的皮囊中盛了一碗炒青稞给了张敏，就是这碗炒青稞让他走出了草地。事后，他打听到这位救了他的首长就是红四军的军长王宏坤。

受帮助的小红军张敏至今健在，已90多岁，依然活跃在纪念红军长征的各种活动之中。

在三个方面军均任过军长的开国上将陈伯钧的故事

陈伯钧（1910—1974），中国人民解放军上将（1955）。原名陈国懋，字少达，号稚勉。1910 年 11 月 26 日生于四川省达县（今达川）河市坝村一个农民家庭。1916 年入本村小学读书。1923 年考入万县省立第四师范学校，曾因参加进步学生运动被开除学籍。1927 年 1 月入武汉中央军事政治学校（黄埔军校第六期）第 1 大队。5 月参加平定夏斗寅叛乱的战斗，因作战勇敢在咸宁前线加入中国共产党。后被编入国民革命军第二方面军总指挥部教导团。8 月随队准备经九江前往南昌参加起义军，但在九江被张发奎缴械扣押。后脱逃继续赶赴南昌，途中得悉起义军已转移，便在高安加入第 20 军独立团，任团部副官、新兵训练处主任。9 月参加毛泽东领导的湘赣边界秋收起义，任工农革命军第 1 军第 1 师第 3 团 3 营 6 连 1 排排长。曾被毛泽东选派到袁文才率领的农民自卫军，做该部的改造和训练工作。到井冈山后，任工农革命军教导队副队长兼党支部书记、红 4 军第 31 团 1 营 1 连连长，参加了五斗江、草市坳、龙源口战斗和黄洋界保卫战。1929 年 1 月红 4 军主力向赣南出击后，奉命坚守井冈山革命根据地。在第三次反“会剿”作战中，因腿伤未能突围，在敌人搜山时被捕。5 月被营救出狱，任红 4 军驻吉安办事处代表、红 6 军第 1 纵队参谋长。1930 年 2 月搀假水南战斗，在追击逃敌时腿部再次负伤。同年 7 月起任红 20 军参谋长、红 3 军第 7 师师长、红 15 军军长等职，参加中央苏区第一、二、三次反“围剿”和漳州、南雄水口、乐安宜黄等战役。1932 年 10 月因支持毛泽东的主张，被执行“左”倾错误的中央领导人免去军长职务，调到瑞金红军学校学习。1933 年 1 月起任红 5 军团参谋长、第 13 师师长，参加中央苏区第四、第五次反“围剿”。同年 8 月获二等红星奖章。重视总结经验教训，反对“左”倾教条主义，曾写作《论运动防御》等文章，强调运动战的重要性。1934 年 10 月率部从兴国出发参加长征，负责掩护中央纵队行动。12 月调任红 5 军团参谋长，协助军团长董振堂指挥所部执行后卫任务，多次打退国民党军追击，被誉为“铁屁股”。1935 年 7 月与红四方面军会合后，调任红四方面军第 9 军参谋长。9 月因反对张国焘的分裂活动而被免职，改任红军大学主任教员。1936 年 2 月张国焘的错误被初步纠正后，任红 4 军参谋长。期间，曾编写《步哨动作》、《侦察勤务》等教材。7 月调任红二方面军第 6 军团（亦称第 6 军）军团长。10 月率部到达陕北苏区，与红一方面军会师。

1936 年 7 月，陈伯钧与王震率领六军踏上了北上之路。写日记，是陈伯钧在长期革命战争年代养成的良好习惯。在红军长征的两年征程中，陈伯钧无论是行军打仗，还是驻扎休整，除了生重病的 1935 年底、1936 年初两个月几天集中写一篇外，都一天不落地坚持记日记。有时作战紧张实在没有空隙就过后补写。他为我们留下了一部颇为完整的红军长征日记，成为记录我党我军革命精神和光荣传统的一部信史。也正是依据他的日记，我们了解了他率领的红六军进入青海的一些事：7 月 10 日，行军——由日庆翻一小山到唐哑沟露营，约 50 里。7 月 13 日，行军——由西倾寺经鱼托寺翻两小山下陡坡到绒玉，约百里。7 月 16 日，行军——由绒玉翻两个小坡到王柔，约 50 里。7 月 17 日，行军——由王柔翻一大山沿河向上游行至哑龙寺，约 60 里。7 月 19 日，行军——由哑龙寺进沟 50 里到作木沟露宿。7 月 20 日，行军——由作木沟翻作木岭又翻两小山到无名坡露营，约 80 里。7 月 21 日，行军——顺河而下约 40 里再折北到长梁子山，约 50 里。7 月 22 日，行军——由长梁子山脚翻长梁子到上阿坝河对岸，约 50 里。从将军的日记中，我们知道了红六军简单而明了的行军过程。

长征胜利结束后的几天，陈伯钧收到了毛泽东给他的亲笔信，信中说：“伯钧同志：闻你在六军，为红军庆得干才！你的身体好否？同志们都相念的。大家都好，相见之期不远，愿共努力！此致革命的敬礼。”受到毛泽东如此之高评价的红军将领并不多。

独臂开国上将贺炳炎在班玛尝百草的故事

贺炳炎（1913—1960）又名明言，原名向从炎，开国上将，湖北省松滋市刘家场镇人。1929 年参加中国工农红军，同年加入中国共产党。曾任红军中队长、骑兵连连长兼政治指导员、手枪大队大队长、团长、师长等职。1935 年春，在后坪战斗中，我攻击部队被敌人猛烈炮火压住，两个突击组都未攻上去，贺龙急令“贺炳炎上”。贺炳炎中弹后仍只身突击成功，被誉为“孤胆英雄”。1935 年 12 月，红五师师长贺炳炎率部随红二、六军团长征，第六次负伤后右臂被炸烂。当时手术器械和麻醉药都没有，医生用木工锯子截去了他的右臂。贺龙拿着一块伤骨心痛地说：“这是党的好儿子的骨头。”

1936 年 7 月 1 日，红二、六军团到达甘孜后改为红二方面军，与红四方面军会师。贺炳炎任红六师师长。随后率部北上，首站便来到了青海班玛。

来到班玛的红二方面军粮食极为匮乏，又因已经有数万人的红军队伍从此经过，班玛地区的野菜也已经被挖光。当时的班玛人民在青海军阀马步芳的统治之下，生活极端贫困，部队在此筹粮也十分困难。因此，红军指战员们只能食用野菜来充饥。在班玛地区生长着许许多多的野菜，对于这些野菜，红军指战员也不知道是否有毒，是否能食用。在这种情况下，尝野菜的重任就落到了贺炳炎的身上。贺炳炎为了红军指战员的生存，开始尝试每一种野菜，每当他找到没有毒的野菜，就会把这种野菜的样子描述给其他红军战士，让他们照着自己的描述去挖。在班玛期间，他几乎尝遍了该地区的各种野菜。他以身尝野菜，也感动着红军指战员们，更激励了红军指战员们紧紧地团结在一起，克服各种困难，早日到达陕北与红一方面军会师。

抗日战争爆发后，贺炳炎任八路军第一二〇师七一六团团长，率部挺进同蒲铁路北段的宁武、神池、朔县一带，在敌后发动群众，开展游击战争。1937 年 10 月，指挥七一六团一部取得雁门关伏击战的胜利，歼灭日军 500 余人，打破了“日军不可战胜”的神话，受到国民政府通令嘉奖。在解放战争时期，贺炳炎转战西北战场。在我军转入战略反攻的宜瓦战役中，贺炳炎纵观全局，指挥正确，部队涌现出全军闻名的“硬骨头六连”。在向全国进军的战斗中，贺炳炎率一军所向无敌，解放青海，兼任青海军区司令员。新中国成立后，调任西南军区副司令员兼四川省军区司令员。1955 年 9 月授上将军衔（唯一的准兵团级上将）。1960 年 7 月 1 日，贺炳炎终因积劳成疾在成都病逝，终年 47 岁，可谓英年早逝，不能不让人为之惋惜。

随红军大学高级班来到班玛的开国上将陈再道的故事

陈再道（1909—1993），湖北麻城乘马岗区程家冲人，上将军衔。1926 年参加革命，历任红四军一师排长、连长，红十一师营长、团长、师长，红四军副军长、军长，八路军一二九师三八六旅副旅长、独立旅旅长、东进纵队司令员、冀南军区司令员，晋冀鲁豫野战军冀南纵队司令员，中原野战军第二纵队司令员，河南军区司令员，中国人民解放军武装力量监察部副部长，武汉军区司令员，铁道兵司令员。是中央军委委员，第一、二、三届国防委员会委员，第五届全国人大会常委会委员，政协第六届委员会副主席，中国共产党第十一届中央委员，中央顾问委员会委员。著有《陈再道回忆录》。1993 年 4 月 6 日在北京逝世，终年 84 岁。

陈再道是随红军大学高级班长征来到班玛的。在进入红军大学学习之前，他虽然没有多少文化，但已经具有相当丰富的军事知识。他是一个老四军，从当兵开始就在红四军中，也是在红四军中，他从士兵、排长、连长、营长、团长、师长一路走过来。1936 年春夏之季，方面军领导为了进一步提高他的军事理论和文化水平，决定让他到红军大学高级班学习。以下是他对红军大学学习时的回忆。他说："红军大学由刘伯承任校长，何畏任政治委员。进入红军大学之后，因为我没有文化，感到学习很紧张。每天除了学习军事理论，还学习马列主义著作。我记得，在学习期间，杨献珍同志曾经给我们讲过政治经济学。通过在红军大学的学习，使我的政治思想和军事理论水平有了不少提高。"也正是因为在红军大学学习中的进步，长征经过班玛后，陈再道就被提拔为红四军副军长，随后又成为红四军军长。可以这样说，红军大学学习后的陈再道已经成为我军一名非常出色的军事指挥者了。在艰苦的抗日战争中，在伟大的解放战争中，他以非凡的指挥能力，获得了一次又一次的胜利，被称为“战将”。

两次率兵进入青海的红三十军军长程世才的故事

程世才，1912年8月8日生于湖北省大悟县。1930年参加中国工农红军，同年加入中国共产主义青年团。1931年转入中国共产党。土地革命战争时期，历任红四方面军第十一团连政治指导员、第十一师党委书记、第三十三团政治委员、红三十军第八十八师师长兼政治委员、红三十军副军长和军长。参加了长征。抗日战争时期，曾入抗日军政大学和中央党校学习，后任冀热察挺进军参谋长兼第十二支队司令员、抗大分校校长、延安中央党校四部副主任。解放战争时期，任辽南军区副司令员、辽东军区副司令员、东北民主联军第三纵队司令员、南满军区司令员、安东军区司令员、辽西军区司令员等职。中华人民共和国成立后，曾于南京军事学院深造，后任公安军第一副司令员、沈阳军区副司令员兼沈阳卫戍区司令员，1955年被授予中将军衔，1959年任军委装甲兵副司令员。他是第五届全国人民代表大会常务委员会委员，中国共产党第七、八次全国代表大会代表，在中国共产党第十二次、十三次全国代表大会上当选中央顾问委员会委员。1990年11月15日因肺癌医治无效，于北京逝世。

程世才长征来到班玛的故事

程世才是率红三十军军部和八十八师跟随红军总部来到班玛的，三十军的另一个师即八十九师则由李先念率领已经到了班玛和四川阿坝交界处，准备进入阿坝。在班玛，程世才一边指挥部队行军，一边则率领部队筹粮。因为朱德总司令给三十军的一个重要任务就是为后续的红二方面军筹粮。对此，程世才心中也非常清楚，为了这次北上，红四方面军早在几个月前就在进行准备，从穿戴到粮食都进行了准备，尽管量还不是很多，很充足，但比起红二方面军则要强很多。因为红二方面军从

1935 年 11 月开始长征以来，没有进行过一次好一点的休整，这次到了甘孜也没有进行充分休整，更没有为北上准备太多的东西就上路了。朱德总司令非常关心红二方面军的给养。所以，一到班玛就给了三十军筹粮这样一个艰巨任务。程世才率领着三十军八十八师的指战员们在班玛努力筹粮，特别是代替粮食的牛。他们心中只有一个想法，就是为红二方面军度过难关尽自己一点力。功夫不负有心人，在程世才的率领下，三十军在班玛还是筹到了一些粮食和牛，并将这些东西留给了红二方面军。这一点我们可以从张子意、王恩茂的长征日记中找到答案。时任第六军政治部主任的张子意同志的日记写道：七月二十一日（雨）。本日我军到达离阿坝 50 里地之山下露营，三十军同志送牛 120 头来。王恩茂在日记中写道：7 月 21 日。上午阴，出了一下太阳，下午雨。上午 5 时出发，大家希望今天到阿坝，因为没有粮食，大家希望到阿坝补充粮食，吃几餐饱糌粑，但是走了一天，到下午 3 时，碰到中革军委总政治部送牛几百头，给我们做粮食的，说到阿坝还有 40 多里，于是我们就在离阿坝 40 多里的地方露营。

程世才率领西路军征战来青海的故事

1936 年 8 月，红四方面军走出草地，经过岷州，到达甘肃会宁，与红一方面军、红二方面军胜利会师。会宁会议之后，部队根据中央“建立河西根据地”“打通国际线路”的部署，开到黄河边上准备渡河。10 月 25 日，在程世才、李先念率领下，红三十军胜利渡河，朱德、张国焘向中央连发了三份捷报。全军渡过黄河以后，第三十军仍作为全军前卫冲锋陷阵，取得一系列的胜利。然而，西路军随后却逐步走向了失败，到 1937 年 3 月，部队只有 3 000 余人，且多为伤病员和妇女。1937 年 3 月 13 日，西路军作出决定：部队分散活动，等待援军；陈昌浩和徐向前回陕北；三十军和九军编为左、右支队，在附近山区打游击。程世才带领左支队 1 000 多人，冒着逼人的寒气，忍饥挨饿，艰难地转战在祁连山。3 月下旬 4 月初，程世才和李先念率领左支队来到了青海祁连，之后又返回甘肃，1937 年 4 月下旬，西路军左支队抵达星星峡，彻底摆脱了噩梦般的险境。他们收到迪化方面的供应品和枪支弹药，党中央代表陈云和滕代远亲自迎接他们，大家忍不住热泪滚滚。不久，程世才等人从新疆回到延安。

和藏族群众交朋友的三十二军军长罗炳辉的故事

罗炳辉（1897—1946）出生在云南彝良一个汉族贫苦家庭，从小过着艰苦的生活。1915 年入滇军当兵，作战勇敢，从士兵升至营长，参加了讨袁护国战争、东征和北伐战争。1929 年 7 月秘密加入中国共产党，同年 11 月在江西吉安领导靖卫大队士兵起义，参加中国工农红军。历任团长、旅长、第六军第二纵队长、第十二军和第二十二军军长等职。第五次反“围剿”开始不久，任红九军团军团长。曾任中华苏维埃共和国中央执行委员。率部参加广昌保卫战，并护送北上抗日先遣队出征。

抗日战争初期，以八路军副参谋长名义，在八路军武汉办事处从事统一战线工作。1939 年任新四军第一支队副司令员、第五支队司令员，率部开辟皖东抗日根据地。1940 年后任江北指挥部副指挥兼第五支队司令员、第二师副师长，1943 年起任第二师师长兼淮南军区司令员。1946 年 4 月任新四军第二副军长兼山东军区第二副司令员，6 月 21 日在山东临沂病逝并安葬于临沂。

和藏族群众交朋友的故事

在红军长征途中，一位藏族喇嘛送给红九军团军团长罗炳辉一颗玛瑙珠。1937 年，罗炳辉把它赠给采访他的美国记者尼姆·威尔斯女士。后来尼姆·威尔斯女士又把这颗玛瑙珠镶嵌成一枚精美的戒指。

红一方面军第九军团是在长征前夕扩编的，仅辖第三师、第二十二师两个师，其前身是著名的“瑞金团”。军团长是“从奴隶到将军”的传奇人物，我军著名的军事领导人之一的罗炳辉。

1934 年 10 月，中央红军开始长征，罗炳辉率红九军团担任主力部队的右侧掩护任务，在长征中九军团以善打后卫著称，打得很苦，损失也很大。四渡赤水期间，红九军团打阻击，断后作掩护。红军再渡乌江，佯攻贵阳，西进云南，九军团仍负责牵制敌人。

1935年7月，红九军团改编为第三十二军，编入左路军北上，后因张国焘坚持其错误主张，第三十二军被迫南下，再过雪山草地，几经激战，部队损失很大。1936年4月中旬，为迎接红二、六军团北上，罗炳辉奉命率领红三十二军进占雅江，后又攻占康南重镇理化，6月3日在甲洼与红六军团会合。

康南属藏区，由于国民党反动派的欺骗宣传，个别头人敌视红军。罗炳辉强调要执行好党的民族政策，严明纪律，尊重藏族宗教信仰和风俗习惯，爱护民众，争取土司。他对负责这一工作的同志说："这是一付重担子。因为党的民族政策执行好坏，直接关系红军的生命。我们与群众的关系如鱼水关系。"

罗炳辉亲自做藏族群众的工作，与他们交朋友，争取他们的支持。红军的一言一行感动了藏族群众，受到他们的欢迎，当地喇嘛寺主动支援红军一批粮食，红军离开时，有的藏族青年还参加了红军。一位喇嘛还送给罗炳辉一串象征吉祥的佛珠，罗炳辉将佛珠珍藏起来，留作纪念。

1936年7月，红三十二军与红二、六军一起组成红二方面军第一梯队北上。罗炳辉率领部队再过草地，历尽千辛万苦，终于与中央红军会师。这支英雄的部队为长征胜利作出了重要贡献。

1937年4月，美国进步记者尼姆·威尔斯女士（斯诺夫人）在延安访问了罗炳辉，威尔斯在《神行太保——罗炳辉》一文中记述道："分别时他送给我一件非常精美的礼物。这是一颗玛瑙珠——一颗来自西藏喇嘛的佩珠，佩在身上可以消灾交好运。这颗珠的正中围着一圈白纹，像土星的星晕。"玛瑙珠的特殊经历和美好祝愿令威尔斯女士对它十分珍惜，她用这颗佩珠镶嵌了一枚戒指，长期佩戴在自己的手指上。1972年12月，尼姆·威尔斯女士应邀重访中国时，中国革命历史博物馆（现为国家博物馆）的工作人员前往北京饭店看望她。尼姆·威尔斯女士从手上摘下这枚戒指，并郑重地说："这枚戒指交给中国的博物馆比我自己保存好。"

因此，这枚玛瑙佩珠戒指又是见证中美人民友好往来的信物。它现在仍完好无损地保存在国家博物馆。

罗炳辉在班玛的故事

罗炳辉率领着三十二军来到了班玛，由于他在甘孜就和当地藏族关系十分融洽，被历史学家称为“藏族同胞的好朋友”，所以，他一来到班玛就能和当地藏族群众打成一片，成为班玛人民的好朋友。

在三十二军来到班玛之前，已经有两支红军部队先后来到班玛，他们经过努力，初步和当地藏族同胞建立了友谊。所以红三十二军一来班玛，很快得到了班玛民众的接纳。作为三十二军的最高领导，罗炳辉以他在甘孜和藏族同胞接触和交朋友的经验，很快也和班玛藏族同胞成了好朋友。他通过翻译向藏族同胞讲中国共产党的情况，讲红军革命的道理。班玛的藏族群众第一次从罗炳辉和红军的口中听到了“红军”“共产党”“革命”“救国”“民族”“抗日救国”“解放”这样一些名词和革命道理，从而使藏族群众开始接触、了解和认识红军、共产党。如果没有这样的宣传、启发，一年后就没有班玛民众起来反抗马家军阀的行动。同时，罗炳辉要求部队指战员贯彻执行宗教信仰自由政策，尊重藏族的风俗习惯，认真执行“番人信教自由，念经当喇嘛和尚听其自愿”，“不要毁坏喇嘛寺和经书，不要毁坏经书和神像，不要伤害番人的宗教感情”等多项规定。罗炳辉他们以严明的纪律和亲民爱民的行动，宣传了党的主张，影响鼓舞了班玛藏族人民，使各族群众对红军由不理解到理解，群众了解了党、了解了红军，大家都知道红军是为百姓做好事的队伍，红军是老百姓自己的队伍，在人们心目中树立起一座丰碑，使人们积极支援红军，保证了部队顺利北上。

来到班玛的藏族红军扎喜旺徐的故事

扎喜旺徐（1913—2003），1913 年出生在今四川省甘孜藏族自治州新龙县境内一个藏族贫苦牧民家庭。他青年时期即追求真理，寻求民族解放。1936 年 1 月参加中国工农红军第四方面军，直接参与创建了党在藏族地区的第一个苏维埃政权“甘孜博巴政府”，并担任“甘孜博巴政府”骑兵连连长，同年 7 月随红二方面军长征。1938 年在延安民族学院学习期间加入中国共产党，成为藏族中第一批共产主义战士。在抗日战争和解放战争时期，历任陕甘宁边区民族事务委员会委员，西北局行政处科长，内蒙古盐务局局长，锡察两盟行政委员会处长，兴安省政府财经处处长等职。

新中国成立后，扎喜旺徐同志先后担任西北军政委员会果洛工作团团长，果洛藏族自治区（后改为藏族自治州）主席，青海省果洛藏族自治州州长，青海省民族学院院长兼党委书记，青海省人民政府委员、副秘书长，省政协副主席，副省长，中共青海省委书记处书记，中央民族事务委员会委员，国家民族事务委员会委员、政法司司长。

粉碎“四人帮”后，扎喜旺徐同志历任中共青海省委常委、书记兼政协主席，省政法委书记，省人大常委会主任，中共青海省顾问委员会副主任。他是中共八大代表，第一、二、三、四、五、六、七届全国人大代表，第六、七届全国人大常委会委员，全国人大民族委员会委员，第五届全国政协常委。

扎喜旺徐参加革命的故事

美国作家斯诺在延安为扎喜旺徐、天宝等拍摄了一张合影，埃德加·斯诺的夫人海伦·斯诺在《延安笔记》中有这样一段记述：“我们在延安的那些日子里，一次曾碰到一位瘦高个儿，一头卷发，行为比较异样，说话不大听得懂的红军战士。通过翻译知道他是一个来自川西北的战士，现在延安一所学校读书识字。看来他和这里多数战士相处得很融洽。”海伦·斯诺讲的这位红军战士，就是藏族老红军扎喜旺徐。扎喜旺徐 1913 年农历 6 月 25 日出生在原西康省，今四川甘孜藏族自治州新龙县一个贫苦牧民的家庭，从 7 岁开始，给牧主放羊，当长工，受尽了压迫和剥削之苦。他就这样整整过了 14 年的娃子生活。后来逃离老家，到甘孜谋生。

1936 年初，徐向前、陈昌浩带领的红四方面军进驻甘孜。有一天，扎喜旺徐大着胆子跑到县城去看看。他在城门口转悠时，站岗的士兵走过来同他搭话，扎喜旺徐听不懂汉话，一个劲地摇头。战士请来翻译，问他有什么事？扎喜旺徐回答得挺干脆：“没有什么事，只是想看看红军是什么样子，和以前的汉兵究竟有什么不同。”

正在这个时候，从里面出来一个当官模样的红军，样子挺和蔼的，问他是哪个村子里的人，乡亲们的情况如何，跑进深山老林的人回来没有，他们的牛羊有人照看吗，生活有困难吗。扎喜旺徐就他知道的作了回答。

见扎喜旺徐的衣服很破烂，那位当官的给了他一件衬衣，一条毛巾，一块肥皂。还给了他一个红布条子，让他挂在胸前。当时扎喜旺徐并不知道那块红布条是“代表证”，上面写着“民族代表”4个字。扎喜旺徐后来才知道，在红四方面军领导下，当时正在甘孜召开各界僧俗人民代表大会，准备成立苏维埃“博巴政府”。他们村子没有人参加会议，他自己找上门来，就让他当了代表。凭着那个代表证，扎喜旺徐和两位老人进了红军总部。一个当官的人亲切地接见他们，通过翻译同他们交谈。那位当官的人告诉他们，红军是共产党领导的各族人民自己的军队，是为各族人民谋幸福的，是穷人自己的军队。还讲了许多道理，扎喜旺徐记不住，也理解不了那么多道理。但有一点，给了扎喜旺徐很深的教育和感受，那就是红军与国民党不一样，对我们藏民好，对穷人好！

后来扎喜旺徐才知道，那位干部就是邵式平同志，中华人民共和国成立后担任江西省委书记、省长。

邵式平了解到扎喜旺徐的身世后，仿佛看出了扎喜旺徐的心愿，问他想不想参加红军，扎喜旺徐很爽快地回答说：“愿意。”邵式平满意地点了点头。1936年5月5日，在朱德、刘伯承、张国焘、陈昌浩、徐向前等红军将领的指导下，在甘孜成立了“甘孜博巴政府”。这是在土地革命战争时期，中共在藏族地区建立的第一批苏维埃革命政权之一，也是影响最大的苏维埃革命政权。邵式平任博巴政府主席，夏克刀登、格达活佛等人任副主席。扎喜旺徐被任命为骑兵连连长。他的责任是保卫新生的藏族红色政权。

1936年5月，红六军团正向康南地区的乡城、稻城和巴塘县挺进。在此之前，扎喜旺徐通过瞻化（今新龙县）的喇嘛寺，给乡城、稻城和巴塘的寺院和土司、头人写信，宣传红军的民族政策，说明红军是藏族人民的朋友，希望他们不要听信国民党反动派的谣言，不要与红军为敌。

扎喜旺徐随二方面军长征来到班玛的故事

1936 年 7 月 2 日，贺龙、关向应率领红二方面军主力到达甘孜，与红四方面军胜利会师。这就是我军历史上著名的“甘孜会师”。

不久，红四方面军先行北上，邵式平却不让扎喜旺徐随部队走，而是给他安排了新的任务。这个任务就是要他为红二方面军北上准备粮食和其他物质。扎喜旺徐知道这个任务的重要性，所以不分白天黑夜，翻山越岭，走村串户，依靠着红军留下的良好影响和自己的努力，在短短 40 多天里，筹集到粮食 46 000 多斤，此外还有一些酥油和肉类。他还曾动员一个寺院，一次赠送青稞 5 000 斤。

在当时的条件下，能筹集到四五万斤粮食，是一件非常不容易的事情。简单说，当时红军马上就要过草地。在最关键的时刻，一斤青稞，就能够救活一个红军战士的命。这四五万斤粮食的价值和意义，不言自明。

红四方面军走了不久，红二方面军也要离开甘孜了。走，还是留，邵式平征求扎喜旺徐的意见。扎喜旺徐心想，红军一走，藏族地方还是那些土司、头人掌权，是他们的天下，我们穷人还要继续受苦。国民党军队一回来，绝对不会放过曾经帮助过红军的人。想来想去，还是跟着红军闹革命好，他向邵式平表示：愿意跟着红军走。邵式平很高兴，夸奖他觉悟高，有勇气，就把他介绍给贺龙。说：“一、四方面军都有不少藏族战士，唯有二方面军没有。”这样，扎喜旺徐毅然决然走上了长征之路。他也成为红二方面军少有的几个藏族战士之一。

和红四方面军不同的是，红二方面军中藏族红军指战员很少，所以扎喜旺徐成了贺龙手中的宝，扎喜旺徐为红二方面军的北上带来了很多便利：首先是语言上的便利。尽管甘孜等地的康巴藏语与班玛的安多藏语不完全相通，但扎喜旺徐对两种方言稍加对比和练习，便能较好地充当二方面军与班玛民众的翻译。可以这样说，通过他的翻译，班玛人民很快了解了红军的性质、意图等情况。其次，扎喜旺徐通过自己亲身的感受对党和红军民族政策有了初步掌握，以他的民族优势和语言优势将党和红军的这些主张较好地宣传给了班玛各界民众。这种宣传更有说服力。最后，尽管扎喜旺徐生长在甘孜，没有来到过班玛，但由于班玛和甘孜在地理上有一些相同之处，加上他有语言优势，所以充当二方面军的向导是可以的。所以说，红二方面军能够比较顺利走出班玛，扎喜旺徐是有贡献的。

从不自由到半自由的军中画家廖承志在班玛的故事

廖承志（1908—1983），曾用名何柳华，广东惠阳人，中国无产阶级革命家、社会活动家、党和国家的优秀领导人，是民主革命的先驱廖仲恺、何香凝之子。1908 年生于日本东京，1928 年加入中国共产党，1949 年前多数时间在国民党统治区工作，曾七次被逮捕，1949 年后长期是中共海外统战工作的负责人。历任第五届全国人大常委会副委员长，中共十二届中央政治局委员。

廖承志 1933 年 8 月加入红军，任川陕苏区省委常委，工会宣传部长。1934 年任红四方面军总政治部秘书长。长征路上曾被张国焘拘捕，廖承志失去了自由，他是在羁押中长征的。二、四方面军会师后，在贺龙、任弼时等人的过问下，张国焘被迫还给了廖承志一些自由，也可以说是半自由。廖承志的完全自由则是红军一、二、四方面军会师之后，在周恩来同志营救下，他被完全释放。

不自由和半自由的廖承志，在长征中用自己的画笔为很多红军将士画过画，这中间不少是牺牲在长征路上的红军指战员。他身陷囹圄，行动很不自由，但依然以熟练的绘画技艺，坚持不懈地为红军指战员作画，并以此活跃情绪，鼓舞士气。因此，组织上也时常交给他一些绘画任务，要求他当作宣传品按时完成。他不仅画速写画，还要在蜡纸上进行“木刻”，然后油印制作成宣传画、连环画，发到部队进行展出或传阅。在行军休息时，一旦有“自由”的机会，他就和同志们说说笑笑，甚至放开嗓子唱歌；再不就是拿出纸和笔画山河、画花草，也画人物。因此，廖承志画了许多的人物肖像，曾给红军总参谋长刘伯承和红四方面军政治部主任傅钟（此事在另一故事中展开）画了肖像，在画像中也增进了彼此之间的感情。

1936 年 6 月，经过长途跋涉的红二方面军与红四方面军在西康甘孜会合。在红二方面军领导人贺龙、任弼时等的过问下，张国焘不得不将囚禁中的廖承志恢复部分自由。6月下旬，红军总部决定红二、四方面军北上与党中央会合后，任弼时把他要了过来，因为有了任弼时的关照，廖承志获得了自由，担负起了大量的宣传工作，红军开大会张贴的马克思和列宁的像都是他画的。

再次随部队北上的廖承志走一路画一路，看到什么就画什么。一路上的所见所闻，尤其是那些感人至深的故事，都逃不过他的眼睛，震动着他的心灵。长征中有一幕“母子别离”的悲惨景象，曾使他极为感动，情绪也十分激动，本想画上一幅速写画，然而每当拿起笔画这一幕时，他的手就颤抖起来，泪水也模糊了他的眼睛，却始终难以落笔，好多年都没有画出来。

“母子别离”是长征途中真实的故事，故事就发生在离青海省班玛县不远的地方。廖承志亲眼看到一对红军夫妻背靠背席地而坐，丈夫双手紧握长枪，面对正在行进的红军队伍，等待着那一刻迫在眉睫的骨肉离别；妻子则板着一副难以言状的面孔，敞开胸怀，紧紧抱着自己的孩子，正在给孩子喂着最后一口奶水；那孩子一头扎进母亲怀里吃奶，一只小手还紧紧贴着另一个乳头；而那个就近蹲在地上、等待着抱走孩子的老人，满脸乐呵呵的，欢喜得直笑。旁边是一位戴着眼镜，脱下军帽，双腿并拢站立，正在为眼前这一幕景象表示同情和安慰的红军干部。这一幕深深震撼着廖承志的心灵，使他好多年都没能画出来。在“文革”期间，廖承志听说自己的女儿被“发配”到青海去接受“再教育”时，他突发创作灵感，画出了这幅“母子离别”图，弥补了多年未能完成这一心愿的遗憾。

实际上，类似这张画的故事就发生在青海班玛。20世纪80年代，参加过红二方面军长征的老红军陈靖，曾撰文回忆说：“有一位女军医，她是四方面军指派随同我们一道走的。过了葛曲河的第三天，她分娩了。当时大家纷纷向这位母亲献出各种礼物，尿布啦，食品啦……我们还从卫生部弄来一副担架，抬这位母亲和她的小宝宝。但是在第二天夜里，这位母亲啊……她最后考虑的不是孩子的未来，而是周围一个个战友的艰难处境，于是便作出了残酷的决定，偷偷地把心爱的小宝宝投进水塘里。这件事，我和我们战友最不愿向人们谈起。”1956年夏天，在北戴河的一个夜晚，北影导演张水华同志，满眶热泪地说：“我也听说过此事。”

水华同志还说：“廖承志同志早在延安时就动手为此作一幅画，但画了20年，总是画不成。一触到‘掷孩子’那一笔，他的手就颤抖起来，眼泪也把视线挡住了。”这不是由于他“江郎才尽”，而是因为那一幕悲惨的景象，实在使他不堪回首，每当他拿起画笔时，总是抖动不止！这里所说的葛曲河就在班玛境内。

周恩来一直在担心廖承志的安全，1936年11月，得知红二、四方面军进入甘肃、宁夏，便一路打听廖承志的消息，在宁夏预旺堡，周恩来与廖承志会面。在周恩来的过问和关心下，廖承志完全获得了自由，并恢复了党籍。在长征中，廖承志虽受到了不公的待遇，但他并没有因此而沉沦，反而保持了高昂的革命斗志，坚信真理，矢志不移，展现了一个革命者的崇高品格。

张子意将军的日记让我们清晰了解了红军在青海班玛的行军过程

张子意（1904—1981），湖南醴陵人。曾任中共湘赣省委组织部长和宣传部长、湘赣军区政治部主任、红六军团政治部主任、中共湘鄂川黔省委副书记。中华人民共和国成立后，率晋绥边区南下工作团入川，先后任西南军区政治部副主任，中共中央西南局委员、常委、宣传部长、农村工作部部长，西南行政委员会文教委员会主任。1955年起，相继任中共中央西南地区工作部副部长、中共中央书记处第二办公室副主任、中共中央宣传部副部长、中央监察委员会委员、中共中央纪律检查委员会常委和第三至五届全国政协常委等职。

长征中，他先后担任红二军团和红二方面军政治部主任。1935年11月，他跟随红二、六军团共17 000余人，由湖南桑植地区开始战略转移，从此踏上了艰苦卓绝的征途。

1936年6月，红二、六军团与红四方面军会合。7月，红二、六军团奉命组编为红二方面军。同年10月，红二方面军与红一方面军会合，全部结束了极端艰险的长征，终于胜利地在抗日的前进阵地，在祖国的大西北，汇聚在一起了。这是一个具有伟大历史意义的会师，在震惊世界的万里长征中，写下了光彩夺目的一页。

张子意的日记被完全保存下来的并不多，只有1936年7月10日至12月5日期间的断简残篇，日记写得非常简单，有时每日仅记一两句话，但是在今天看来，这一化石般的片断非常珍贵，尤其是对青海而言更是如此。他的日记本大部分散失了，但红军长征经过青海的部分则完整保留下来了，正是通过他的日记，我们了解了红军在青海的行军经过。1975年12月，张子意亲手把这本珍藏四十余年的长征日记捐赠给中国革命历史博物馆。

张子意的长征日记是我们现在能找到的反映红军长征来到班玛详细过程的日记，以下是日记的部分内容：

七月十日（时雨时晴），本日军直率十七师到达唐牙沟露营。（50里）……七月十三日（晴，下午雨），本日我军直及十六、〔十〕七师，上两坡、下高岭，到达绒玉宿营。掉队现象极严重，昨日我模〔范〕师亦到达鱼头寺。（110里）。七月十四、十五日，我军在绒玉休息筹粮。十四日我模〔范〕师及十八师均到达绒玉。筹粮无成绩。七月十六日（晴）。本日全军（缺十六师）由绒玉出发，到达王楼宿营。（60里）七月十七日（晴雨），本日全军（缺16D）到达哑公寺宿营，十六师到王楼。（50里）。七月十八日（晴）。本日全军在哑公寺一带休息筹粮，准备向阿坝前进。十八师获耕牛百头，粮食千斤。七月十九日（雨），本日我军直及十六，〔十〕八师和17D、模〔范〕D两师之属队，由哑公寺向阿坝前进，到达作木沟露营。（70里）。王震同志率模〔范〕师袭牛场未回，十七师随三十二军在原地未动。七月二十日（雨），本军过两山，到达离阿坝120里地露营；我十七师及模范师袭牛场无结果，亦由哑公寺出发路进。（90里）

七月二十一日（雨）。本日我军到达离阿坝50里地之山下露营，三十军同志送牛120头来。连日天雨，粮缺，帐棚少，掉队死亡现（象）极严重。（70里）

张子意的日记使我们清晰了解了六军在青海班玛长征的准确时间和过程。

王恩茂将军在班玛筹粮的故事

王恩茂，江西永新人，中国共产党的优秀党员，久经考验的忠诚的共产主义战士，中国人民解放军高级将领。1955 年被授予中将军衔，曾获二级八一勋章、一级独立自由勋章和一级解放勋章。1988 年 7 月被授予一级红星功勋荣誉章。

王恩茂 1930 年加入中国共产主义青年团，同年转入中国共产党。土地革命战争时期，任永新县苏维埃政府文化部部长、县委秘书长，中共湘赣省委宣传部干事、秘书，中国工农红军第六军团政治部宣传干事，中共湘鄂川黔、川滇黔省委秘书长，红二方面军政治部总务处处长。

王恩茂随红二方面军北上，翻越高耸入云、终年积雪、空气稀薄、气候多变的青藏高原。进入藏族地区后，由于大多数地方没有房子，部队只能露宿，只有极少数时间、极少数部队住过简陋的土块砌的土楼房。由于气候寒冷，当地种植业非常落后，只能种一点青稞。部队很难找到粮食，只能找野菜、野草充饥。当时正值多雨季节，草深地湿，粮食和御寒防雨的衣物奇缺。从甘孜出发时，每人只携带 8 天的粮食，预计 10 天可以到达阿坝。但由于沿途得不到粮食补充，每人每天只有三四两粮食，王恩茂和指战员们的体力遭到很大的削弱，行动缓慢。

作为红二方面军政治部总务处处长的王恩茂，行军一到目的地的第一任务就是带领部下去筹粮。从他的日记中我们不难发现这一点：

7 月 12 日。早晨雨。在西倾寺休息，准备七天粮食，但因番民喇嘛逃跑，粮食都搬走与埋藏了，不但没有收集七天粮食，而且在西倾寺休息吃的粮食都没有。部队粮食整个说起来只能吃两三天，有的没有了。为着节省带的粮食于继续过草地时吃起见，故部队一律采取野菜充饥。7 月 18 日。晴。在哑龙寺一线休息，补充粮食。但因该地没有群众，前卫部队收集粮食去了，所以未补充什么粮食，各部队多是采野菜作干粮。只有十八师在打牛场，打了 60 多头牛，还找到 1 000 多斤麦子。7 月 22

日。雨。上午5时出发，上一个坡，过一个约40里路的横排山。正在过横排山时，下大雨，刮大风，天气非常冷，手冻不能伸。过完横排山，即看见阿坝，很大的田垅，很多的房子，加之太阳从云（里）钻出来，天气转暖，个个精神大大的兴奋，一直下山，勇往直前地到达下阿坝。我到教导团动员筹粮队去收集粮食。7月23日。上午晴，下午雨。在下阿坝动员收集粮食，收集了6万多担，供应本军给养。准备继续通过10天草地，到达松潘。过去在甘海子时准备粮食不充分，以致从西倾寺起一直到阿坝止，11天期间，全军没有粮食，全靠吃野菜、牛皮充饥，影响部队，掉队落伍、死亡和逃跑现象严重。这一血的教训，要求我们在阿坝加紧收集粮食。7月24日。上午雨，下午阴、晴。我到模范师帮助（做）收集粮食突击的动员。

王恩茂在青海的长征路是在筹粮中度过的。

刘瑞龙在藏区搞宣传的故事

刘瑞龙（1910—1988），男，江苏南通人。曾化名石钧、李世萍、王大舜、张云生。1924年就读于南通师范学校，参加过进步学生运动。在师范学校毕业后当小学教员。1926年加入中国共产主义青年团。1927年9月加入中国共产党，任支部副书记。1928年春任中共南通县委委员兼城区区委书记。1929年春任中共南通中心县委书记，同年秋出席中共江苏省党的二大，被选为省委委员。1930年春任中共通海特委书记，参与领导苏北农民武装起义，成立了红军第十四军。失败后到上海，同年冬任中共江苏省委外县工作委员会书记。1931年后历任中共上海法南区委宣传部部长，中共江苏省委巡视员，中共江苏省委农民运动委员会书记兼军委委员等职。1933年3月到川陕革命根据地，曾被任为陕南红二十九军政治部主任。不久改任中共川陕省委宣传部部长。参加巩固发展川陕革命根据地和历次反“围攻”斗争。1935年5月随红四方面军参加长征，同中央红军会师后，8月任红军总政治部宣传部部长。10月奉命南下川康边，任红四方面军政治部宣传部部长。1936年秋随军长征到达甘肃会师。同年 11 月任红军西路军政治部宣传部部长。1937 年夏西路军失败后绕道回延安。同年秋入中共中央党校学习。中华人民共和国成立后，历任中共上海市委秘书长，华东局农委书记，华东土改委员会副主任，农业部常务副部长、党组副书记，华东局农委主任等职。

长征时期刘瑞龙担任红四方面军政治部宣传部长，以下是他在藏区搞政策宣传的两个故事。

利用一切机会学习藏语、藏文的故事

长征时期刘瑞龙担任红四方面军政治部宣传部长。由于红四方面军长期战斗在以藏族为主的四川西部和青海、甘肃等地的藏族地区，所以宣传部长的一个核心任务是宣传党和红军的民族政策和宗教政策。由于当地是清一色的藏族同胞，他们不仅不懂汉文，绝大部分人也听不懂汉语。这就难坏了宣传部长刘瑞龙。红军这边也是不懂藏语，不会藏文。那么，如何将党和红军的各项政策宣传出去？他想来想去，办法只有两个：一是请翻译将党和红军的政策翻译成藏文，然后再进行宣传。刘瑞龙后来在自述中这样回忆：经过一段工作后我们认识到，逐步沟通语言是我们党的政纲、政策深入宣传到群众中去和沟通少数民族人民思想的基础。为此省委决定，由省委宣传部选聘一名当地藏族喇嘛做翻译，帮助我们翻译党和红军的布告、捷报和宣传品，使藏族人民了解我们党的政治主张和政策。人们和翻译关系很好，我们按照《优待专门家条例》给予工资、生活等方面的优待。二是自己学习藏族语言、文字。他曾回忆，和翻译在一起的时间里，他也曾从翻译那里学习了一些东西。刘瑞龙利用工作间隙，努力研究少数民族问题。为了缩短与少数民族群众的距离，更好地进行沟通，他拜藏族群众为师，学习普通用语。当地老乡见他没有官架子，平易近人，都愿意收他这个汉人为“徒弟”。刘瑞龙的子女在回忆父亲时曾说：“为了更好地与少数民族沟通，父亲在繁忙的公务之余，挤出时间学习藏语。”他们还说，“新中国成立后，父亲在他的藏文书上就是用藏文来进行标记”。长征时期，在工作十分繁重的日子里，刘瑞龙依然能找到时间学习藏族语言、文字，认为在藏区工作、宣传不懂藏族语言、文字是搞不好的。他的这种精神值得今天在藏区工作的同志学习。

写作《藏区十要十不要》的故事

刘瑞龙一生笔耕不辍。在漫长的革命生涯里，他一手拿枪，一手拿笔。他在参与创建红十四军期间，运用“三字经”形式写下了启发人民觉悟的长诗《农民歌》；在川陕根据地，他把党的土地政策写成通俗易懂的歌谣；长征进入藏区、回区后，他贯彻党的民族政策，编写了《藏区十要十不要》《回区十要十不要》

尤其要说的是《藏区十要十不要》的写作过程。我们知道，刘瑞龙是红四方面军的宣传部长，他在工作中十分注意党和红军民族政策和宗教政策的总结，用尽可能通俗的文字将这些政策宣传出来。因为他了解到当时的情况是：红军指战员绝大部分没有太多文化知识，他们不可能将理论性很强的党和红军的民族政策和宗教政策再传播给其他群众，因为他们本身就理解不了。同时，红军经过的地方如甘孜，和红军可能要经过的地方，如青海、甘肃的藏区，群众中绝大部分也没有文化，也不可能理解高深的民族宗教政策。所以，将这些高深的民族宗教理论和政策通俗化是刘瑞龙等人的工作。在这样的调查研究的基础上，刘瑞龙写出了《藏区十要十不要》。

从开国少将左齐日记中，我们了解了红军在班玛的艰苦行军

左齐，江西永新怀忠镇泉塘村人，1911 年 2 月生。1929 年，左齐加入了中国共产主义青年团，1932 年初转为中国共产党党员，同年 7 月参加了中国工农红军。在此期间，曾任红六军团十七师四十九团政治部宣传队队长，并参加了著名的二万五千里长征。抗日战争时期，左齐先后担任八路军一二〇师三五九旅司令部作战参谋、侦察科长，七一七团参谋长、政治委员等职。1938 年 12 月，在一次激烈的战斗中，左齐负重伤，经白求恩大夫做了截肢手术。解放战争时期，左齐任晋绥军区第五

军分区政治委员、司令员，西北野战军第二纵队政治部主任。新中国成立后，他先后任南疆军区副政委兼政治部主任、新疆军区副政委兼政治部主任。党的十一届三中全会后，左齐被调回内地，任济南军区副政委、顾问。他在新疆生活、工作、战斗了二十多年，为建设新疆作出了重要贡献。1955 年被授予少将军衔。

长征时期他担任红六军团十七师四十九团政治部宣传队队长，在长征途中，他曾用步枪击落一架敌机，军团长萧克、政委王震特地打电话祝贺，赞扬“步枪打落飞机是全军首创”，得到全军通报嘉奖。

左齐是著名的军中儒将，他长征来到班玛时只有 20 多岁，但他与其他红军指战员不同的是，不管行军多晚，行军、打仗多累，每天必须坚持写日记，将一天的行军、打仗等大事要事记录清楚。今天我们也能从左齐的长征日记中了解红六军在班玛行军、休整、筹粮的经过。他这样写：

七月二日接中央电令：原二军团总指挥部改为红二方面军总指挥部，指挥二军（由二军团改称）、六军（由六军团改称）、三十二军。六军仍在干海子，总指挥部和二军四师达甘孜。六军休息了几天，做北上准备。七月六日下午六军达东谷。七日达太吉岭附近。

七月八日达日庆草地露营。自此进入荒无人烟的草地。七月十日，六军达唐牙沟，十二日达西青寺，没有筹到粮食，各部队开始采野菜充饥。七月十三日，行军一百二十里到绒玉，次日在绒王休息，没有粮食仍以野菜充饥。七月十六日上午出发沿河而上，下午达王楼，全军上下均以野菜充饥。七月十七日到雅龙寺，仍无粮食补充，只有十八师于牛场筹到六十余条牦牛、千余斤麦子。六军在作木沟露营。是夜，风雨、冰雹交加，全军人员浑身湿透，寒冷难耐。七月二十日到达九里沟露营。七月二十一日到达离阿坝四十里的地方露营，通宵大雨，帐篷大漏，草地潮湿，夜不能眠。七月二十二日翻过一座山，上下四十里，过山时大雨倾注，狂风折树，下山到下阿坝。此地人口较多，有大寺院，部队突击收集到六百余担粮食，以备继续过草地。

他的记载简明而准确，是我们了解红六军长征来到青海班玛的第一手资料，十分珍贵。

红三十二军政委袁任远与青海的故事

袁任远，1898年5月生，湖南省慈利县人。原名袁明濂，号毓灵。曾用名袁思贤、袁明廉。1918年8月到长沙入湖南法政专门学校读书，开始接受进步思想。五四运动时参加爱国学生运动。1922年夏毕业，到南洋从事教育和新闻工作，宣传新文化、新思想。先任马来西亚吉隆坡酋孔中学教员，后任仰光缅甸新报馆编辑。1925年5月回国，8月在长沙加入中国共产党。1926年7月受党组织委派回慈利县开展工农革命运动，任中共慈利县特别支部委员、县委委员。1927年5月“马日事变”后，被湖南反动当局通缉，转到石门县工作，任中共石门县委委员、南乡区委书记。1928年5月参与领导发动石门南乡农民暴动，随即组建湘西工农红军第四支队并任党代表。10月任上海总工会秘书。1929年8月被派到广西李明瑞部从事兵运工作，任南宁教导总队政治部科长，受陈豪人单线领导。10月随总队到百色，参加起义的准备工作，为《右江日报》撰稿、审稿，翻印党的六大政治决议案。12月参加了由陈豪人和张云逸等领导的百色起义。

1932年底后任湘赣军区红八军政治部主任。1933年3月至4月任湘赣军区独立第十二师政治委员。同年任红八军第二十三师政治委员。1933年6月后任红六军团第十八师参谋部主任。1933年7月至1934年3月任红六军团第十七师政治部主任，1933年7月起兼任第五十团政治委员。1934年初任中共湘赣省委秘书长。参加湘赣革命根据地反“围剿”斗争。1934年11月至1935年春任红二军团第六师政治委员，随部队向湘西挺进。在贺龙、任弼时领导下参加创建和保卫湘鄂川黔革命根据地的斗争。1934年冬起任湘鄂川黔省军区第一军分区政治委员。1935年2月任大庸县独立团政治委员。同年春任大庸军分区政治委员。同年任中央革命军事委员会湘鄂川黔分会后方办事处主任，中共湘鄂川黔省委秘书长。同年11月参加长征。同年至1936年任红六军团政治部副主任。推动川黔边各派反蒋力量与红军联合反蒋抗日，改编地方游杂武装，扩大红军。红二、六军团与四方面军在甘孜会师后，反对张国焘的反党分裂活动。

被前面的部队挖完了，留给他们的很多是不能识别的，有些甚至是有毒的。但为了生存，还必须在这些野菜中寻找能吃的野菜。如同上个故事所说的，在危险面前，廖汉生总是在前面，把生的希望留给其他红军。所以尝野菜便成了他和同他一样的领导们的任务。他这样说："为了指导部队采食野菜，我们根据上级政治机关下发的材料向战士介绍哪些可以吃，哪些有毒不能吃。我也根据自己在湘鄂边界的大山里打游击的生活经验，给大家介绍几种野菜。有时碰到了不认得的野菜，我们师长、政委先尝尝，证明确实无事，再向全师推广。"廖汉生也回忆说："长征中吃苦最多的是党员，负伤最多的是党员，牺牲最多的也是党员。青年团员也是这样。"

解放青海的故事

廖汉生是解放青海的重要领导人之一。1949年6月，由中国人民解放军第一野战军根据中共中央军委决定，以所属第一、二、七军，共8.3万余人，在陕西省户县地区组成第一兵团，王震任司令员兼政治委员。一军是一兵团的主力军，是由原西北野战军第一纵队改编而成。1945年10月下旬，八路军一二O师三五八旅与独一旅及晋北野战军领导机关组成第一纵队，司令员张宗逊，政委廖汉生，副司令员贺炳炎，参谋长王绍南，政治部主任冼恒汉。1947年9月，晋绥军区独立第七旅编入第一纵队建制。1949年2月，西北野战军第一纵队改为中国人民解放军第一军。军长贺炳炎，政委廖汉生，副军长王尚荣，第一副政委兼政治部主任冼恒汉，第二副政委余秋里，参谋长陈外欧，辖第一、二、三师。第一兵团成立后，相继参加扶郿战役、陇东追击战、陇青战役、兰州战役。随后一军开始进军青海，他们经永靖渡过黄河，于9月5日解放西宁。至1950年，一军主要担负剿匪，维护社会治安，建立人民政权等任务。

新中国成立后，廖汉生同志担任陆军第一军政治委员兼青海军区政治委员、中共青海省委副书记、省人民政府副主席，同时担任青海省军管会主任，参与领导建立人民政权、剿匪平叛、民族联谊、筑路生产等多项工作，为建设人民的新青海作出了重要贡献。

拖着残臂长征来到班玛的余秋里的故事

余秋里（1914—1999），江西庐陵（今吉安）县人，中将军衔，中国共产党优秀党员，久经考验的忠诚的共产主义战士，无产阶级革命家，新中国石油工业的创建者，经济工作的杰出领导人，中国人民解放军卓越的政治工作领导者，曾任国务院副总理，中共第九、十、十一、十二届中央委员，第十一、十二届中央政治局委员、书记处书记，中共中央顾问委员会委员、常委，中央军委委员、副秘书长，中国人民解放军总政治部主任。曾获二级八一勋章、一级独立自由勋章、一级解放勋章。1999 年 2 月 3 日在北京逝世。1949 年任第一野战军一军副政治委员、青海省军政委员会副主席、青海军区副政治委员等职。

1929 年 12 月加入中国共产主义青年团。1931 年 5 月转入中国共产党。1933 年起先后任湘赣省苏维埃政府工农检查委员会委员、红军学校第四分校连政治指导员、红六军团政治保卫队队长、红二军团第六师第十八团政治委员等职，参加湘赣革命根据地和湘鄂川黔革命根据地的历次反“围剿”作战。后率部参加长征，担任红二军团前卫。1936 年 3 月，红二、六军团行进到贵州西北部的乌蒙山区，与国民党军队展开了激战。当时，红二军团十八团在得章坝设伏歼灭了国民党万耀煌的师部及两个警卫连。正当十八团团长成本兴和政委余秋里在观察山沟里残敌的情况时，余秋里忽然发现有名敌军正举枪向成本兴瞄准。余秋里急忙用左手将成本兴推倒，不幸的是子弹却击中了余秋里的左臂，更不幸的是余秋里忍痛向对面山坡迂回时，受伤的左臂再次被敌人一梭子弹击中，导致骨折肉绽。他进行了简单的包扎，并用绷带把左臂挂在脖子上，与成团长一起继续指挥战斗。这时，朱德总司令来电，命令红二、六军团渡过金沙江后，设法与红四方面军会合。渡江前，总指挥部派人给余秋里送来一床鸭绒被。当时他的伤口已经发炎，正在发高烧，处于昏迷之中。当部队开始在中甸地区的格罗湾休整时，贺总指挥、任弼时政委对医院领导指示：可利用这段休整时间，为余秋里做手术，把他的伤好好治一治。医院领导回答：“部队过金沙江时，因不慎医疗器械全掉进江里，现在已无法做手术了。”当红二方面军抵达甘孜后，余秋里的左臂愈加疼痛，医务人员打开绷带检查，只见整条臂膀已发黑萎缩，伤口上爬满了白蛆。但由于无医无药，只得重新换上新绷带，让他躺在担架上，抬着继续前进。

就这样，余秋里躺在担架上来到了班玛。他以顽强的毅力和伤痛斗争着，伤情不断恶化，左手五指已肿胀坏死。但他依然坚持着，凭借钢铁般的意志继续行军。疼得实在受不了时他就将伤臂浸到水里，或让警卫员拿冷水往伤臂上浇，冷却止痛。

1936 年 9 月，红二方面军到达甘肃徽县，余秋里的伤势更加严重，再不手术将危及生命。红二方面军正好从敌人那里缴获了一批药品和器械，红二方面军卫生部部长侯政决定亲自为余秋里实施手术。由于医疗器械里没有手术锯，只好找来一根木工用的锯条代替。手术前，侯政用缴获来的镇痛剂给余秋里注射。由于不清楚剂量，一针下去，余秋里就昏迷了。但当时也顾不上，赶紧先实施手术。手术完了又赶紧抢救昏迷的余秋里。一阵忙乱，余秋里终于苏醒了。醒来后，余秋里对守候在身边的贺龙说：“老总，敌人打断了我的左臂，我还有右臂，只要还有一口气在，我就要将革命进行到底。”自此，在中国人民解放军的高级将领中又多了一位具有传奇色彩的独臂将军。

抗日战争爆发后，余秋里又走上了新的征程，先后任军委总政治部直属政治处副主任、组织科科长兼巡视团主任、八路军第一二〇师干部大队政治委员等职。

解放战争时期，余秋里所部属中国人民解放军第一野战军。在彭德怀的指挥下，部队连续攻城略地，取得了不少胜利。余秋里担任第一纵队副政委之后，率军参加了解放大西北的多次重大战役。青海解放后，他被任命为青海省军区副政委，为青海的解放、建政作出了新的贡献。

葛曲河兵站站长杨以山的故事

杨以山，少将，安徽省六安县人，1915 年生，1930 年加入少年先锋队，1931 年参加中国工农红军，同年加入中国共产主义青年团。1933

年加入中国共产党。长征时，杨以山曾担任红四方面军总部筹粮队副队长，担架队队长，征粮队队长，葛曲河兵站站长。

我们今天讲的故事就是他担任兵站站长时，为从班玛走出去的红二方面军看护牛群的故事。

长征中，杨以山任红四方面军军需股股长，负责部队的给养和物资运输。杨以山随部队行军到了黄河上游的葛曲河。因部队连续多日行军，战士非常疲惫，朱德总司令决定部队在此稍稍休整，待第二日继续行军。

经过一夜的休息，杨以山也难以消除疲惫，他来到河边，用冰冷的河水洗了一把脸，这样就精神多了。之后，他和大家一起收起帐篷，整理好物资。多日的行军，几头负责运输的牦牛也相当疲惫，在战士再三的催促下，才缓缓站起来，战士们又为这几头牦牛饮了水，整理了驮子，然后集合到一起，等候出发命令。

这时，突然从队伍前面跑来一名传令兵，不停地向战士询问着什么。起初，杨以山并没有当回事，继续向战士交代行军中要注意的事情。当他走近才清晰听到："同志，你是杨以山吗？"这时，杨以山才知道他是找自己，便回答道："是的，我就是杨以山。"

传令兵说道："朱总司令叫你，他就在前面不远等你，你快点去吧！"说完，他又指了指总司令在的位置。

杨以山听完后，赶紧向总司令那边走去，边走边整理了一下衣服。向前走了没多远，就看到一位衣着整齐、身子硬朗的人，背向着葛曲河站着，和几位同志在说什么；他身后背的牛皮斗篷，被风刮得不停摇动。杨以山确定是朱德总司令后，急忙跑上去。这时，朱总司令也看到有人跑来，便急忙结束了谈话，笑着向他招了招手。杨以山见总司令招手了，跑得更快了。

"你是负责部队给养的杨以山吧！"朱总司令问道。

杨以山赶紧回答："我是杨以山，负责部队的给养工作。总司令有什么指示？"

朱总司令又问道："是四局指定你驻在这里设兵站，给部队分发牛羊吗？"

杨以山回答道："是的。"

"好！这个任务很重要，我们后卫还有几万红军，总指挥部决定将四方面军所有驮帐篷、驮行李的牦牛留下来，供应后卫部队。从这里走出草地还得六天，咱们每人每天发的牛羊肉，连皮带肉不能超过一斤，其余的都留下。否则后卫部队就过不了草地。”朱总司令还特别交代杨以山：“羊杀了用开水烫，牛皮用火烧，肠肚也要吃掉，要做到每一点食物都不要浪费。”

总司令交代完后，走到队伍前面一个小土坡上，对部队说：“同志们，这草地是北上最艰难的一段路。红二方面军是最后通过草地的一支队伍，他的困难要比我们大得多，二方面军的同志在出发之前，筹到的粮食也不多，而草地上荒无人烟，更筹不到粮食，沿途的野菜都被先过的部队吃光了，他们野菜也吃不上。所以，总指挥部决定：各单位所有驮东西的牦牛全部留下来，必须要的东西自己带上，把昨天缴获的羊和牦牛，也全部留下给二方面军，以帮助他们顺利走出草地。”

没等朱总司令说完，大家就鼓起了掌，大声叫喊：“好！”各单位都愿意援助兄弟部队。于是，大家手忙脚乱地从牦牛身上卸下驮子，将牦牛交给杨以山领导的兵站。杨以山和兵站的同志，将大家送来的牛羊一一做了记录。杨以山并向大家保证，一定要将这些牛羊交到二方面军同志的手中。

部队完成交接工作，即将出发时，总司令又一次找到杨以山说：“交给你的任务，就是这些。要记住，一定要告诉部队负责同志，牛皮、羊皮、肠肚都不能丢掉了，要珍惜每一块牛皮、羊皮！”

“总司令，你请放心，我一定按你的指示完成任务。”杨以山回答道。

大部队走后，杨以山带着红三十军的一个营在葛曲河一带驻扎下来，在雪地里支起了帐篷，建起了临时草原兵站。他们把牛羊藏在一人多高的荒草中，派人日夜看守。

红二方面军的通信员来报，再过几天先头部队就要到了。兵站的人听到这一消息后，心情很激动，加紧了迎接的准备工作。这时不曾料到的意外事情发生了，敌骑兵突然前来偷袭，因敌众我寡，而且牛羊没能够来得及转移，敌人抢走了不少的牦牛。被抢之后，兵站的同志为没有保证牛羊的安全，感到十分内疚。

丢了牦牛后的第五天，红二方面军贺龙总指挥率领指挥部和红二军来了。兵站的人还没有看到二方面军人的影子，却远远地听到一片欢呼声了。杨以山听到这欢呼声，赶快命令做好迎接工作，而此时二方面军的战友已看到兵站的牛羊群了，知道这些牛羊是兄弟部队留给他们的，心情格外高兴，所以发出了欢呼。

本来，红二方面军战友的到达，是杨以山等兵站的人最期待、最喜悦的事，但是当他们想到丢失的牦牛，听到二方面军战友满怀希望的欢呼，心里却感到万分不安和惭愧！

贺龙总指挥一到就问："谁是这儿负责的？"

杨以山跑步到贺老总跟前，边敬礼，边回答："报告总指挥，我叫杨以山，这里的工作由我负责。"

贺龙又说道："你们的这些给养太及时了，要感谢你呀！"

"这是我应该做的。"杨以山说。

接着，贺老总详细地问了关于分发牛羊肉的事。杨以山一一做了回答，并将遭到敌人抢劫的事，作了汇报。

贺老总听说敌人抢走了一些牦牛，看到兵站的人为此难过和惭愧的样子，说："算了，你们已经尽力了，天大的困难也阻止不了我们北上！"接着，他将兵站的几位领导和二方面军供给部的同志召集在一起，研究供应问题。

他详细地计算了现有牛羊数和后面部队人数，决定：把原来打算发给每人 6 斤牛羊肉，减至 5 斤，想办法搞一些代用品。

随后，杨以山等兵站的同志随二方面军来到班玛地区，杨以山积极组织广大指战员进行筹粮和挖野菜、野草，并将筹集到的供给公平分配到每支队伍。正是有杨以山等一批后勤干部的辛勤付出，才保证了广大红军指战员的给养，使红军克服了一个又一个的困难，最终走向胜利。

开国少将贾若瑜在长征路上收容掉队红军的故事

贾若瑜，四川省合江县人，1931 年加入中国共产主义青年团。1935 年参加中国工农红军，次年加入中国共产党。土地革命战争时期，任红军学校第四分校教员，红六军团第十六师司令部参谋，军团司令部参谋，军团教导团军事总教官，二方面军红军大学上级干部指挥科科长。参加了长征。抗日战争时期，任中国人民抗日军政大学队长兼教员，第一分校编辑主任，第三支队支队长，军教科科长，胶东支校副校长、校长，山东纵队教导五旅参谋长，胶东军区参谋长，军区参谋处处长，胶东军区南海军分区司令员，警备五旅旅长。解放战争时期，任胶东军区参谋长、司令员。中华人民共和国成立后，任山东军区参谋长，中国人民解放军总参谋部作战部作战教纂处处长，军事科学院战史研究部副部长，中国人民解放军军人俱乐部主任兼军事博物馆馆长，总政治部副秘书长、代秘书长，山东省军区副司令员，军政大学副教育长，军事学院教育长、副院长、顾问。1955 年被授予少将军衔。

贾若瑜长征来到班玛时总是走在队伍的最后面，他说自己的任务就是收容掉队红军。他在 1996 年写了两首回忆长征过草地的诗：

（一）

茫茫草地无人烟，
飞鸟悲啼雨雪寒。
廿日断炊形势重，
轻装也觉步行难。

（二）

饥饿风寒举步艰，
草原跋涉苦相煎。
丹心映日红旗展，
笑越险关又向前。

作为参加红军长征的幸存者，他给我们回忆了红军长征中他是如何收容掉队红军的。实际上，故事就发生在班玛境内。他这样回忆：1936 年 7 月 5 日，遵照中央指示：由红二军团、红六军团和红三十二军组建为红二方面军。红二方面军在组织上进行了调整。把红二军团第五师拨归红三十二军建制，为红九十五师。红六军团将三个大师改为四个小师，即红十六师、红十七师、红十八师和模范师。另组建一个教导团，该团团长陈外欧，政委李铨，我任军事总教官。下辖三个营，即军事营、政治营、特科营，共一千来人。

我团在甘孜组建后，于7月初移往普玉龙，随后进驻东谷补充粮食，准备过草地。川西草原的海拔平均在三千米以上。气温，夏秋季为摄氏11到17度。

当时负责统筹粮食的粮食局长是何长工同志。他说："川康高原，地广人稀，能筹集的粮食不多，我们北上部队人数众多，只能补给少量的糍粑粉，其余的要到日庆县去补充。也可能你们要吃些牦牛肉、羊肉了。"

为了配合吃牛肉，军团政治部还编了《吃牛肉歌》等发给各单位，记得歌词有："牛肉本是好东西哟！吃了补养人身体哟……"因为当时我们有些人不吃牛羊肉，为了填肚充饥，就要做好吃牛羊肉的思想准备。

7月8日，我们到达日庆县。原先是满腔兴奋，一到日庆就被眼前的情景惊呆了。这里是什么县呀！一片荒野，不见人烟，但见棚屋四壁空空荡荡。谁见过这种县城？所谓日庆县原来是一个季节性的集市。四川、云南、西康等地商人把日用百货、绸缎布匹、首饰和一些生产工具等运到这里，与少数民族同胞交换皮毛、药材和其他土特产，季节一过，人去棚空。

我们到达日庆后，才知道四方面军给我二方面军留下五百头牛、九百多只羊。这些牛羊由红十八师第三营看管，是我们唯一可补充的食粮。可是由于放牧者用"口哨"把这一大群牛羊给呼唤走了，我们看管牛羊部队的指战员缺乏放牧经验，无法阻拦逃跑的牛羊群，他们所追回来的牛羊就寥寥无几了。因看管不力，丢失牛羊，该师参谋长和第三营营长均被撤了职。我们团的补给就落空了。

由于我们没有得到应有的粮食补充，吃饭就出现问题了。为了节约用粮，在草地第一次决定取消由炊事员统一做饭的制度，改成三四人一组，用各自的洗脸盆烧饭。我同书记（团部文书）周贤、勤务员三人一组，自己烧饭吃。烧饭时是用牛粪作燃料，开始我们烧不着，后经四方面军炊事员介绍，才知道先得用少量干柴引火燃烧才能点着牛粪。至于煮牛肉，由于受高原气压的影响，水到80度就开锅了，因此必须多煮些时间，肉才能熟。为了生存，什么事情都得学。

7月9日，我团和红十六师进到西倾寺，在这里住了四天，准备过草地。这时有几位骑马的军人，头戴大八角帽，直奔我团驻地而来，为首的军人要见团领导，其随从人员对我说，这位是新到任的红六军团军团长陈伯钧。我热情地迎接陈军团长，并向他报告，几位团领导已到各营检查过草地的准备工作了，是否立即通知他们回来。陈军团长说：“不用了。”他询问我团行军中课程安排的情况，特别提到打骑兵训练的问题。我作了回答，并把在甘孜听取刘伯承总参谋长所讲的战术原则，以及我团具体落实军事训练的情况作了汇报。陈军团长听后，表示满意。

不久团领导都回来了，他们向陈军团长汇报了团的工作。陈军团长除了要求我们充分做好过草地的准备外，还简要地介绍了他过草地的经验。他强调说：“重要的是保持体力，坚定意志，相互帮助，以适应草地情况的变化。要打好草鞋，特别要注意节约粮食。缺粮时，草地有种阔叶野菜叫灰菜，可供食用，还有野蒜、野葱等都可以吃。”同时，他还要求我们在教学中要注意培养干部的正规作风。这些对我们即将过草地很有启发。

7 月 14 日，我们从西倾寺出发，前方就是一望无际的大草原。天苍苍、野茫茫，只是遍地不见牛和羊。在这广袤无垠杳无人烟的大草原上，我们每天行军赶路少则五六十里，多则七八十里，甚至于百余里地。至于宿营是“相机”而宿，即住地地势要高，周边有水。因此，在旱草地行军，根据住地选择情况而定，有时走五六十里就宿营，有时则要走百多里才宿营。宿营时我们三人一组，由身体好中差组成。身体好的负责挖坑，身体次之的同志就负责寻找柴草，身体差的就看管枪支行装。睡觉时三人一起蜷缩在小坑里过夜。有时第二天醒来，体弱者耐不住长期饥饿和夜寒而悄然逝去，他就永远长眠在这个坑洞里了。我们掩埋好自己的同志，卸下子弹，折毁枪支，含着泪花，又重新上路了。我们红军指战员靠的就是坚定的革命意志，团结友爱的精神，互相帮助，相互鼓励。比如，身体强的主动帮助弱的，而体弱的则劝说身体强些的同志，要他先走，不要受拖累，并恳切地说，只要你能走出去，就是革命的胜利！我会慢慢地走出去，走不动时我爬也要爬出去同中央红军会合。这些发自肺腑之言，听了令人感动而心碎。

旱草地我们走了十天，7 月 24 日到达阿坝河的西岸。这时我红六军团已饿死三百多人，我们教导团算是好的，也饿死十来个人。如，7 月 17 日，我团从王柔出发到哑龙寺宿营，行程虽只有六十里，不算长，由于我们断粮已有五六天了，野草充饥，体力消耗大，还要翻走十多里的山路，这时掉队人数增多，还有饿死的。于是我团立即扩大收容队伍。

为了解决饥饿问题，团首长将自己的乘马抽来，我的乘骡也抽了出来，用马、骡的肉解决饥饿的问题。

7月26日，我们渡过了阿坝河，到达中阿坝。

这篇回忆文章是将军在十多年前为纪念红军长征胜利70周年而写的，也是我们能够见到的为数不多的对红六军长征经过班玛的回忆文章。

康克清在班玛的故事

康克清（1911—1992），原名康桂秀，江西万安人，客家人，是朱德的妻子，中国无产阶级革命家，中国妇女解放运动的领导人。1931年加入中国共产党，后曾任八路军总司令部直属队组织股长、政治处主任、党总支书记，晋东南妇女救国会主任。中华人民共和国成立后，历任全国妇联常委、副主席、主席，中国人民保卫儿童全国委员会秘书长、副主席、主席，全国政协副主席等职。

作为总司令夫人的康克清随总司令参加并完成了长征。1934年10月，担任红军总部直属队指导员的康克清，随着红军队伍踏上了漫漫征途。与其他女同志不同的是，康克清并没有被编在休养连，而是待在朱德身边，负责朱德的保卫任务，甚至还一起指挥作战。康克清是女红军中最强壮的一个，她一般都背着三四条枪行军，而且每天走完一半的路程，她就主动落在队伍后面，担当收容掉队战士的任务，帮他们背枪、背背包。

由于随朱德总司令同张国焘斗争，使张国焘对康克清恨之入骨。重新踏上北上的路线，就意味着要第三次爬雪山，再一次过草地，在缺少粮食、被服、弹药和药品的情况下，红军所面临的困难可想而知。

更为可怕的是，第二次北上之后不久，身体强壮的康克清病倒了，她得了伤寒，高烧40 °C不退。而张国焘一伙居然不准康克清回到朱德那里去，把她严格管制了起来，甚至打起了将她留置在当地，让她自生自灭的歪主意。幸亏战友肖朝英偷偷跑到朱德那里报了信，被蒙在鼓里的朱德这才带着医生和警卫员赶了过来。昏迷中的康克清听到了平日里熟悉的脚步声，便使劲地睁开眼睛一看，果然是自己的丈夫，眼泪不由得流了下来。她是一个坚强的女性，此时此刻，她流下的是见到丈夫后欣喜的泪水，是渴望着对亲人诉说所受委屈的泪水。朱德走到床前，俯下身子，轻轻地问道："克清，怎么样？我来了。"眼见原来身强力壮的妻子，如今却消瘦了许多，朱德的眼圈红了起来。妻子嫁给自己6年多了，不但没跟他这个总司令享过几天清福，反而多受了很多苦，身为丈夫，朱德的心情可想而知。

李伯钊在班玛的故事

李伯钊(1911—1985),中华人民共和国前主席杨尚昆夫人,重庆人,1925年加入中国共产主义青年团，曾参加进步学生运动。同年到上海，在共青团浦东地委任宣传委员。1926年冬赴苏联，入莫斯科中山大学学习，1928年毕业后，留校做翻译工作。1930年回国，1931年转入中国共产党，同年到闽西苏区，任中国工农红军闽西军区政治部宣传科科长兼彭（湃）杨（殷）军政学校政治教员。后到江西瑞金，任红军学校政治教员、《红色中华》编辑、高尔基戏剧学校校长、中华苏维埃共和国临时中央政府教育部艺术局局长。1934年10月参加长征，先后任中央工作团团员、红军总政治部宣传部宣传干事。红一、四方面军会合后，到红四方面军参与建立随军剧社，并任团长。红四方面军文工团独创了很多戏剧、歌咏（音乐）和舞蹈，内容甚为丰富。如戏剧有《一只草鞋》（话剧）、《彼巴依德瓦》（歌剧）、《打倒刘湘》（川剧），歌舞有《打骑兵歌》《扩大红军歌》《妇女总动员歌》和《农民舞》《儿童舞》《打骑兵舞》《雅西雅舞》（藏民舞）、《水兵舞》《乌克兰舞》等。上述节目和剧团的编组，主要是李伯钊到四方面军工作后创作和建立健全的。

李伯钊团长为了完成贺老总给她的任务，决定第二次北上时随二方面军和红军总部行动，并在北上途中培训二方面军的文工团。李伯钊团长对二方面军的同志特别关心，亲自给他们讲课、指导他们练功（从如何发声唱歌到念台词、跳舞），还决定四方面军剧团的同志给二方面军文工团的每人织一身毛衣和一双手套。说到红四方面军文工团给红二方面军文工团织毛衣和手套之事，红四方面军宣传部长刘瑞龙在《长征中的文艺兵——回忆长征中的红军前进剧社》中这样回忆，他说："红四方面军剧团战士心灵手巧，就地取材，用萝卜当纺锤，把生羊毛捻成两股细线，再合成一股粗线，用以织毛衣、补毛袜。没有工具，就用竹子削成粗细适宜的竹针，然后进行编织。同时还用土办法把生羊毛揉得软一些，做成背心。"此外，为了顺利北上，李伯钊还保证二方面军文工团每人能带足十五斤粮食，两斤半肉干和五斤干柴等。北上没几天就来到了班玛。

在经过班玛的征途中，文工团每天有三大任务：唱歌、跳舞、搞演出。每天行军一开始，文工团就组织若干小组，分到部队中，边行军，边教战士唱歌。中午大休息时，选择合适的地方为行进行列演奏音乐，表演节目；进入宿营地，再分别到各单位，同大伙一起搭帐蓬、找野菜、做晚餐等，从中开展"娱乐工作"。大家即兴编歌，尽情而唱。

部队来到绒玉后，李伯钊团长让大家在这里停留一夜，为二方面军的六师演出，这一晚他们为六师唱了七支歌，跳了四个舞，演了一个小戏。部队的欢笑声使平静的草地变成澎湃的海洋。文工团成员当晚就在六师住了一夜。然而，第二天起床时，这十六个人的小组，有四位同志停止了呼吸。

在李伯钊团长的亲自帮助下，红二方面军终于有了自己的文工团。

李贞在长征路上照顾红军伤病员的故事

李贞（1908—1990），女，湖南省浏阳县小板桥乡人，中国人民解放军少将，有"开国女将"之称，是上将甘泗淇之妻。6 岁当童养媳，1926 年参加革命，1927 年加入中国共产党，早年参加秋收起义，担任湘赣边区红军妇女团政委。作为红二方面军政治部组织部副部长，参加长征。解放战争期间，担任晋绥军区政治部秘书长、西北军区政治部秘书长。1951 年担任中国人民志愿军政治部秘书长。1955 年，授少将军衔，为中华人民共和国开国首位女少将。后担任中国人民解放军军事检察院副检察长。

长征途中，李贞怀孕了，但两个人常常把自己的骡马让给小战士骑。遇到有的小战士患病，他们总是不惜把自己也少得可怜的粮食拿出来救急，而他们则靠吃野菜和草根充饥。两个人的宿营帐篷也几乎成了刘月生、罗洪标、颜金生等小红军的专用帐篷。等他们睡着了，李贞就给他们缝补破旧的衣服。每当看到灯光里穿针引线的妻子，甘泗淇都会油然升起一股敬意，同时也不免有些担心尚在她腹中的孩子。他多么希望妻子能多补充些营养，多休息一会儿。甘泗淇夫妇7月中旬进入茫茫草地，由于草地气候恶劣，没有净水，也没有给养，再加上高海拔地区，氧气稀薄，他们又终日在遍布陷阱的泥潭沼泽跋涉，过度劳累，营养不良，怀孕7个月的李贞早产了。没有充饥之粮，李贞又缺少奶水，孩子饿得哇哇直哭。热心的战友们送来了破衣服作尿布，送来了他们自己也舍不得吃的青稞面作营养品，但这毕竟非常有限，无法解决根本问题。还没走出草地，这个可怜的小生命便夭折了。

但是粮食的紧急，伤员的增加让他们必须尽快从失去孩子的伤痛中走出来，能让他们坚强的是他们的理想信念。长征中红二方面军是最后过草地的部队，因而在筹集粮食方面遇到的困难也就最大。进入草地后没几天，粮食就吃完了，整个方面军都面临着饥饿的威胁。甘泗淇把自己那份口粮全拿了出来，分给了伤病员。他自己选择了靠挖班玛地上野菜充饥的办法。每到一个宿营地，他不休息，立即带领政治部机关的同志们四处寻找野菜。由于红二方面军已经是最后一支部队来到班玛，能吃的野菜几乎被前面过草地的部队吃光了，他就试着吃那些不知道有没有毒的野菜，这样的试验是很冒险的。但他不听同志们的劝阻，总是执意由自己先尝。当证明一种野菜确实是无毒的后，他马上拟出电报稿，详述此种野菜的形态，交电台迅速发往各部队，通知指挥员尽快派人采集。甘泗淇用自己的身体做试验，冒险尝野菜的事在部队传开后，战士们都深受感动。

到达班玛后的几天，风雨寒冻和饥饿同时袭来，加上高海拔地区氧气严重不足，战士们的身体一天不如一天，两条腿就开始瘫软、浮肿，有的战士支持不住，一倒下去就永远地告别了战友。一天傍晚，狂风怒吼，阴云密布，很快下起了暴雨，这可急坏了李贞，没有东西吃，会把人活活地饿死、冻死的。无意中她摸到腰上还有一根皮带，就一块一块地割成碎片，煮熟后叫来战友们吃“牛肉”，任弼时、关向应听到大家吃牛肉也都过来和大家一起，每人夹了一块嚼了起来。在行军途中，任弼时领着红四方面军一名掉队的女战士交给李贞，让她负责带出草地。在李贞的关怀下，这个只有13岁、名叫杨国秀的小女孩，一天比一天有精神了，她学着李贞的样子给部队烧开水，用盐水给伤员清洗伤口。但由于饥饿和寒冷，杨国秀也病倒了，发起高烧，李贞把贺龙送给她的三副清热解毒的中药熬好后，给颜金生吃了两付，剩下一付让给杨国秀吃了。杨国秀退烧后，李贞又让勤务员把她扶上马，绑在马背上，硬是把杨国秀从死亡的边缘救了过来，带出了草地。连指导员曾长久也染上了伤寒病，还发着高烧。为把战友活着带出草地，连日来甘泗淇和李贞夫妇从他们少得可怜的口粮中分出一份，像父母照料孩子一样一口一口地嚼烂喂着曾长久，晚上还把他安排在自己的帐篷里睡觉，没过几天，曾长久的病竟然好了起来，终于顺利地走出了草地。

马忆湘在班玛的故事

马忆湘，用此名字的不止一人，最为知名者为老红军战士、作家马忆湘（1923—），女，土家族，湖南省永顺人，1935年参加中国工农红军，任第二方面军总医院看护，参加长征；1937年加入中国共产党，后任关中分区妇联副主任，在关中大生产运动中获劳动英雄称号，1945年入中央党校学习，同年随八路军三五九旅赴东北，任旅卫生部政治指导员。中华人民共和国成立后，先后担任广州军区通信总站副政委、广州军区司令部管理局副政委等职务。

土家族出身的女战士马忆湘，参军时只有13岁，在红二方面军医院工作。红军从甘孜出发后，在行军最艰难的路上，她把干粮袋丢了，在那有粮就有生命的紧急关头，她不忍心伸手向同志们要干粮，一到宿营地就悄悄走到一边挖野菜充饥。坚持了三天，“秘密”被看护长发现了，上至军团首长，下至战士都伸出了援助之手，她吃了珍贵的“救命粮”才没有倒下。后来大家的粮食都吃光了，能吃的野菜被前卫部队采摘后也剩不了多少。一天，马忆湘在驻地附近发现一种青萝卜似的东西，就采了一包回来，交给炊事班长，煮熟后大家争着要先尝。马忆湘说，这是我找来的宝贝，有没有毒应该由我来先尝，捡了一块塞到嘴里咬了几口，苦味难忍，本能地想吐出来，但转念一想，不送进肚子怎么能检验出有没有毒呢？便吞了下去，不一会儿便觉得一阵恶心，肚子痛得像刀绞一样，接着就晕倒了。医生马上给她灌清水洗胃，直到第二天早晨她才苏醒过来。新中国成立后，这位被誉为“开不败的朝阳花”的女战士，以自己的亲身经历，在她所著的《朝阳花》长篇小说中，真实再现了红二方面军医务人员在长征中的战斗故事，小说从 20 世纪 60 年代首次出版到 1987 年共印刷十次，累计印数百万册，并被译成日文出版。

第三部分　红军与藏族同胞一家亲的故事

1936 年 7 月，北上抗日的红军来到了班玛。从此，班玛和红军长征连在了一起。在班玛，人们讲述最多的故事是红军的故事，是红军来到班玛的故事，是红军如何遵守三大纪律、八项注意的故事，是红军如何平等对待班玛民众的故事。当然，也讲述班玛民众如何帮助红军度过难关，顺利北上的故事。邓小平曾说：“现在我们应该跟他们（指藏区人民——引者注）说，当时全国革命的负担放在你们身上，你们对保存红军尽了最大的责任。”班玛地区是红军经过的整个藏区的重要组成部分，同样为红军长征的胜利和保存红军作出了重要贡献。

红军在班玛执行三大纪律、八项注意的故事

三大纪律、八项注意是中国人民解放军的光荣传统，是建立在政治自觉基础上的铁的纪律，是我军战斗力的重要保证。它的形成并非一蹴而就，而是随着我军革命斗争的历程不断发展完善。

1927 年 9 月 9 日，毛泽东发动和领导了著名的湘赣边界秋收起义，第一次在武装斗争中公开打出了中国共产党的旗帜。毛泽东深知纪律是军队的命脉，是统一意志、规范行动、凝聚力量的重要保证。没有铁的纪律，再庞大的武装力量也不过是一群乌合之众，再正确的决心意图也不易完全实现，再精良的武器装备也难以发挥作用。因此，他明确要求起义部队——工农革命军官兵对待人民群众说话和气，买卖公平，不拉夫，不打人，不骂人。

起义失败后，毛泽东率领工农革命军余部沿罗霄山脉南移，寻求立足点。10 月 7 日，部队抵达江西省宁冈县茅坪，随后进至遂川县境内，

准备向罗霄山脉的井冈山进发。

部队中有许多官兵来自旧式军队，经常随意拿老百姓的财物，打骂老百姓。时值仲秋，正是山里红薯成熟的季节。行军路上，饥渴难耐的战士们看见路边田地里长着诱人的红薯，就毫不犹豫地连苗拔起，用衣袖胡乱揩去泥巴，狼吞虎咽地吃了起来。

这引起了毛泽东深深的忧虑。因为他知道老百姓对那些烧、杀、掠、抢的旧军队历来是既害怕又痛恨，背地里骂他们是“丘八”，流传着“好铁不打钉，好男不当兵”的顺口溜。所以要想在井冈山创建革命根据地，就一定要和当地百姓搞好关系，做好群众工作，取信于民。如果没有群众的支持，根据地是无法建立起来的。

毛泽东决心整肃军纪，将工农革命军建成一支真正代表工农利益、与旧军队有着根本区别的人民军队。几天后，在荆竹山雷打石上，他扳着手指，向全体官兵郑重地宣布了3条纪律：“行动听指挥，不拿群众一个红薯，打土豪要归公”。

为了严明军纪，毛泽东经常深入连队，耐心地给战士们做教育。很快，部队的作风有了很大的转变，赢得了当地群众的信任和拥护，在井冈山逐步站稳了脚跟。

然而时隔不久，新的问题又出现了。1928年1月，当工农革命军攻克遂川县城后，部队派人下乡领导贫苦农民打土豪。但有人不分青红皂白，将商人、小贩的货物统统没收，甚至连药铺里卖药的戥秤也拿走了。在遂川县草林圩，当地老百姓向毛泽东提意见：“工农革命军好是好，可是，他们借了我们的门板去睡觉，还回来的不是原来的那一块，我家的门板是斗榫的，斗不上号，害得我找门板找了几天。还有啊，战士们睡觉用过的稻草遍地都是，成了牛栏了。”

这些违反群众纪律的现象引起了毛泽东的高度关注。1月24日，在遂川县城李家坪，他又向部队提出了六项注意：“上门板，捆铺草，说话和气，买卖公平，借东西要还，损坏东西要赔”。为了解释这6条，毛泽东还特意说了一段类似绕口令的话：“损坏老百姓的东西，一定要赔偿。虽说打破了旧缸赔新缸，新缸不如旧缸光，但是赔了总比不赔好。”

正是在这样极其通俗朴素而又亲民爱民的军纪规范下，工农革命军渐渐摆脱掉残留在身上的旧军队的种种恶习，赢得了越来越多群众的爱戴和拥护。

就在井冈山革命根据地蓬勃发展之际，3 月初，中共湘南特委代表周鲁来到井冈山，贯彻中央的“左”倾盲动政策。他指责井冈山“行动太右，烧杀太少”，没有执行所谓“使小资产变成无产，然后强迫他们革命”的政策，并把中央开除毛泽东中央临时政治局候补委员的决定误传为“开除党籍”，命令工农革命军离开井冈山南下，参加湘南暴动。

3 月 12 日，毛泽东率部从宁冈出发，于 14 日攻占湖南省酃县，随即进至中村整训。这时，部队中违反群众纪律的现象又有所抬头，影响很不好。月底，部队到达桂东县沙田村。在这里，毛泽东向全体官兵正式宣布“三大纪律六项注意”，并将“不拿群众一个红薯”改为“不拿工人农民一点东西”。

开国少将龙开富在井冈山时期一直跟随在毛泽东左右，负责挑书籍和文件。他曾这样回忆当时的情形：“我记得沙田圩背后有个沙滩湾，那湾湾里有些田，位于沙田圩街道不太远的东北方向。我们在那里集合开了会，主席站在田埂上讲了话，说没有纪律不成军队，没有统一指挥就不能打胜仗，然后宣布了‘三大纪律六项注意’。”

红四军在闽西转战期间，书写在永定县坎市裕源店商铺墙上的宣传语，成为反映“三大纪律八项注意”的最早文字记载。

4 月，朱毛在井冈山会师，合编后的中国工农革命军第四军（不久改称“红军第四军”）官兵严格实行“三大纪律六项注意”。老百姓惊奇地发现，这支军队与只知欺压百姓的旧军队有着天壤之别。

一次行军途中，毛泽东得知有的红军战士因饥饿吃了农民地里的苞米。他立即通知部队集合，就地进行群众纪律教育，并亲自在一块竹牌上写道：“因为我军肚子饿了，为了充饥，把你的苞米吃光了，违犯了纪律，现在把两元钱（光洋）埋在地里，请收下。”

不久，一首歌谣便在井冈山地区的老百姓中广为流传：“红军纪律真严明，行动听命令；爱护老百姓，到处受欢迎；遇事问群众，买卖讲公平；群众的利益，不损半毫分。”

1929 年 1 月，为打破湘赣两省国民党军对井冈山根据地发动的第三次“会剿”，毛泽东、朱德率领红四军主力撤离井冈山，进军赣南闽西。6 月 10 日，红四军由闽西旧县北上新泉进行休整，准备第三次攻打龙岩城。

红四军之所以选择新泉作为休整的落脚点，除了因为这一带的群众基础好，粮食也比较充裕外，主要是看中了新泉三面环水一面依山、水陆通衢的独特地理优势。此外，集镇中连南河畔还有多眼温泉，可供红军官兵们洗澡。参加过新泉休整的开国上将萧克曾回忆：“新泉的温泉使战士们尽情地享受大自然的恩赐，泡在温泉里嘻嘻哈哈无所不谈，洗去了长期征战的疲劳。”

一天，毛泽东、朱德、陈毅等人走到连南河畔，看见不少红军战士脱得光溜溜的正在温泉里洗澡，岸上路过的妇女们只好羞涩地扭头走开。毛泽东眉头紧锁，对朱德说：“我看井冈山定的‘三大纪律六项注意’，应该加上‘洗澡避女人’这一条。”

朱德点头表示赞同。这时，陈毅联想到一些红军战士有随地大小便的陋习，便补充道：“再加上一条‘大便找厕所’。”

第二天，红四军政治部向全军官兵重申纪律，并在“三大纪律六项注意”后特意增加了两项注意，即“大便找厕所”“洗澡避女人”，“三大纪律八项注意”就此诞生。

红四军在闽西转战期间，曾到过永定县坎市。一天晚上，朱德和红四军司令部住进了坎市镇上一个名叫裕源店的商铺。只见店铺里那些并不白净平整的墙壁上，留下了许多红军指战员书写的宣传语。其中一条，特别引人注目：

“红军纪律最严明，要护工农们，大家的责任。买东西要公平，保护小商人，工农与兄弟，劳苦更相亲，说话要和气，开口不骂人，工农贫民劳苦群众个个来欢迎。出发和宿营，样样要记清，上门板，捆禾草，房子扫干净，借物要送还，损坏要赔人，大便找厕所，洗澡避女人。三条纪律，八项注意，大家照此行。”

据考证，这幅标语是迄今为止所发现的最早反映“三大纪律八项注意”的文字记载。它完好无损地保留在裕源店的墙壁上近 70 年，静静地向人们诉说着那段永不磨灭的革命岁月，直到这座百年老店在 1998 年那场突如其来的洪水中轰然倒塌。所幸还有这幅标语的照片留存下来，成为历史见证。

毛泽东当时制定的“三大纪律八项注意”语言通俗，是些既简单又好懂的短句，主要是考虑到红军官兵中文盲太多的缘故。后来根据形势的发展和人民军队建设的实践经验，逐步将“不拿工人农民一点东西”

改为“不拿群众一针一线”，将“打土豪要归公”改为“筹款要归公”，后又改为“一切缴获要归公”，将“上门板”“捆铺草”，改为“不打人骂人”“不损坏庄稼”，将“洗澡避女人”改为“不调戏妇女”，取消“大便找厕所”，增加“不搜俘虏腰包”，后又改为“不虐待俘虏”。

1947年10月10日，毛泽东发表《中国人民解放军总部关于重新颁布三大纪律八项注意训令》，从此凝铸成中国人民解放军铁一般的“第一军规”，成为这支军队无往不胜的力量源泉。

（《解放军报》2016年10月30日05版）。

以下是红军在班玛忠实执行党和红军的三大纪律、八项注意的几个故事。

没见过这样好的军队

红军长征时期，三大纪律八项注意成了红军的“第一军纪”。当红军先头部队踏上青海班玛藏区土地时，当地藏族民众因听信马家军的反动宣传，均逃离了家园。一个藏族老人回忆说：“当时，父亲亚格牙贡和我在田间耕地，不远的东次（曾任江日堂乡乡长敌武的父亲）告诉我们，说一群人从吾扎寺方向过来了，看上去像是当兵的，我和父亲也向吾扎寺方向望去，确实看见了大约一个团的部队正向这边走过来，队伍里有驮物资的马和骡子等，……当地群众非常害怕，于是就四处躲藏。”藏族民众因害怕逃离是有原因的，在这之前他们见到过当兵的，是青海的马家军。这些官兵给果洛人民，给班玛人民带来了巨大的灾难，他们不仅仅是抢劫，强奸，还要杀人放火。班玛藏族人民见到当兵的就以为是马家军。然而，由于红军坚决执行“三大纪律、八项注意”，对当地民众的财产、家园秋毫无犯，并且尊重当地民众的民族宗教信仰以及风俗习惯，开始得到人民的信任。有个藏族群众这样说：“起初，村里的群众非常害怕，不敢靠近红军部队，但过了几天，发现这些红军不做任何破坏行为，看着也特别和善，不同于马步芳的军队和土匪，因此，逐步消除了戒心，我们还目睹了红军在阿什羌举行的追悼会。”当地群众被红军的优良作风感动了，纷纷回到了自己家中，也有很多群众主动邀请红军到自己家中居住。

当然也有的藏族民众由于听信了一些人的挑拨，对红军有不友好的举动，甚至用武力阻止红军的行动。特别是当红军在班玛地区行军或筹集粮食时，不时受到一些不明真相的群众的阻击或袭扰，甚至有的指战员流血牺牲。但红军并没有予以还击，而以极大的克制和忍耐，朝天鸣枪警告，力求把他们撵走而不加伤害，直到今天，一些健在的知情人回忆这段往事时，都齐声称赞说："那时候我们听信谣言和头人们的命令，去打红军，可红军打过来的子弹离我们头顶很高，不朝我们身上打，只是把我们吓跑了。过后才慢慢地明白，红军是为我们百姓做好事的红军。"

红军指战员们用自己的一举一动体现着"三大纪律、八项注意"作风。红军的言行打动了班玛民众，他们说出了"没见过这样好的军队"这样的赞语。

宣传红军纪律，不拿民众一针一线的故事

红军进入了班玛地区后，因为当地的藏族群众不了解红军，都上山躲进了森林。红军每到一个村寨，严格执行"三大纪律、八项注意"，并通过红军中的藏族战士（川康地区参加红军的）开展说服解释工作，让当地藏族群众了解红军。部队的领导干部，在翻译陪同下，逐家逐户对群众进行看望和慰问。尽管红军给养十分困难，但他们没有乱拿群众的东西，行军走路从不踩踏庄稼。有的红军住在寺院（据班玛县人大原副主任白札·吉德说："红军一来，当地群众都跑到森林里躲藏了，也没剩下多少人，然后就是群众家里也很落魄，条件都比较差，条件好一些的也就数寺院了，房子也多一些，所以到各个地方，首先选择居住到寺院，这是毫无疑问的。红军住过的地方还有吉德寺、班前寺、灯塔寺、然牙寺等寺院。"），却不去拿寺院的供品。亚尔堂乡扎洛村的扎西老人回忆：当年红军经过这里的时候，他们都还未成年，但亲眼看到村外山坡上、玛柯河边上扎了许多帐房，还有很多人住在露天或屋檐下，只有村里阿帮榛格觉家住着"红保"（指当官的），门口站有哨兵，进进出出的人很多，许多当兵的见了"红保"还举手敬礼。"红保"中有人骑着大黑骡子，印象最深。扎西还说："当时有几位红军住在我家屋檐下，生火做饭时，不小心把门口的垫木烧着了，虽不严重，但红军领导知道后，严肃批评了那些战士，还向我父亲赔礼道歉并且赔偿了损失。"

豌豆地边吃野菜的故事

红军坚决执行“三大纪律、八项注意”还表现在对民众未成熟的农作物的保护上。我们从前述的众多红军将领的长征日记中不难发现，红军进入青海班玛藏区是长征以来最为困难的时期，红二方面军副政委关向应在1936年7月16日的日记中写道：“六军上午出发，沿河而上，下午到王楼。各部队还是没有找到粮食，全吃野菜。”时任红军第六军政治部主任的张子意同志在日记中这样写道：“七月二十一日（雨）。本日我军到达离阿坝50里地之山下露营，三十军同志送牛120头来。连日天雨，粮缺，帐棚少，掉队死亡现（象）极严重。”“七月二十三日（晴）。本日我三十二军及十七师、模范师均到达。十七师、模范师因西倾寺出发后，即大部无粮，沿途亦无补充，尽食野菜、皮带……致部队极疲困，减员两师达二百人。”独臂将军左齐写道：“十二日达西倾寺，没有筹到粮食，各部队开始采野菜充饥。十三日，行军一百二十里到绒玉，次日在绒玉休息，没有粮食仍以野菜充饥。十六日上午出发沿河而上，下午达王楼，全军上下均以野菜充饥。十七日到雅龙寺，仍无粮食补充。”从这些记载中我们可以感到红军的困难有多大。同时，我们又听到了一种声音，据当地群众当周和才项回忆，“那年是藏历鼠年，大约六七月时，从班前的叶昂沟，亚尔堂的水磨沟、德昂沟、王柔沟来了许多当兵的。因为害怕，我们都躲进了树林里。后来，听说那些兵走了，我们就去地里察看，地里的庄稼完好无损。我们也奇怪，同样都是兵，为什么单单就这些穿得不好、吃得不好的兵就这么好呢？后来才知道，那些兵有一个共同的名字，叫红军，是我们穷人的兵，是人民的兵。”红军到达班玛县境内（特别是绒玉一带）时，正值盛夏，虽然农作物还没有完全成熟，但豌豆等农作物是可以直接食用的，但红军指战员们依然没有乱踩乱吃，而是井然有序地坐在田埂上或河边休息，饿了就到附近的地方挖野菜、捡牛羊骨头熬汤喝，使得红军走后，那一片的豌豆花依然艳丽盛开。实际上，早在红军进入青海藏区之前，针对甘孜等地农作物问题，红军总部就提出了具体的政策，如《关于割番民麦子问题的通令》，明确提出：“（甲）各部队只有在其他办法不能得到粮食的时候，才许派人到番人田中去收割已熟的麦子。（乙）收割麦子时，首先收割土司头人等的，只有在迫不得已时，才去收割普通番人的麦子。（丙）收割普通番人的麦子，必须将所收数量，为什么收麦子等，用墨笔写在木牌上，插在田中，番人回来可拿这木牌向红军部队领回价钱。（丁）只收割已成熟的麦子及粮食，严格禁止去收割未熟的麦子及洋芋等。（戊）收麦子时应连根拔起或用镰刀去割，应将全丘麦田割干净，严禁零星拔麦头，贱（践）踏田中麦子。”红军还颁发了保护藏族群众利益的布告，在藏族群众青稞地里插上保护牌，严令一切部队不得侵犯。

红军忠实执行“三大纪律、八项注意”最突出表现在筹粮上，红军进入班玛藏区后的一个重要任务是筹粮，我们从众多红军将领的长征日记中见到最多的字眼是“筹粮”。张子意在日记中说：“七月十二日（雨），本日十六师移鱼头寺，军直及十七师仍在原地休息。召集军政〔治〕部〔部〕务会议，讨论粮食问题，组织先遣工作团。”“七月十四、十五日，我军在绒玉休息筹粮。十四日我模〔范〕师及十八师均到达绒玉。筹粮无成绩。”“七月十八日（晴）。本日全军在哑公寺一带休息筹粮，准备向阿坝前进。十八师获耕牛百头，粮食千斤。”“七月二十三日（晴）。本日下筹粮突击通令，仍在原地筹粮。七月二十四日（晴、微雨）。今日全军仍在西岸原地筹粮，教（导）团，军直成绩稍好，十六、〔十〕八师次之，模范师及十七师均无成绩，现共得粮约万斤。”尽管筹粮任务艰巨，但没有红军违反“三大纪律、八项注意”。公平买卖是红军筹粮的基本原则，给张子意将军当过警卫员，后曾担任山东军区司令员的尹特辉将军 1984 年回忆说：“1936 年 7 月，红军从班前寺后高山丛林间翻越过来，驻军到班玛县吉德寺、班前寺和玛柯河两岸的群众碉楼里，筹措粮草，部队人数上万。当时由于红军队伍严格执行‘三大纪律、八项注意’，并通过红军中的藏族战士做宣传解释工作，跑到密林里的群众很快从山林中陆续返回家园，帮助红军筹粮，买牛羊，救护伤病员，俨如亲人一般。”

红军的行为赢得了广大藏族群众的心，红军走后，当地藏族群众非常怀念，曾编唱过这样一首歌谣：“红军走了，村寨空了；村寨空了心不焦，心焦的是红军走了。”

损坏东西要赔偿的部队

红军经过班玛的人数多达三万余人，如此大的部队经过，在行军中，在住宿中难免会发生一些损坏东西的现象。但红军如同“三大纪律、八项注意”中所规定的一样，损坏了东西一定要赔偿，如果有些东西因损坏而不能恢复原貌，则用钱赔偿。

亚尔堂乡扎洛村的扎西给我们回忆，当时他家一块垫木在红军做饭时不慎烧了，但红军马上给予了赔偿。他说：“当时有几位红军住在我家屋檐下，生火做饭时，不小心把门口的垫木烧着了，虽不严重，但红军领导知道后，严肃批评了那些战士，还向我父亲赔礼道歉并且赔偿了损失。”这里所说的垫木就是一块垫东西的木头，班玛是青海有名的林场所在地，著名的玛珂林场就在班玛，木头不能说应有尽有，但绝对不是值钱的东西。然而在红军看来，垫木也是群众家的财产，损坏了就要赔偿，红军的这一行为让班玛人民至今难忘。

红军在班玛贯彻党和红军民族政策的故事

红军长征时期是中国共产党开始从实践中接触少数民族并对少数民族问题十分重视的时期，是中国共产党从早期的主张民族自决向民族区域自治政策转变的转折时期，因而在中国共产党民族理论和政策的发展史上占有很重要的地位。

长征时期是党和红军第一次从真正意义上接触和了解中国各少数民族的时期，只有这种感性的接触、实践，才会形成理性的正确的民族理论和政策。长征在客观上造成党和红军同少数民族接触的机会。长征在经过湘、桂、黔、滇、川、康、甘、青、宁、陕等省时广泛接触苗、瑶、侗、布依、壮、彝、羌、回、裕固、藏等少数民族，因此党和红军不可能不对民族问题进行新的认识，为此也提出了相对正确的民族政策。

各方面军提出了相对一致的民族政策的故事

红一方面军是党中央所在的方面军，所以它提出的政策往往带有全局性，在民族政策上也是如此。1935 年 4 月中国工农红军总政治部的《关于注意争取夷民的工作》中再次详细强调了党和红军在长征中的具体政策，指出：“现在我野战军已经到了夷民的地区。争取夷民群众，发动他们为自己的解放而斗争是极端重要的工作。在目前的情形中，我们应当特别注意下列两事：一、不打夷族的土豪，对于夷民群众所痛恨的夷族土豪，也要发动夷民群众自（己）动手的来打。如果在当地没有土豪可打，为了解决红军的给养，应当出钱向夷民群众去买，或经过宣传发动夷民自动捐助。万不得已时，也要出借据向他们借。二、用写标语、口头宣传等，向广大的夷民群众说明红军对于解放夷民的主张，揭破国民党的民族武断宣传，利用许多事实（如国民党军阀在前年大杀广西瑶民，对于苗瑶抽捐特别的重等）来说明国民党是屠杀压迫一切弱小民族的恶魔。”

红四方面军的民族政策：红四方面军是三个方面军中在少数民族地区尤其是在藏区时间最长的一个方面军，也正因为如此，它的民族政策不仅多，而且非常具体。

首先，红四方面军的民族问题主张贯穿了其长征的全过程。红四方面军从 1935 年 3 月渡过嘉陵江开始长征到 1936 年 10 月抵达静宁、会宁为止，前后经过了一年半之久，而其中大部分时间驻扎在少数民族地区。如何对待少数民族，如何制定和贯彻民族政策，就成了红四方面军的一个重要任务。所以，红四方面军论述关于民族问题的内容也就贯穿了其长征的始终。1935 年 5 月，红四方面军长征开始后不久就发表了《中华苏维埃西北联邦临时政府回番夷少数民族委员会布告》，指出“中华苏维埃西北联邦临时政府为了彻底解放西北一切少数民族，号召西北少数民族起来共同反对屠杀压迫少数民族的帝国主义和国民党军阀政府，特设回番夷少数民族委员会来领导回番夷少数民族的解放斗争”，同时宣布了解放少数民族的 12 条主张，其中特别强调了“回番夷少数民族建立自己全族—地方—区—乡各级的人民革命政府自己管事，实行民族自决”；在其后发表的《中华苏维埃共和国西北联邦临时政府布告（第一号）》中又明确说：“实行民族自决权。回番夷藏苗各民族得组织自己苏维埃或人民革命政府，各民族一律平等，得各以自己的意志各民族联合起来加入本西北联邦政府，政教分离，信教自由。”红一方面军、红四方面军会合后又联合制定和发表了有关民族问题的决议、指示。一方面军单独北上后，红四方面军来到了以藏族、羌族为主体的少数民族聚居区域。1936 年 3 月红四方面军政治部发出了《关于少数民族工作的指示》，反复强调解决民族问题的重要性是“如果没有少数民族的拥护，则不仅对于目前我们行军作战产生许多不利，并且毫无疑义的，创造西北抗日根据地的基本任务，也将要遭受巨大的困难”。随后指示很具体地从五个方面提出了在少数民族地区工作的任务，阐述了坚持过去在少数民族中工作的五个成功的宝贵经验；1936年5月四方面军政治部又发出了《对番民的策略路线的提纲》，6月发出了《关于进入回民区域工作的指示》，张国焘也撰写了《怎样去正确运用党对少数民族的策略路线》等文章。可见红四方面军对民族问题是相当重视的。

其次，红四方面军也较早地实施了党和红军的民族政策。红四方面军对少数民族问题的重视不仅仅局限在宣言、提纲、报告中，更重要的是将它逐步实施到了民族地区。虽然党多次提出了建立少数民族政权的重要性，但真正着手建立少数民族政权的是四方面军。它在同一方面军会合前就着手在藏区动员少数民族创建政权，组织游击队；1936年初红四方面军又在小金、卓斯甲、党坝、卓克基、甘堡以及甘孜的泸定、丹巴、道孚、炉霍等地相继成立了“博巴”革命政府，并在此基础上于同年5月1日在甘孜县召开了博巴第一次人民代表大会，于5月5日宣告了中华苏维埃中央博巴自治政府成立，推举甘孜白利寺爱国活佛格丹为政府主席，达吉、孔撒为副主席，邵式平为党代表。博巴自治政府发表了自己的施政纲领，提出了一系列有关民族平等、民族团结、民族自决以及宗教信仰自由等主张。同时，红军还帮助当地少数民族建立了保卫自治政权的武装力量，组织了以藏族为主体的大金川独立二师，成立了骑兵队。这支藏族部队，一面组建，一面投入了火热的斗争，在不长的时间里，争取和招降了土司武装，消灭了盘踞甘孜附近的国民党小股武装，维护了地方治安 。博巴自治政府的建立，是中国共产党民族政策在少数民族地区的第一次实践，为中国共产党以后的民族区域自治制度的全面实施提供了宝贵经验。

红四方面军在第二次北上之前，在进入青海班玛藏区之前，专门制定了红军在藏区的政策口号：“对番民：1. 红军是番民的老朋友！2. 红军到的地方番民都得到解放！3. 红军在西康时番民没有替汉官背过乌拉！4. 红军在西康时番民粮税都减轻了！5. 红军帮助西康番民成立了波巴中央政府！6. 红军与番灭蒋到处番民欢迎！7. 红军援助番民独立！8. 红军保护番民生命财产！9. 红军保护喇嘛寺！10. 红军买卖公平！11. 番民兄弟回来安居乐业！12. 番民联合红军抗日反蒋！”这些口号并不完全正确，但不少是红四方面军在四川藏区实践所得，一定程度上获得了藏族人民的拥护。

红二方面军提出的民族政策：早在红二方面军组建之前，二、六军团进入云南、西康藏区后曾多次宣布境内藏、汉、回各民族一律享有平等权利，禁止民族压迫和民族歧视，任何人不准称呼藏族同胞为“蛮子”；号召各族人民向兄弟姐妹一样团结友爱，共同反抗国民党军阀的统治，打倒英日帝国主义；主张“回番民族实行民族自决，建立回番民族自己的政府，回番民族管理自己的事”。贺龙在滇、康藏区以中华苏维埃人民共和国中央革命军事委员会湘鄂川黔滇康分会主席名义庄严声明：“本军以扶助番民，解放番民的痛苦，兴番灭蒋，为番民谋利之目的，将取道稻城、理化进康川。军行所至，纪律严明，秋毫无犯，幸望沿途番民群众以及喇嘛僧侣，其安居乐道，勿惊惶逃散。”

三个方面军的民族政策在表述上不完全一致，但核心内容是一致的，就是一句话，各民族一律平等。

红军在班玛遵守民族政策的故事

红二、四方面军提出的民族政策特别是在藏区提出的一些具体政策在青海班玛得到了充分体现。由于班玛地理位置偏僻，与外界接触较少，藏族群众对红军缺乏了解，再加上种种反动宣传和谣言，藏族群众对红军大多怀有一种恐惧甚至仇视的心理，红军要获得广大群众的理解和支持，必须把自己的政治主张和政策传播到广大群众当中，以便筹集粮食，顺利北上。而其中首要的一条就是坚持民族平等，争取民心。

红军在班玛地区行军或筹集粮食时，不时受到一些不明真相的人阻击和袭扰，甚至有的指战员流血牺牲。红军并没有以牙还牙，而是以极大的克制和忍耐，朝天鸣枪警告，只是把他们撵走而不加伤害。在与群众的接触中，指战员们注意把民族平等政策体现在自己的一举一动中。红军进入班玛地区时，因为当地的藏族群众不了解红军，都上山躲进了森林。红军每到一个村寨，都严格执行“三大纪律、八项注意”，并通过红军中的藏族战士（川康地区参加红军的）做说服解释工作，让当地藏族群众了解红军。尽管红军给养十分困难，但没有乱拿群众的东西，行军走路从不踩踏庄稼。藏族群众更尕（曾任班玛县人大常委会副主任）亲眼看到有的红军因无粮充饥，把干牛皮放在锅里煮着吃，而没有一个人去拿寺院的供品。这使他很受感动。班前村鸡艾村的当周和亚尔堂乡子木达村的才项、昂秀的母亲回忆说："红军到班玛那一年是藏历的鼠年（即 1936 年），大约是 7 月，正是豌豆开花结荚的时候，我们躲在森林里看到红军坐在河边、地埂上休息，可没有一个人钻进地里摘豆荚吃，而是挖野菜、捡牛羊骨熬汤喝。我们觉得这些兵与过去所见过的其他军队的所作所为大不一样。后来才知道他们是红军，是穷苦大众自己的军队。"

由于红军模范地执行了党的民族政策、红军的好名声一下子就传开了。人们奔走相告，有的人还主动为红军筹办粮食和燃料，支援红军。班前村俄合龙的阿压三知，为红军当向导，一直把红军送到阿坝。红军在班玛藏族群众的心里印象很深，中华人民共和国成立后，党派遣的果洛工作团和甘青川康四省边境工作团到达这个地区时，藏族群众把工作团当成当年长征路过这里的红军，怀着极大的热情，纷纷向亲人诉说思念之情，许多人还主动提供情况，积极支持和热情配合工作团开展工作，投身到建立人民政权的战斗行列里。

红军在班玛贯彻党和红军宗教政策的故事

宗教是人们在自然压迫和社会压迫下寻找心灵慰藉的重要手段，伴随着人类的产生而产生，有着深厚的社会基础，在民众中有广泛的影响力。党从成立之时起，就按照马克思主义宗教理论，坚持用辩证的观点分析国内宗教问题。

党充分认识到宗教对社会影响的两面性，表示不反对民众的宗教信仰自由权，必要时还可以与教会合作。一方面，中共二大《关于"工会运动与共产党"的决案》指出，工人加入工会"不论信仰"，即是说，信教与不信教一律平等；为了团结各种爱国反帝力量，革命活动不分派别、宗教，并随时可以与他们进行合作。另一方面，党又特别强调自身与宗教在原则和宗旨上的差别。中共三大通过的《中国共产党党纲草案》指出："教育应与宗教绝对分离"，这里就强调了宗教教义与唯物主义的根本对立性，在教育和观念上必须划清界限。可见，在策略上，党坚持原则性与灵活性相结合，既合作又斗争，原则问题绝不让步，具体问题灵活处理。

在艰苦的长征途中，中国工农红军认真地执行了中国共产党正确的民族政策和宗教政策，从而得到了所经地区的苗、瑶、壮、纳西、布依、白、侗、土家、彝、羌、回、藏等少数民族的拥护和支持。正是在各族人民的大力支持和帮助下，中国工农红军得以顺利跨越湘、黔、滇、川、康、青、甘、陕等省的辽阔地域，摆脱了数十万敌军的围追堵截，取得了长征的胜利。特别是三大方面军先后在四川、云南、青海、甘肃藏区中活动达一年之久，党和红军正确的宗教政策赢得了广大藏区人民的支持，从而成功走出了草地雪山，完成了北上抗日的目标。

各方面军提出了相对一致的宗教政策的故事

根据党的民族宗教政策，各方面军结合各自的实际，都提出了正确的宗教政策，这些政策虽然在字面表达上略有不同，但其实际内容是完全相同的。

红一方面军：1935 年 6 月 11 日，中央红军先遣队在翻越夹金山，进入宝兴藏族聚居的硗碛寨时，就向当地的喇嘛和藏族群众宣传了党和红军的政策和纪律：（1）不进老百姓的住房。（2）保护寺院，不进入喇嘛寺的经堂。（3）不随便吃群众的东西。（4）不拿藏族家一点财物。好的政策换来了好的结果，当红军进入硗碛寨后，受到藏族人民和宗教僧人们的热烈欢迎。实际上，中央红军在藏区中还规定了"保护宗教，提倡番文""尊重佛教，保护喇嘛"等政策。

红二方面军；1936 年春夏之交，红二、六军团进入川、康藏区，为了尊重藏族所信仰的喇嘛教而做出规定：部队不得进入喇嘛寺；不准撕毁贴在门上的封门"神符"及红布条等。还努力争取进步的宗教界上层人士对红军的同情和支持。

1936 年 5 月，贺龙、任弼时率领红二、六军团到达云南中甸。中甸喇嘛寺名为归化寺，既是藏传佛教著名的十三林之一，又是云南地区规模最大的喇嘛寺。当归化寺派来代表时，贺龙热情接见他们并说：“红军尊重你们的宗教信仰，保护你们的安全。喇嘛寺的一切我们不动，保证红军不进去。”贺龙还令人在喇嘛寺前贴出布告，规定红军不准进入该寺。红军指战员严格执行布告规定，使得喇嘛寺的僧侣从开始的惧怕红军到后来同情红军，甚至支持红军。该寺的八大“老僧”决定举行一次“跳神”盛会来欢迎红军，贺龙率代表应邀出席。贺龙与喇嘛老僧们盘坐在地毯上，品尝酥油茶，热烈交谈。当红军离别时，八大“老僧”筹集了6万斤粮食和其他物资赠送红军。红二、六军团进驻西康省乡城县，王震、萧克同志亦非常尊重藏族人民的信仰自由，他们还向桑披喇嘛寺的纳瓜活佛赠送了一面锦旗，上书“扶助藏族解放”。

红四方面军是三大方面军中在藏区时间最长的一个方面军，在当时的西康（今属四川省）藏区驻扎了近一年。他们深入进行藏族社会、历史、宗教和习俗的调查，在军内开展民族宗教政策的教育并广泛地向藏族群众宣传抗日救国的主张和红军的纪律。据《中国工农红军第四方面军战史资料选编》《四川党史研究资料》《长征在雪山草地》等诸多史料记载，四方面军根据藏族同胞信仰佛教的实际情况，先后发布了一系列有关指示、决议和布告，制定了比较完整的民族宗教政策，1936年4月道孚县博巴政府第一次代表大会通过的《关于喇嘛和喇嘛寺暂行条例》这样规定：1. 保护喇嘛和喇嘛寺以及经书偶像。2. 喇嘛寺土地不没收，可以出租。3. 信教自由，不得强迫信教。已当喇嘛的有还俗自由，并可分得土地。4. 喇嘛寺不得干涉政府行政，但喇嘛个人有参加政权的权利。5. 喇嘛有出外念经自由，但报酬得由群众自愿。6. 喇嘛寺及喇嘛有经商自由，但不得用大斗小称与高利盘剥。7. 喇嘛寺及喇嘛之枪支，必须在政府登记，领取使用证。8. 喇嘛修理寺庙及举行斋站时，不准派差、派款或估要财物，但群众自由乐捐，政府不禁。9. 法律面前无论僧俗一律平等，喇嘛犯法一样依法处理。10. 喇嘛寺堪布（住持）由全寺喇嘛公推，经由当地政府呈请中央政府批准授职。大喇嘛的财产不没收。

红军在实践中模范遵守这些条例，如1936年3月，红四方面军第三十军在四川甘孜藏区，为保护当地喇嘛寺院，特颁布告称：“此系合则觉母寺院，凡一切人不得侵扰。”这一举动颇得藏族群众称道。同年4月，道孚博巴县政府（中国共产党帮助建立的藏族人民自治政府）颁发《布告》，要求过往部队保护寺庙及活佛住房。《布告》说：“这个房子是佛都督（活佛）喇嘛的，凡来往部队不要随便侵入此房，不要任意乱翻、毁坏和收拾经堂用具。若要取用屋内之物，必须经过本人同意方可，绝对不准强取。”红军严格执行党的宗教政策，赢得藏族人民的信任和欢迎，从而为筹粮、筹款、顺利过境创造了良好条件。

红四方面军正确提出了党的宗教政策。宗教问题是个很复杂的问题，我们党提出的信教自由和不信教也自由的主张，不能完全概括宗教问题，因为这里还存在怎样对待“政教合一”的问题。红四方面军所在的少数民族地区是以藏族为主体，以“政教合一”为特征的区域，红四方面军在经过调查研究的基础上，第一次比较完整地提出了党的宗教政策。在宗教问题上，我们仍然应该不侵犯其宗教自由，但人民有信教的自由，同时有自己管理自己的自由。政教必须分离，喇嘛寺绝对不能干涉政权机关。

20 世纪 30 年代的中国工农红军，在极其困难的情况下，如果不尊重藏族群众的宗教信仰，就会导致藏族群众的敌视和袭击，陷入举步维艰、无法立足的悲惨境地。因此，只有尊重藏族群众宗教信仰，才是唯一正确的政策。在这种思想的指导下，红军进入藏区后，不侵扰喇嘛寺院，不动藏族群众供奉的佛像、神碗、香炉、贴在门上的符咒和红布条，寺旁寨边的经幢、经塔和玛尼堆，不进入神山、神林、神水。红军首长带头贯彻执行宗教政策，朱德总司令、刘伯承总参谋长争取了格达活佛、益西策。后又在医药给养极度困难的情况下，尽力抢救年过七旬又染上伤寒的诺那。诺那圆寂后，陈昌浩、王维舟等首长遵照其遗言，停尸三日不动，然后荼毗（火化），骨灰送往江西庐山安葬。诺那的弟子韩大载后来回忆道：“王维舟夫妇俱宽厚，待师善且周。”

红军在班玛体现宗教政策的故事

党和红军的宗教政策在红二、四方面军进入青海班玛时得到了全面的体现。班玛是一个信奉喇嘛教的藏族聚居地区，宗教活动在群众生活中占有十分重要的位置。因此，红军十分注意贯彻执行宗教信仰自由政策，尊重少数民族的风俗习惯，红军在班玛期间，认真执行“番人信教自由，念经当喇嘛和尚听其自愿”，“不要毁坏喇嘛寺和经书，不要毁坏经书和神像，不要伤害番人的宗教感情”等项规定。红军进驻后，规定每到一个地方不得违背禁令，尊重少数民族宗教和信仰自由，尊重寺院内外原有的佛事设备，不干涉寺僧的佛事活动。如要借住寺院僧舍，都要事先取得住持或管家的同意。红军长征过境后，班玛地区几乎所有的寺院都完好无损。红军在班玛地区时，曾向寺院借过房屋，购买过牛羊和粮食，都用银元公平交易。班玛寺院的僧人回忆说：有几个红军战士因天冷无行李，把寺内的“大嘛呢经卷”（一种印有经文的布帛经卷）折下来盖在身上御寒。领导知道后批评了战士并向寺院道歉。红军大部队走后，一部分掉队的伤病员在追赶部队的过程中，曾在班前乡的班前寺经堂中居住过，他们离开时，火种没有完全压灭，遇风一吹，火燃干草，把经堂烧毁了。中华人民共和国成立后，根据群众反映，人民政府作了赔偿，并指导群众修建了寺院，使少数民族群众有了新的宗教活动的场所。这件事虽小，却在群众中引起了强烈的反响。他们说：“真没想到，事情过去了 20 年，人民政府还给予赔偿。而马步芳的军队烧了我们那么多房子、抓走了那么多人，抢走了那么多牲畜，又有谁过问过呢？红军、人民政府真是我们的贴心人。”

红军在班玛书写北上抗日标语的故事

在长征路上书写宣传标语，是每个有点文化的红军指战员的义务。红军来到班玛后也书写了标语。

红军北上的目的就是要实现抗日救国，为此第二次北上之前，1936 年 6 月 30 日，红四方面军政治部在《北上抗日政治工作保障计划》中就明确说：“我二方面军胜利的会合，恰在这个极端有利的时机。目前党军委所决定的战略方针是争取这一有利时机，迅速大举北上，配合一方面军，联合一切抗日反蒋的力量，铲除西北抗日障碍，坚决创造西北抗日根据地，大大发动西南以至全国的抗日反蒋战争。使民族革命统一战线得到高度的具体化，以开展中国革命的新局面，这一战略方针毫无疑问的是完全正确的。……保证与居民的正确关系，继续发扬我军在番民区域严明纪律的精神，组织各级政治机关及连队的检查队与一切破坏纪律的分子作坚决的斗争，在不妨碍军事秘密条件下，广泛宣传我们北上抗日的主张，沿途张贴书写各种宣传品发动群众斗争，组织各种抗日救国团体，大大宣传并执行抗日救国的十大政纲，号召群众参加红军抗日。"

所以，二、四方面军在经过青海班玛藏区时，非常注意宣传党的北上抗日主张。当时，为争取少数民族群众的支持，顺利通过班玛地区，尽快奔赴抗日前线，在宣传过程中红军着重向藏族群众宣传北上抗日的战略方针和革命道理。班玛的藏族群众第一次从红军的口中听到了"红军""共产党""革命""救国""民族""抗日救国""解放"这样一些名词和革命道理。红军除了口头宣传以外，还印发了藏文传单，宣传队书写了许多标语，红军书写在亚尔堂乡子木达沟口石壁上的"北上响应全国抗日反蒋斗争"的标语，就是红军积极向藏族群众宣传革命道理的证明。

红二、四方面军在班玛藏区的作风，深深影响了班玛人民。班玛至今流传的许多感人故事和发自肺腑的心声，足以证明红军执行党的民族政策的成果，足以证明红军与少数民族群众的深厚情谊。当地群众为了表达对红军的怀念之情，将红军书写的标语自觉看护，不让人对其破坏。新中国成立后，又用藏式风格修建了亭子将其进一步保护起来，并将亭子起名为"红军亭"。

战斗剧社在班玛宣传演出的故事

这是一个让人难忘的故事，说的是红二方面军战斗剧社在青海班玛地区对行军劳累的指战员和当地藏族群众的一场演出，也是战斗剧社一些演员生命的绝唱。

红二方面军战斗剧社是伴随着方面军而成长的，因为宣传文化工作，在我军历史上从来是一体难分的。红军时期，宣传对象有农民、工人、士兵，也有学生、商人、游民，还有白军官兵、帮会民团等。宣传形式从口头到文字，从理论到形象，如发布口号、传单、布告、宣言，演唱革命歌曲，进行化装宣传，刊印画册，出版报纸，建立俱乐部，给白军官兵邮寄信件、宣传品等。湘鄂西苏区和红二军团（二方面军前身之一）的宣传文化工作从一开始就十分活跃。苏区和红军的主要领导也十分重视军队中的文化宣传活动。老红军陈靖回忆说：“贺龙是出色的宣传家，他善于思考，口才很好，群众称赞他‘说起话来能叫死人活起来打仗’。”贺龙还对宣传队员们说：“你们搞宣传队的人，莫要忘记我们红二军团的老宣传队长。”老宣传队长指的是周逸群同志。大革命时期，贺龙任国民革命军的师长，周恩来派周逸群带领十余人的宣传队到贺龙部队进行革命宣传工作。贺龙回顾说：周逸群是个很好的宣传员，他一来就把我的心说动了。他重视实际，不说大话空话，不拿‘主义’吓唬人，处处言行一致，模范带头，叫人从心底佩服。”

红二、六军团长征开始后，文工团的工作量大增，宣传员的日常工作，比在连队多得多。当时有这样一个形容：“宣传员，宣传员，每天走在困难前，演讲喊叫吹弹唱，笔杆腿杆没得闲！”这几句话基本上概括了宣传员一天的生活和工作，每天除了要写和贴出数以百计的宣传标语外，还要在途中搞一至三次“鼓动棚”工作，即在某个山头、险路或渡口，搞吹弹演唱等鼓动工作。同时还要为部队烧开水，为伤病员做稀饭，使他们既能看节目，又有吃有喝。晚上进入宿营地，宣传员首先要为驻地各单位筹划粮食，还要调查与没收土豪财物，召开群众大会和扩大红军。晚上，当大家都进入梦乡，宣传员还要写出第二天的鼓动口号，配以漫画，以备第二天在行军中张贴。每人每天至少要写五十张这种标语。

文工团的演出内容丰富，宣传方式多种多样，就演出和宣传内容而言，有宣传北上抗日的，也有宣传参加红军的，如《北上抗日》《我当红军去》等，更有配合红军行军特别是红军通过藏区而为藏区民众演出的内容。有时，这样的演出比一般的政治宣传还起作用。如进入中甸县，这里是少数民族地区(主要是藏族),从语言到生活习惯红军都极为陌生，文化艺术在这里就显得尤其重要了。由于历史遗留下来的民族隔阂和国民党反动派的挑拨，红军未进中甸之前，同喇嘛寺掌握的武装发生了一场冲突。为排除误会，增进藏族对红军的了解，红军以贺龙总指挥的名义写了一封说明党的政策的信，还题赠了“兴盛番族”四个大字，让宣传队送到喇嘛寺。宣传队还为中甸藏族同胞开了三次联欢会，演出节目，受到广大藏族人民的热烈欢迎。藏族上层不再与红军作对，表示拥护红军北上抗日，慰问了大批牛羊和粮草。就演出和宣传形式而言，有街头剧、活报剧。二、六军团文工团的成员演出时所操语言是各自的方言，老红军陈靖说："演员都不是一个地方人，而且都是说自己的方言。"但所演的内容是反映老百姓的。"群众能从动作上理解和感受到剧情和所要表达的思想。例如有一个名叫《我当红军去》的四场小话剧，连云南少数民族看了也说：'懂得，懂得'！""长征中的诗歌，可以说最为活跃，别具一格。两三人凑在一起，现编现凑现出版（写在纸上），少则几十分钟，多则半天就能同'读者'见面。这种诗歌，是红军心声的扩大，更是红军感情的抒发，最富于鼓动性。它有声有色，有腔有韵，写起来顺手，念出来上口。当时书写这些诗歌，多配上鼓动漫画，红军指战员都爱看。"

尽管如此，二、六军团文工团由于人数不多，且多在运动打仗之中，和四方面军文工团的演出相比，无论是内容和形式上还有一定差距，所以，二、四方面军会师后，两军文工团也进行了交流。老红军陈靖回忆说："红四方面军有一个文工总团（当时称剧团），团长是李伯钊。下属二至三个分团，每个分团都可以独立下部队执行任务。他们演出的节目有戏剧、歌咏（音乐）和舞蹈，内容甚为丰富。戏剧有《一只草鞋》（话剧）、《彼巴依德瓦》（歌剧）。《打倒刘湘》（川剧），歌舞有《打骑兵歌》《扩大红军歌》《妇女总动员歌》和《农民舞》《儿童舞》《打骑兵舞》《雅西雅舞》（藏族舞蹈）及《水兵舞》《乌克兰舞》等。上述节目和剧团的编组，主要是李伯钊到四方面军工作后创作和建立健全的。二、四方面军会师后，四方面军剧团给红二方面军进行了慰问演出，贺龙总指挥和任弼时政委观看了四方面军的演出，决定把二方面军的宣传队改为剧团。但到甘孜时，我们宣传队已由原来的二十几个人减少到七八个人了。于是，贺老总亲自从部队和机关挑选人员。六月二十日，贺老总把我们五十七人交给李伯钊团长。李伯钊把我们编为三个分队：一分队戏剧，二分队音乐，三分队舞蹈。我当时是第二分队队长。"

整编后的红二方面军文工团改名叫战斗剧社，准备随方面军总部踏上北进之路，为了顺利完成北上任务，他们拼命学习从四方面军文工团学来的节目，为征服草地进行着充分的准备。1936 年 7 月初，剧社踏上了北上之路。而他们的演出也伴随着北上的红军指战员。"在草地这段征途中，文工团每天有三大任务：唱歌、跳舞、搞演出。每天行军一开始，我们组织若干小组，分到部队中，边行军，边教他们唱歌。中午大休息时，选择合适的地方为行进行列演奏音乐，表演节目；进入宿营地，再分别到各单位，同大伙一起搭帐篷、找野菜、做晚餐等，从中开展‘娱乐工作’。大家即兴编歌，尽情而唱。”这期间最为悲惨的演出就发生在红军进入青海班玛的绒玉地区时。“距阿坝一天之程有个绒玉，当时李伯钊团长让我们在这里停留一夜，为二方面军的六师演出。记得黄昏时，我们为六师唱了七支歌，跳了四个舞，演了一个小戏。部队的欢笑声使平静的草地变成了澎湃的海洋。我们在六师住了一夜。第二天起床时，我们这十六个人的小组，有四位同志停止了呼吸。”这是一场生命的绝唱演出，今天的我们很难设想在生命结束的前夜，这些年轻的文工团团员用怎样的毅力完成这最后的演出，用怎样的决心将欢乐留给了红军指战员，留给了藏区人民。

红军和班玛民众相互帮助，相互学习的故事

红军来到班玛前，班玛民众一点都不了解共产党、不了解红军，而反动当局（马家军阀）则污蔑共产党、红军为赤党、赤军，杀人放火。所以红军到来的最初，有些人听信了这些谣言，以红军为敌，放冷枪，想阻止红军进入班玛。而更多的老百姓则纷纷跑到山上，观察红军的一举一动。他们看到红军来了以后，没有杀人放火，而是对群众的财物秋毫不犯，于是，纷纷回到了各自家中，请红军指战员到家中居住。这样，红军和班玛民众就开始交往起来了，也产生了一个又一个生动、感人的故事。

下面一组故事说的就是红军和班玛民众相互学习、相互帮助的事。

红军领导慰问班玛贫苦农牧民的故事

中国工农红军有一个非常好的传统，就是行军到一地之后，首先要慰问当地的贫苦群众和公众领袖。来到班玛的红军各部队同样如此，尽

管红军所带的东西不多，自己都吃不饱，甚至以野菜充饥，但还是要从自己不多的财物中拿出一部分去慰问农牧民。红军进入了班玛地区后，因为当地的藏族群众不了解红军，都上山躲进了森林。红军每到一个村寨，严格执行“三大纪律、八项注意”，并通过红军中的藏族战士（川康地区参加红军的）开展说服解释工作，让当地藏族群众了解红军。部队的领导干部，在翻译陪同下，逐家逐户对群众进行看望和慰问。

红军领导的慰问看起来是常事，但在班玛民众中影响很大。在这之前，班玛也经常来当兵的，如马家军驻防白玉的喇平福的部队，他们的到来如同强盗入村，见什么拿什么，甚至干出一些让班玛人民今天谈起来都非常悲伤的事来。所以红军来到班玛的最初，当地民众几乎都跑了。后来一些胆大一点的回家了，回来后就遇到了红军领导慰问，红军领导通过翻译说明了红军途经班玛的情况，希望群众都能回家。所以，慰问之后不久红军的好名声一传十，十传百，就传出去了，跑出去的藏族同胞也都回家了，并和红军建立了良好关系。

红军和藏族同胞互教互学的故事

在班玛县灯塔乡班前村，居住着一位年过八旬的藏族老人，他叫求保，是一名品德高尚、乐善好施的大好人，一生做过多如牛毛、感人至深的善事。当人们对他的善举问及原因时，他说，那是因为先进的、开明的、勇敢的共产党和共产党的理论教育他、影响他，使他在潜移默化中养成了助人为乐的好习惯。他说，他的童年几乎是在中国工农红军长征的故事中度过的。在日常的生活中，求保老人就像松树一样，总是有一股“咬定青山不放松，任你东西南北风”的干劲，积极勇敢地活着，并且将他从父亲那里听来的红军在班玛的感人事迹流传于后人，希望它们一代一代传承下去，让红军长征的故事流芳百世，让革命英烈的精神永垂不朽。

红军教藏族同胞汉字、汉语就是他经常讲的一个故事。求保老人说，当年红军长征经过班玛时，他刚出生不久，对红军在班玛的事迹没有任何记忆，全是从父亲索多口中听说的。父亲索多是一名老实憨厚的老牧民，目不识丁，成天手挥羊鞭，放牧在绒玉草原。据求保回忆，1936 年

7 月，红军前来班玛筹集粮草，使父亲有幸认识了红军，并学到了为数不多的汉字。当年，红军来到班玛时正值盛夏，但高原天气总是变化多端，时而晴天，时而暴雨。衣衫单薄，挨饿缺氧的红军战士个个面色泛青，甚至晕倒在地。当地群众起初还对红军存有戒备心理，但目睹了红军严明的纪律和对群众秋毫无犯，群众纷纷让红军入住自己家中，与红军同吃同住，为红军筹款筹粮。索多家也不例外，也请了一些红军入住。在与红军同住时，红军对索多一家非常友好，他们相处非常和谐。红军战士经常上山砍柴，下山挑水，忙里偷闲中还给索多一家讲党的政策，宣传党的基本路线、反蒋抗日等。在索多听来，那些语言犹如天书一样陌生而新鲜。红军战士看着索多一家一脸的茫然和似懂非懂的表情，决定给他教授汉字和汉语，以方便交流。在红军战士的悉心指导下，在短短的几天时间里，索多认识了一些简单的汉字，会说几句简单的汉语，虽然不是很标准，但那些文字和语句是索多一生记得最清楚的语言和文字。

在索多向红军学习汉字、汉语时，红军也向索多学习了解当地的风俗习惯等，索多教给红军很多知识，比如：怎么拌糌粑，如何防缺氧，如何翻越班玛的雪山和穿越丛林，等等。索多与红军在互相学习中共同进步，其乐融融，建立了深厚的友情。

红军临走时，索多一家还拿出洁白的哈达献给红军，筹粮筹肉送红军，祝愿红军一路顺风，扎西德勒！索多亲自为红军当向导，将红军安全、顺利送到阿坝边界。

红军给班玛人民送锅的故事

这是一个发生在班玛扎洛村的真实故事。扎洛村位于现在班玛县城南 25 千米处，是亚日堂（红军日记中经常提到的亚尔堂）的一个自然村。当时几乎所有左纵队的北上部队都经过了这一地区。阿帮格交是当地一个普普通通的贫苦藏族牧民，他家门前有一块较大的田地，这一年正好在歇地（即休闲地。在一定时期内不种作物，但仍进行管理，借以休养地力的耕地），大约有五亩。所以这块地也就成了途经这里的红军休息和做饭的好地方。有一天，阿帮格交家门前又来了很多红军休息做饭，红军做饭用的锅是铜制的，一排放了很多口锅。阿帮格交很好奇地跑过去看红军做饭，并羡慕地看着这些铜锅。有个红军战士看透了阿帮格交想要这样一口锅的想法，就给领导反映，说部队行军中有多余的锅，可以给这里的藏族同胞一些锅。领导同意了他的报告，这个战士就将几口锅送给了阿帮格交。

红军由于行军中的减员和为了减轻行军负担，也主动在这个区域丢弃了一些这样的锅，实际上是有意留给了当地的藏族同胞。红军走后，群众把这些锅收集起来，加以保护。他们把这些锅叫“阿帮锅”，也有的叫“红军锅”。

红军给索多家送铜锅的故事

这又是一个红军给班玛藏族群众送锅的故事，故事的主人公是前面故事谈到的求保的父亲索多。由于索多和红军指战员建立了良好的友谊，所以，红军指战员总想在临走之时，给索多一家送点什么东西。当看到索多对他们做饭的铜锅非常感兴趣时，指战员有了把这口有着纪念意义的铜锅送给他的想法。于是，大家将铜锅擦得干干净净，然后，将铜锅送给了索多，表示军民之情、汉藏之友谊犹如铜墙铁壁，牢不可破。索多非常高兴，表示要终生保藏这个代表红军和藏族人民友谊的铜锅。

红军走了，索多却非常想念和红军在一走的日子，经常拿出铜锅，对着铜锅念上几个汉字，说上几句汉语，将红军在班玛的故事讲给求保等下一辈听，一说便是几个小时，滔滔不绝、绘声绘色，并教育求保也要向红军战士学习，做红军那样坚强、勇猛、智慧和善良的人。索多临死前，依然将那口铜锅视若珍宝，传给儿子求保，千叮咛万嘱咐要好好保存，并要求世代相传。时光荏苒，岁月飞逝。虽已过了数十载，但求保家那口中国工农红军长征途经班玛的历史见证——红军锅依然留存。因房屋漏雨使红军锅的锅盖受潮，导致有些破损，但锅底被求保擦得锃亮，上面凿刻的字迹，依然清晰可见。中间是“白头偕老”四个双钩魏碑体字，右上篆有“淑芳女士　纪维先生　结婚纪念”题字，左下便是赠送礼品的三人落款，“李镜瀛、胥好毓、周毓斌合贺”。

藏族人民教因伤留在班玛的红军战士铁匠手艺的故事

在班玛县城莫巴乡，铁匠“红加”（藏语“红军”音译）的故事广为流传。这是尕拉公保老人生前给我们讲述的一个真实的故事。故事的主人公是铁匠尕拉公保和他的哥哥,另一个主人公是全身受伤的红军战士。尕拉公保老人说，故事发生在红军到班玛来的那一年夏天，尕拉公保和他的哥哥到亚尔堂（哑公寺）干活，当时，他们在知血江滩山根的石崖下扎下帐篷住了下来。有一天晚上，天已经黑了，帐篷外面的狗叫得很厉害，他们感到外面有动静，于是跑出帐篷去看发生了什么事情。他们沿着狗叫声发现了一位三十岁左右的红军战士，他躺在离帐篷不远的地上，已经昏过去了。他军衣破烂不堪，脸色苍白，两眼深陷。善良的哥俩便把他背回帐篷。他们发现，这位红军除了身体有伤外，由于多日未进主食，身体十分虚弱。他俩决定给红军战士治伤，更为重要的是给他进食，让身体尽快恢复起来。他俩给红军战士喂了奶茶和糌粑，再盖上藏袍。一会，红军战士苏醒了，看着哥俩伸出大拇指表示感谢。

后来红军战士的身体逐步好起来了。于是他就跟着尕拉公保哥俩学打铁，哥俩也给他教藏语，所以不久他也学会了一些藏语。到了第二年春天，这位红军战士的伤完全好了，他也学会了铁匠手艺。但他心中想的是他的部队，他的战友，他决心去找部队。尕拉公保哥俩也非常理解他的感受，不仅没有阻挡，还积极给他准备路上的食物和盘缠。

红军战士也用他学会的铁匠手艺精心制作了一把锉刀，上面有一只手捧着一颗心的图案。他含着眼泪向兄弟二人告别，说他要去北面找红军，锉刀留给他们作个纪念。尕拉公保哥俩含着泪水送他上路了。红军战士走了，但尕拉公保的哥哥不放心，又去寻找，他沿着开克河、阿曲河一直找到阿坝也没有找到。

哥哥回来后给尕拉公保说，锉刀是“红加”送给我们的珍贵的东西，一定要好好保藏。后来，尕拉公保的哥哥在去世前，一再嘱咐尕拉公保把红军送的锉刀保存好，再一次说“这是‘红加’留给我们的东西”。一直到 1961 年，尕拉公保才把它交给了政府。

班玛民众为红军筹措军粮的故事

红军在长征行进过程中，粮食不足日渐成为威胁红军生存的大问题，筹粮筹牛羊成为各部队一大重要任务。邓小平在20世纪50年代初所说的藏族人民“对保存红军尽了最大的责任”的核心内容，就是指藏族群众为红军的生存贡献了大量粮食和牛羊。在藏区，牛羊既是生活资料，更是生产资料，但藏族人民为了红军，为了中国革命奉献出了大量的赖以生存的牛羊。

为了解决红军面临的极大困难,包括青海班玛在内的藏区群众筹粮、筹畜，筹办盐巴、柴草、服装等物资；组织运输队、担架队、修路队；设立红军接待站；为红军赶制军需品等。就现在所知，仅1936年上半年甘孜白利寺就为红军筹集青稞134石，碗豆22石，支援军马15匹，牦牛19头。红四方面军负责人陈昌浩特为该寺颁发布告以示表彰和感谢：“查白利喇嘛寺联合红军共同兴番灭蒋，应予保护。任何部队，不得侵犯，切切此布!”藏族大头人夏克刀登也为红军筹集了150头牛、53匹马和大批粮食，红军以银元、枪械回赠，作为酬谢。川西北格勒得沙各级政府普遍成立了粮食委员会，为红军筹粮。仅绥崇两县粮食委员会就为红军筹集了4千石粮食。丹巴县格勒得沙政府协助红军筹粮50万斤，食盐4千多斤以及大批油、肉等物资。道孚县博巴政府领导藏族群众为红军筹粮3千多石。长征时任中共川陕省委委员的谢兴华回忆：“1936年春天，红军的粮食问题很严重，前方需要供应，后方没有吃的，那时我在负责筹粮工作，马尔康一带的苏维埃成员和藏族群众帮助我们买了不少的牛羊和粮食。牛、羊关了一条山沟，最少也有几万头，粮食有四十多万斤。”“四大坝的粮食多，糖萝卜也多，又大又甜，前前后后在那一带买的粮食有一百万斤左右。”他还说：“有一次在金川沙尔尼西边，通过一名小头人做工作，就买到粮食五万斤。”红二、六军团在过迪庆藏区时，喇嘛寺主动把3万斤青棵和大批盐、红糖卖给红军。贺龙亲往中甸藏经堂与喇嘛相见，宣传党的民族宗教政策，向寺庙赠送“兴盛番族”锦幛一面。寺庙高僧送贺龙茶叶2驮、猪肉3驮、糖2驮、盐1驮，红军均作价付钱才肯收下。

红军经过班玛的一个重要任务是边行军边筹粮，补充军需。红军在班玛行军或筹粮时，曾受到阻击和袭扰，有的指战员为此负伤或牺牲。

对此，红军做了极大的忍耐和克制，并没有以牙还牙，出于迫不得已，也只是对天鸣枪警告，把不明真相的人“吓”走而不加伤害。在红军的宣传和模范行动的影响下，藏族群众认识了红军，许多人积极主动为红军筹办粮食和燃料。由于班玛的藏族群众都是贫苦牧民，红军花钱买粮，不许无偿索取，在群众的支持下，红军完成了筹集粮食、牲畜任务。红军在班玛筹到了多少粮食和牛羊已经无法查证，但从众多红军将领的长征日记中能见到一些记载，如左齐在日记中记载，“十七日到雅龙寺，仍无粮食补充，只有十八师于牛场筹到六十余条牦牛、千余斤麦子”。这样的记载还有一些，如红二方面军副政委关向应写道：“7 月 18 日。6 军在亚龙寺一线休息，准备补充粮食，但因该地区居民很少，有点粮食全为前边部队通过时收集走了……”六军没有在这些地方筹到粮，但三十军等却筹到了粮食。可以看出，班玛藏区的很多牛羊和粮食是被左纵队先头部队和红军总部部队筹集的，由于我们没能找到左纵队先头部队和红军总部部队指战员有关长征过青海的资料，这部分内容无法完全展示出来，但我们不能否认班玛藏族群众为红军的生存作出了巨大贡献。

部落头人亚当旦洛资助红军的故事

红军在班玛停留时间最长的地方是仁玉，也叫绒玉、任玉，就是今天的班玛县城所在地。而这一地区的部落头人是亚当旦洛。亚当旦洛 1910 年出生在阿什姜亚尔堂，父亲名叫亚当散培。1928 年，18 岁的亚当旦洛继承了亚当部落，成为该部落的头人，由于天资聪明，他还掌管着仁玉地区各部落的具体事务。1953 年 7 月至 1954 年 4 月，他任白玛工作团副团长，为班玛建政作出了贡献，也正因为如此，1955 年 4 月至 1958 年 8 月他两次出任班玛县副县长。1989 年在灯塔乡去世。

1936 年 7 月红军长征来到班玛后，亚当旦洛和其他藏族同胞一样最初有点害怕，尤其是在红军来到班玛之前，马家军阀到处宣扬红军杀人放火，特别是对官员、地主、头人等剥削阶级更加严厉。所以，红军一来，他也逃离了家园，躲到山上观察情况。然而，亚当旦洛看到的红军并非马家军阀所宣传的那样，而是热爱藏族群众的好军队。于是他和他的部落成员都先后回到了家中，红军领导特意来到了他家中，向他宣传党和红军的民族宗教政策。亚当旦洛进一步感到红军对他这样的头人也没有打击的意思，反而对他很尊重。当然，亚当旦洛并不知道，红军通过在藏族地区一年多来的工作实践，已经发现在藏族地区，活佛、头人等公众人物有着非常大的影响力，群众也爱听这些公众人物的话，头人等的言行直接影响着红军和党的民族宗教政策能否顺利贯彻。所以，每到一地，红军主要领导都会亲自出马到活佛、头人住所进行走访，并和这些头人、活佛建立良好的关系。亚当旦洛头人也和红军建立了良好关系。当他得知，红军急需解决筹粮问题时，毫不迟疑地向红军捐献了牛羊、青稞。他不但自己捐，也利用他的头人身份动员他的部落成员向红军捐牛羊、青稞。也有的藏族群众将一些牛羊、青稞卖给了红军。这一点我们从一些红军指战员的长征日记中可以得知。

亚当旦洛头人和红军的这次交往注定了他的后半生将投身革命事业之中。新中国成立后，人民自己的政权第一次来到了班玛，亚当旦洛一马当先成为最先觉悟的班玛人，他以头人身份积极参加到班玛的建政之中，1953 年 7 月他被任命为白玛工作团（即班玛工作团）副团长。在随后的四个多月时间中，工作团广泛宣传党的民族宗教政策和建立民族自治政权的意义，调解部落之间的纠纷，发放了救济物资，开展了民族贸易和防病治病工作。由于亚当旦洛非常了解班玛实情，人民政府最初的很多政策都来自亚当旦洛的建议。人民政府也很重视亚当旦洛在当地的影响力，请他出任人民政府副县长。他在副县长任上，勤勤恳恳，任劳任怨，赢得了党和政府的认可。

晚年的亚当旦洛时常向身旁的工作人员和家中亲人讲起他和红军的友谊，老人去世后，他和红军的故事依然流传在班玛大地上。

班玛民众为红军提供住宿的故事

7 月的班玛尽管山清水秀，景色宜人，但整个班玛县境均属高原，海拔都在 3 500 ~ 5 000 米，所以夜间依然十分寒冷，正如关向应在其日记中所说：“7 月 19 日，6 军到作木沟露营，大风大雨，接着下大雪雹，部队人员一夜满身通湿，寒冷似湖南三九天气。”在这样的高原行军，很多红军指战员十分不习惯空气如此稀薄，十分不习惯夜间如此寒冷。健康的指战员勉强可以露天宿营，而妇女及伤员则需要在房间中过夜。班玛民众将自己的住房让出来给红军指战员中的伤员居住。

班玛县灯塔乡班前村有位藏族老人叫求保，他曾给我们讲了这样一个故事：当年红军长征经过班玛时，他刚出生不久，对红军在班玛的事迹没有任何记忆，全是从父亲索多口中听说的。父亲索多是一名老牧民，放牧在绒玉草原。据求保回忆，1936 年 7 月，红军前来班玛筹集粮草，使父亲有幸认识了红军。当年，红军来到班玛时正值盛夏，但高原天气总是变化多端，时而晴天，时而暴雨。群众看到红军严明的纪律和对群众秋毫无犯，纷纷让红军入住自己家中，与红军同吃同住，为红军筹款筹粮。索多家也不例外，也请了一些红军入住。在与红军同住时，红军对索多一家非常友好。红军战士经常砍柴，挑水，忙里偷闲中还给索多一家讲党的政策。在索多家暂住的红军战士中有几名是军官，他们在索多家借住时，以身作则，要求部下不得以任何理由破坏群众的任何物品，不得与群众发生任何矛盾，要完全尊重藏族同胞的生活习俗和宗教信仰自由，与藏族同胞和谐共处。

像索多这样的请红军指战员到自己家中住宿的班玛藏族同胞还有许许多多，像索多家这样的故事也有许许多多。

班玛僧众为红军提供住宿的故事

不仅一般的藏族群众为红军提供住宿，实际上班玛的许多寺院也为红军指战员的住宿提供了方便。经考察，确定的红军宿营地主要有吉德寺、吾扎寺、班前寺、白扎寺、阿什姜寺等。寺院之所以是红军住宿的首选，是因为当时的班玛非常贫苦，一般牧民家中没有多余的房屋，相当一部分牧民还住在帐篷中。而寺院不同，寺院中不仅有多余的房屋，而且条件相对较好，所以红军在班玛期间住寺院较多，当然，前提是寺院邀请红军入住。

吉德寺为红军提供住宿的故事

吉德寺位于班玛县治东南部的班前乡吉德齐村，距县城 58 千米。寺处山腰，山上松林，寺前农田，山寨错落有致，寨前马柯河汹涌东去，河边有百年以上苍柏三棵，群众视若“神树”，围石祭祀。铁索桥横跨河上，对岸是乡政府所在地。该寺属藏传佛教噶举派，据传是明嘉靖年间（约 1520 年）由噶玛·米觉多杰（1507—1554）倡议修建，至今已有 400 多年历史。寺僧主修“大手印法”，信徒主要分布在该乡的吉格和资什吉两村。有经堂 2 座 22 间，僧舍 40 多间。吉德寺不仅藏传佛教文化底蕴深厚，而且承载着光荣的革命历史。

红军抵达班玛后，吉德寺的僧侣，将经文堂、转经堂和僧侣宿舍让出，贺龙、王震、李先念、任弼时等我军高级领导在此宿营、下榻、召开重要军事会议。红军在吉德寺驻扎期间，经寺院住持同意后，还在寺院墙壁上书写标语，宣传共产党的性质、纲领、革命任务、革命对象、革命的前途、红军的性质和纪律，全面地反映了革命战争时期我党我军的革命路线、方针和政策，抒发了红军战士的崇高革命理想和战斗豪情，体现了把革命进行到底的坚强意志和坚信革命必胜的乐观主义精神。一天，红军在做饭时烧了寺院内的一些柴草，就给留守寺僧放下了两块银元。红军临走时，藏族同胞和寺院僧侣还积极出借个人或集体的驮牛队，主动为红军当向导，把红军顺利送出班玛，勾勒出一幅幅动人的画面。如今，寺院仍保留了当年红军使用过的部分物品、住过的房屋等，作为红军长征途经班玛的历史见证。

吾扎寺为红军提供住宿的故事

吾扎寺位于县东偏南的亚日堂乡吾扎村，距县城 15 千米。据传建于 1887 年，属宁玛派，系久治县白玉寺子寺，信仰者主要为上下吾扎二村群众。有经堂 1 座 16 间，僧舍 15 座 38 间。寺院虽然不是很大，但红军到来后，寺院依然腾出一些经文堂、转经堂和僧侣宿舍供红军指战员休息。在住宿期间，红军指战员给寺院的僧人讲解了中国共产党闹革命的事，也讲了我们党的民族政策、宗教政策。虽然寺院僧侣们对这些问题还不能完全理解，但对红军这样的军队都表示了尊重。红军离开后，寺院僧侣们对红军在自己寺院中居住感到自豪。之后，无论活佛如何变，也无论僧人怎么变，都将红军在寺院居住的故事传承了下来。

班前寺为红军提供住宿的故事

班前寺位于县治南偏东，在今班前乡的班前郭山头，距县城 59 千米处。据传由果庆俄金索南创建于 1752 年（一说为 1701 年由果尔文保创建），属宁玛派，为久治县白玉寺子寺，信仰者为本乡庄智、保佐等 6 村群众。有经堂 2 座近 30 间，僧舍 44 座 100 间，占地 6 亩，僧侣 80 多人。当年红军进入玛柯河一带筹粮时，人员多，时遇雨季，应寺主邀请，许多红军官兵宿营于寺中，因此而流传名声。中华人民共和国成立后，由于解放军曾经驻防于此寺，1958 年和 1966 年，在宗教改革和“文化大革命”中免遭劫难，至今，经堂、僧舍保留完好。

白扎寺为红军提供住宿的故事

白扎寺亦称“江日堂寺”“追公寺”（“追公”为地名），位于班玛县城东南部的江日堂乡，距县城 4 千米。属宁玛派噶陀寺系统。寺中央有一圆形小山，称之为“闪光铁山”，在果洛较为有名。有经堂 6 座 84 间，僧舍 30 座 90 间。江日堂地区是红军北上左纵队部队都经过的地区，而这一地区的寺院白扎寺也是红军居住最多的寺院之一。1936 年 7 月红军来到这里后，活佛和其他僧人看到红军中有一些伤员居住在露天中，心里不好受，于是邀请红军尤其是红军中的伤员入住寺院里。活佛和僧人们将最好的经文堂、转经堂和僧侣宿舍腾出供红军指战员休息居住。这个故事一直流传到了今天。

阿什姜寺为红军提供住宿的故事

班玛阿什姜贾贡寺，藏语称“阿什姜贾贡显密讲修洲”，通称“江日堂贾贡巴”，位于青海省班玛县南江日堂乡的阿什姜村，距县城 10 千米。该寺相传建于元至正二十七年（1367 年），初奉藏传佛教宁玛派，后改觉囊派。它在果洛地区寺院中历史最久，是觉囊派寺院中规模较大的一所。该寺著名祖师有阿旺关却等。阿什姜贾贡寺历史久远，有经堂三进 12 间，僧舍 31 座 80 间，占地 6 亩。另有宝心古塔 3 座，规模宏大，造型别致。

1936 年 7 月这里迎来了尊贵的客人——工农红军。在寺院里，红军的作风深深感动了广大僧人。据阿什羌寺的僧人回忆，一天，有几个战士因天冷又无行李，便将寺内的“大嘛呢经卷”（一种布制的大藏经）铺在地板上当褥子，盖在身上御寒。次日一早部队首长发现后，狠狠地批评教育了他们，并向寺院住持道歉。借住阿什羌寺的一个小战士，出于好奇，摸了一下铜佛像，受到了部队首长的批评，让在场的僧人们很受感动，说：“我们从来没见过这样好的军队。”

班玛人民为红军当向导的故事

这里有一份红四方面军 1936 年第 79 期的《新闻材料》，其中一篇报道题为《草地行军中模范的八十八师》，文中这样评价寻找向导的艰辛和一名好向导的作用：“先头部队政治活动的加强，侦察连和前卫连中政治机关特别注意其领导，能坚决执行首长的命令，实现首长之企图，不顾一切疲劳在草地中进行精密的搜索侦察，积极找通司找番人做向导（当然草地中找向导是困难到万分的事），……找到一个最好的向寻，便减少了我们整个红军二、三天的草地行军，是最有利最方便的一回事……”从这一报道中可知向导的重要性。实际上，红军来到大草原后发现这里根本就没有路，只有大片大片的草地和沼泽，甚至连能作路标的树都不多，稍有不慎就会迷失方向。这时，只有熟悉草地地理和气候的藏族向导才能在如此复杂的情况下，比较准确地掌握方向。当班玛人民初步了解了红军之后，就用各种方式支援红军，其中之一就是为红军充当向导。

索多就是众多向导中的一个。和其他班玛人民一样，索多一家也是在目睹了红军的一言一行之后，才和红军建立起友谊，并成为红军向导的。索多看到当地群众纷纷让红军入住自己家中，与红军同吃同住，为红军筹款筹粮。索多也请了一些红军入住。在与红军同住时，红军对索多一家非常友好，他们相处非常和谐。正是在红军的帮助教育下，索多的革命觉悟有了很大的提高，当红军离开时，索多毫不犹豫地提出为红军作向导。由于懂了一些汉话，又对自己的家乡的山山水水非常清楚，所以在索多的引导下，红军指战员顺利到达了目的地阿坝。

给红军当向导的并不是索多一人，实际上有很多，几乎每个大点的部队都有藏族人民作向导，如班前村俄合龙的阿压三知，也为红军当向导，班前乡的当周、满吉玛，亚尔堂乡的唐洛、查三潘等人证明说，班前乡俄合龙村的阿压三知，就是在红军模范行动的影响下，主动为红军当向导，一直把红军送到阿坝后才返回自己的家乡。虽然阿压三知遭受了许多磨难和打击，但红军的所作所为在他心中深深扎下了根，他坚信红军一定会回来。

到底有多少藏族群众为红军充当了向导，我们已经无法考证，许多为红军充当向导的藏族群众由于害怕马家军的迫害，没有公开这些事。但我们相信有很多藏族群众带领红军走出了草地，他们为中国革命作出了贡献。

班玛人民救护红军伤病员的故事

红军到达班玛地区后，认真贯彻执行党的民族宗教政策，以自己的革命行动教育鼓舞了班玛人民，当地的藏族群众对红军由最初的恐惧到了解，由了解到热情拥护，由热情拥护到念念不忘，直至深切怀念。藏族群众积极救护伤病员的事迹就十分感人，留下了许多可歌可泣的感人故事。时至今日，在班玛大地还广泛流传着藏族人民救“红加”（藏语“红军”之意，或汉语“红军”之变音）的故事。

家住班前乡岗西村的何世安，就是一位在群众的救护下幸存下来的红军战士。他原籍四川，父亲叫何忠元，他是在红军路过家乡的村子时，在老师的带领下和他姐姐以及其他同学一块参加红军的。

进入班玛后，他年龄小，体弱多病，而且又负重伤（右肩被砍伤，留有 5 寸长的刀痕）。当时缺医少药，伤口已经化脓生蛆，他掉队落在后面。当行至班玛县亚尔堂乡阿格东哇村时，昏倒在一块豌豆地里，被一个叫唐哇觉巴的阿卡（即僧人）发现，背到自己家里。唐哇觉巴给他吃东西，为他冲洗包扎伤口，细心照料，救活了他。当时，他曾多次求助藏族父老，想找红军归队，均因音讯杳无和征途遥远，无法如愿。后来，唐哇觉巴送他到吾扎村的成南木木匠家中学木工手艺，他在班前乡岗西村找了一位纯朴善良的藏族姑娘仲拉建立了家庭，夫妻俩互敬互爱，和睦度日，日子过得和和美美。

“红加”的木工手艺在当地颇有名气，他经常走帐串户，为当地藏族群众制作日常木器家什，深受人们的喜爱。时至今日，班玛红色旅游展览馆仍保存有老人制作并使用过的木钻子、木尺、桌椅等。由于离家参加红军队伍时年龄小，后又长期生活在藏区，何世安已完全被“藏化”。平素总是身着一领光板藏皮袍，足蹬一双高筒藏靴，一举手，一投足，一语一笑，全随了藏俗，并且讲一口地道流利的班玛藏话，当地群众竟无一人知晓他的汉语姓名，起初称他为“小红军”，后又转化称“红加”，如今干脆起了个地地道道的藏语名字“昂加”。

当年，有许多新闻媒体采访“红加”，他总是精神矍铄，豪情奔放，谈笑自若。总是赞不绝口地夸扬当地藏族同胞和他妻儿的温厚多情、侠义正直。他说：“现在好了，政府按月发给我生活补贴，我个人生活没有困难，当地藏族人民对革命有过贡献，希望政府能够帮助他们尽快脱贫致富。”从短短的言语中，可以看见一个老红军战士大公无私的精神境界。岁月流逝，人世沧桑，1986 年，何世安因病医治无效，在班玛逝世，享年 63 岁。

从藏族人民热情救助红军战士“红加”的故事中，我们能深切感受到中华各民族之间浓浓的阶级感情和深厚的民族友谊。

班玛藏族同胞掩埋红军遗骸的故事

红军长征来到班玛藏区后，由于不适应高原，加上严重饥饿，大量红军指战员死在了班玛草原。大部分遗体被红军将士就地安葬了。对此，藏族老人们这样回忆：“有一天大概在中午时分，那些红军埋葬了两名战士，还举行了简短的追悼仪式。起初，村里的群众非常害怕，不敢靠近红军部队，但过了几天，发现这些红军不做任何破坏行为，看着也很和善，不同于马步芳的军队和土匪，因此，逐步消除了戒心。我们还目睹了红军在阿什羌举行的追悼会。”但也有一些红军指战员因掉队或其他原因死亡，部队没能安葬他们。甘泗淇将军这样说：“沿途死人很多，虽军、师、团的先头部队组织了掩埋队，总是未埋完。”很多红军指战员的遗体是被当地藏族人民安葬的，据藏族群众更尕和他父亲回忆，他们全家在红军来的时候外出躲起来了，他们家住过一位红军伤病员，这位红军在屋里生了火，不小心失了火，因为他病重无力救火被烧死了。1943 年，他父亲翻修房屋时，在废墟里发现了红军的尸骨，他们按照汉族的习惯把遗骨掩埋了。阿西登洛家也曾救护过一位红军伤病员，但由于病重没能救活，他们把尸首也掩埋了。1974 年更尕盖房子，挖地基时把尸骨挖了出来，又找一个地方，掩埋了红军的遗骨。这样的故事很多，江日堂乡一大队支书达昂秀和二大队支书加什尕合等同志回忆：红军的确曾到过哑公寺（即亚尔堂寺院）等许多地方。红军走后不久，他们在作木沟名叫当日和曲血的地方，看到过红军战士的遗体，当地老乡掩埋了红军战士的遗体。在格什则那一带，有一棵老树，据一些当地人说，因红军当年缺衣少食，人困马乏，不适应高原天气，在格什则那一带死过很多红军战士，过了几十年，在那棵树下还能看见红军战士的遗骨。

第四部分　班玛人民怀念红军的故事

地处三江源核心地区的班玛人民是最懂感情的人民，红军的到来使他们看到了真正热爱人民的军队。红军走了，但红军热爱人民的故事留下来了，红军热爱人民的心留下来了。红军虽然走了，但班玛人民把红军经过的地方，红军用过的东西，红军留下来的遗物等的名称前面都加上“红军”二字。红军书写的宣传抗日的标语被保护起来，红军留下来的遗物被珍藏起来。一句话，班玛人民用这种方式怀念着红军。

班玛人民用歌谣诗句怀念红军的故事

红军走后不久，班玛地区就流传着这样的一首歌谣：“红军走了，村寨空了，村寨空了心不焦，心焦的是红军走了……”红军在班玛的时间虽然很短暂，但给当地群众带来的影响却极其深远，许多催人泪下的感人故事在民间广为流传，许多动人的诗句让人回味。80年的岁月没能淡化班玛人民对红军刻骨铭心的记忆。

班玛人民之所以唱出如此的歌谣是有原因的。红军来到班玛后，忠实执行党和红军的纪律，视班玛藏族同胞为亲人，因此和班玛民众建立了良好的友谊。红军离开后，当地群众十分想念红军，能歌善舞的藏族人民就用歌声表达了对红军的思念。

同时，班玛民众由于痛恨马家军而联想到了红军，他们用歌声呼唤着红军。1938年，青海军阀马步芳为了镇压班玛和久治民众的抗暴斗争，派出马忠义、马得胜骑兵团抵达果洛班玛地区，进行镇压。这也是一次最为血腥的镇压。马家军的到来使“各部落四处逃奔，敌军大肆屠杀，极为残酷”。马家军“还在班玛焚毁了阿什羌三大部发祥地的房屋，摧毁了村庄二百余处、寺院五处，屠杀了数不清的群众。许多人的心肝被挖出来，其状之惨，难以言说！据说约有一百人被拉到喇平福身死处，用绳捆起排成列，砍去脑袋”。

此时此刻的班玛人民多么希望刚刚离开的红军指战员回来解放自己。同样是军队，红军带给班玛人民的是友谊，而马家军带来的是屠杀，是剥削，是压迫。在反动统治重压下的班玛民众只能用歌声表达对红军的怀念。

时至今日，班玛民众依然用诗句怀念红军，前任班玛县长、现任中共果洛州委常委、班玛县委书记夏吾杰的两首诗是这样写的：

忆班玛

北风烈，
长空雁叫霜晨月，
霜晨月，
玛可河畔原林如苍海，
抗寇反蒋庆胜利。

雄关漫道真如铁，
而今迈步从头越。
从头越，
革命火种播藏乡，
民族团结花盛开。

曾任班玛县人民武装部部长的王金国用这样的诗纪念红军长征途经班玛：

红军过班玛

草原游牧多恐惧，
马匪惊扰日夜愁。
红军浩荡过班玛，
藏族同胞暖心头。
奶茶糌粑敬亲人，
慰劳雄师把粮筹。
短暂休整仍北上，
举旗抗日卫神州。

班玛保护、珍藏红军遗迹、遗物的故事

由于有数万红军来到了班玛，所以，红军离开后也留下了一些遗迹、遗物。遗迹主要是书写在大石头上的标语，还有山岗上修建的哨所。而遗物则是红军遗留下的一些物品，如锅、马鞍、马钗子、草帽等。红军走后，班玛民众将这些东西视为亲人所留之物，细心保护、珍藏。如红军书写的标语，80年后的今天我们依然能看清楚其内容，这是藏族人民全力保护的结果。标语书写在大石头上，但时间一长经风吹雨淋，字迹肯定会消失。当地藏族同胞为尽可能不让这些字迹消失，想了很多办法予以保护。后来在政府的出面下，当地民众用藏式塔亭，将书写了标语的大石头包裹在里面。当地人将这个亭子称为“红军亭”，这一建筑也成了今天班玛红色旅游基地的标志性建筑。

对于红军的遗物，班玛人民更是用各种方式加以珍藏，中华人民共和国成立后，班玛民众陆续将这些遗物交给了文物保护单位，红军留下的这些文物，现在大部分都收藏在青海省文化厅文物处。有些遗物也留在当地，成为红军长征过班玛重要的物证。

红军沟的故事

在距班玛县城39千米处的玛柯河沿岸，有一处风景秀丽的小山沟——子木达沟，其四周群山叠翠，草木皆绿，蜿蜒的玛柯河缓缓流淌在小山沟前，放眼望去，宛如一幅秀丽的山水画卷。1936年7月，红军长征经过这里，留下了宝贵的革命足迹，当地藏族人民为了表达对红军的怀念，并借以教育后人，把红军走过的子木达沟改称“红军沟”，成为全省独树一帜的红色旅游景点。

遥忆80多年前，1936年夏，红军经过长途跋涉来到了美丽的班玛大地，来到了景色迷人的子木达沟。30 000多名红军战士艰苦跋涉、披

星戴月，踏着莲花藏乡——班玛的山山水水，奔赴抗日反蒋救国的斗争第一线。红军一路走来，用多种形式向藏族群众宣传党的民族宗教政策和革命道理。班玛的藏族群众第一次从红军的口里听到了“红军”“共产党”“革命”“救国”“民族”“解放”这样一些很新鲜的词语和革命道理。红军除了口头宣传以外还印发了藏文传单，宣传队书写了很多标语，至今仍保留在亚尔堂乡子木达沟口石壁上的“北上响应全国抗日反蒋斗争！”的标语，就是红军积极向藏族群众宣传革命道理的证明。

“红军标语”位于子木达沟口 40 米处，其字体为隶书，标语书写在沟口凸出的页岩石上，标语长 160 厘米，宽 30 厘米，其面积 0.48 平方米。说起这标语，还有一段小故事。红军二万五千里长征，一路留下过无数标语，许多现已无存，但班玛县子木达沟的红军标语，虽然历经数十载的风雨侵蚀，至今仍字迹清晰、历历在目，完整保存下来，成为见证红军长征来到班玛藏区的历史见证，这很大程度要归功于巨崖上的一棵参天柏树。当年红军安庆部队宣传小分队来到了子木达沟，两位小战士在大部队休整间隙，相约到对面山坡上捡野菜。当他们走过子木达河上的独木桥，准备上山时，突然被对面一块凸起的巨石吸引了，只见这块巨石高约 3 米，宽度达 2 米多，特别显眼。说它特别，是因为时值夏日，山沟内到处是一片绿色景象，绝少看到裸露的山石。他们觉得这里是做革命宣传的好地方。他们快速回队，叫来老班长，只见老班长沉思良久，在巨石上挥笔写下“北上响应全国抗日反蒋斗争！安庆宣”的大幅标语。末了，三人一起爬上巨石，举目远眺，美丽的玛柯河大峡谷，美景尽收眼底。年纪最大的老班长若有所思地对着巨石正中缝隙里的一棵小树苗说：“你们看，这树苗能在这么艰苦的环境里顽强生长，我想我们的革命事业也一定能够和小树苗一样，茁壮成长，成为参天大树。”几十年过去了，石缝里的小树苗已长成参天大树，精心呵护着树荫下的“红军标语”，使其得以完整保存，成为红军长征经过班玛藏区的见证，老班长和两位小红军战士的心愿也得以实现。

红军在子木达沟短暂的停留期间留下了许多感人的故事。据亚尔堂乡子木达村村民才项、昂秀的母亲回忆：“红军到我们这儿的那一年是藏历的鼠年（即 1936 年），大约是 7 月，正是豌豆开花结荚的时候，我们躲在森林里看到红军坐在河边、地埂上休息，可没有一个人钻进地里摘豆荚吃，而是挖野菜、捡牛羊骨熬汤喝。我们觉得这些兵与过去所见过的其他军队的所作所为大不一样，后来才知道他们是红军，是穷苦大众自己的军队。”在短短的十几天时间里，由于红军模范地执行了党的民族政策，红军的好名声一下子就传开了，人们奔走相告，有的人还主动为红军筹办粮食和燃料，支援红军，有人为红军当向导，把红军从子木达沟一直送到阿坝。中华人民共和国成立后，党派遣的工作团和甘青川康四省边境工作团到达这个地区时，藏族群众把工作团当作当年长征路过这里的红军，怀着极大的热情，纷纷向亲人诉说思念之情，许多人还主动提供情况，积极支持和热情配合工作团开展工作，投身到建立人民政权的战斗行列中。

红军在子木达沟休整期间的模范言行深深印在藏族群众的心里。人们为了表达对红军的怀念，把红军走过的桥称为“红军桥”，把红军战士走过的路称为“红军路”，把红军战士喝过的泉水称为“红军泉”……

如今的红军沟，每当夏秋季节，青山绿水、鸟语花香、林木苍翠，风景格外迷人，成为人们领略高原森林自然风光、陶冶情操、接受爱国主义教育的好去处。1986 年 5 月 27 日，为了纪念红军长征经过班玛地区这一具有历史意义的事件，继承和发扬红军精神，缅怀革命先烈的丰功伟绩，青海省人民政府将此处列为青海省文物保护单位。同年，班玛县人民政府为进一步弘扬红军精神在此立碑，修建结合藏汉建筑风格的“红军亭”，并将此处设为爱国主义教育基地。2012 年 11 月，红军沟被命名为省级爱国主义教育基地；2013 年 8 月，被命名为中共青海省委党校、青海省行政学院、青海省社会主义学院教学基地。同年 10 月，青海省委党校组织第一批 22 名学员在红军沟接受了革命传统教育和爱国主义教育。

朱德会议室的故事

在亚尔堂乡红军沟对面，有一座小山坡，山上有一座约 100 平方米的破旧房屋，它曾是伟大的无产阶级革命家、和军事家朱德同志的简易住所兼会议室。

据当事人居昂逵回忆，其父亲格多（已过世）向他讲述过有关朱德会议室的故事。1936 年 7 月的一天，当浩浩荡荡的红军部队行至亚尔堂乡（子木达）沟时，已至中午时分。因部队中受伤又腹空体乏之人较多，暂憩之时，又突遇天降大雨，红军暂时停下，大批人马纷纷倚靠松柏或石崖下避雨遮风。此时，一名小红军发现了沟对面小山坡上居住着一户人家，向朱德请示，是否进去躲雨并收购一些口粮。朱德看了看，摇头说还是不打扰老乡了，便独自找寻一棵松柏避雨去了。就在这时，居住在山坡上的格多看到大批红军露宿在雨天，饱受着雨水的冲刷而丝毫不侵犯附近的居民，就想邀请红军到家中避雨，但又想想自己不大的房子，岂能容纳如此多的人，便放弃了想法。过了许久，他又出去观望，发现有几名受伤人员已经奄奄一息，于是鼓起勇气前去试探性地交流，在接触中发现，这些红军非常客气又礼貌，于是就邀请朱德及部分受伤人员入住家中，并为个别重伤员进行了简单的藏医治疗。

翌日，天气放晴，朱德在格多的陪伴下走出房间放眼望去，看到玛可河两岸盛开的豌豆花。他与格多协商，请求在其家中多留数日，以便以此作为轴心，向周边群众开展宣传抗日救亡的主张和筹集粮食。为方便朱德等开展工作，格多专门腾出一间小房子为其使用。之后，红军在这间房屋的门上写了“会议室”字样，并就地取材，用石板垒砌成简易的桌椅。格多看见后，主动拿出自家早些年储存的木头板材和工具，并帮助红军一起制作了一些桌椅板凳，放置在会议室内。一些红军也进进出出开始忙碌。有时，一些人手里还拿着一些小桶和纸条，纸条上书写着一些党的主张、政策等，分别张贴在院墙或一些比较光滑的石崖上。几天之后，朱德等人离开了。离别之际，朱德还给户主鞠躬，表示感谢。

后来，由于种种原因，居昂逵一家搬家了，朱德同志曾经暂居并用作会议室的小房间也随着时间的推移，逐渐破败不堪了，当时制作的桌椅板凳已不复存在。回想起这段历史，我们既感到荣幸又深感惋惜。

如今，班玛县委、县政府为纪念朱德同志，纪念红军长征经过班玛的光辉历史，鼓舞班玛后辈向革命英烈学习艰苦奋斗的优良传统，已将此地作为征用地，进行修建，将一座极具纪念意义的“朱德会议室”重新展现在世人面前。

红军泉的故事

红军泉遗址位于亚尔堂子木达沟子木达村山坡上，南北为大山，东西为河谷地带，遗址呈长方形，长 2 米，宽 0.7 米。1936 年中国工农红军第二方面军和第四方面军一部，北上抗日经过班玛县，到子木达沟时，由于长途跋涉，人困马乏，加之缺衣少粮，为休整部队和征收粮食，红军在此地驻扎多日。部队驻扎子木达沟内，村子位于山高坡陡处，饮水非常困难，此泉给红军用水带来了方便，红军驻扎期间，一直饮用此泉，红军走后，当地群众为了纪念红军，就将此泉命名为“红军泉”。在当地藏族乡亲们的心目中，红军泉已经成了红军战士的化身。80 多年来，它日夜流淌着，无私地喷涌出清澈的泉水，为附近几个村落数千名群众和上千头牲畜提供了饮用水。据当地一些老人们讲，1936 年，二、四方面军约 30 000 人浩浩荡荡由四川色达县进入班玛地区，当部队到达子木达沟时，战士们因长时间的跋涉身心疲惫、干渴难耐。这时，清澈透明的红军泉瞬间进入了战士们的眼中，其中一位小战士大声喊了一句“那有泉水”。听见有泉水，战士们纷纷将目光投向泉水方向，这时的泉水在日光的照耀下，显得格外诱人，干渴的战士们都情不自禁地涌向了泉水边。战士们尽情享受着大自然赋予的甘甜乳汁，有的干脆直接趴在泉边喝，有的拿出碗舀着喝，有的赶紧给担架上的战友递水喝，其中一位年轻战士享受完甘甜的泉水后，即兴唱出了这样一首歌：“红军泉水清又清，润一润战士干渴的唇，红军泉水甜又甜，让咱的战士歇一会。”这人员稀少的山沟，顿时呈现出一片欢乐景象。

七月的子木达沟青山绿水，鸟语花香，树木苍翠，风景格外迷人，带队领导立即下达命令，暂在泉水旁驻扎休整，并安排士兵用石板将泉水围砌起来。起初，心存恐惧和疑虑的藏族同胞只是在远处眺望，不敢靠近，但慢慢地，战士们主动与前来打泉水的老乡们交流，帮老乡们挑水，军民之情逐渐加深，当地群众通过士兵们的讲解与交流，了解到了很多新鲜事物，认识到中国共产党北上抗日的重要性。为积极响应抗日，群众主动为士兵们送上酥油、酸奶、牛羊肉等，并在士兵们离开之际送上了装有红军泉水的牛皮水袋，为表示感谢，士兵们将一套红军服装给了一位前来送行的老阿妈，这套军服目前珍藏在县红色旅游展览馆内。

岁月飞逝，万物更新，但承载着历史与军民情意的红军泉水依然在静静地流淌着，当时那一幕幕感人的画面已同泉水流向了一个个成功的港湾，流向了更好的明天。

红军路故事

从红军泉向山顶走去，有一条弯弯的石子小路，这就是被人们称颂的“红军路”。当年红军战士们是沿着这条小路翻越子木达的。如今小路依稀可见，穿越在茂密的柏树林里，直达山顶。曾经给红军将领张子意当过警卫员，后曾担任山东军区司令员的尹特辉将军1984年回忆说：“记得长征后期生活极其艰苦，途中掉队牺牲的人很多，王震同志带的六军团长征经绒玉草地，那时候不知道是青海，光知道在阿坝西面不远。走这一路的不是整个的大部队，约有一两个师，我们从甘孜出发往北走了几天后，翻过一座大山即到了现在的班玛县境，沟不宽，山很大，中间有条大河，宽20多米，水流很急，翻过大山看到藏族村寨和成群牛羊，森林面积很大，村寨旁边种有青稞。”

通过这位亲历过红军长征的将军的话，我们清楚了解到，1936年7月，红军安庆部队从班前寺后山丛林间翻越过来，他们驻军到吉德寺、班前寺和玛柯河两岸的群众碉楼内，筹措粮草，部队人数上万，在山坡莽林间踩踏出一条明显的小道。人们称颂红军，他们把小道称为“红军路”，以示纪念。

红军哨所的故事

红军哨所该遗址位于班玛县亚尔堂乡子木达村高山坡陡悬崖处，东西为大山森林，北为子木达沟，南为玛柯河林区。1936年中国工农红军第二方面军，北上抗日途径子木达沟时，由于部队行军数日，人困马乏，缺衣少粮，为了补充粮食，红军在此利用十余天的时间进行短暂休整，在此处站岗放哨，并向当地百姓以“钱换食”的形式征粮。此后，由此向北进军。

红军哨所呈正方形，面积约 9 平方米。东山丘 2 座，西山丘 1 座，高出地面 1 米左右。站在哨所位置，东北西三条沟清晰可见，视野开阔。当年红军战士们跋山涉水来到班玛后，为防止敌人袭扰，在班前寺的子合山、扎洛村村后的扎洛山等处也用石块修筑了一些站岗放哨、观察敌情的简易哨所。攀登哨所，要沿着隐秘的小道，穿过松柏林和密集的灌木丛，嶙峋的山崖巨石显现眼前，前后在右，有松树遮盖，周围的林地、河流、马道，尽收眼底，随时可以发现异常情况。到目前为止，扎洛村村后尚存三处“红军哨所”遗址。许多藏族同胞说，他们小时候经常去哨所玩耍。

登上“红军哨所”举目眺望，玛柯河大峡谷美景尽收眼底，使人更加感叹红军长征的伟大精神和革命先烈们顽强的意志。遥想当年红军，衣着单薄，腹内空空，冒着夜风，站哨执勤；流星为您作伴，松林为您遮寒，露水为您解渴，野果给您充饥；哨兵神圣，不容侵犯，北上抗日救国难，战士甘愿作奉献。

黑夜里，您站在峭壁上，
寒风吹拂着您的衣领，
滑过的流星是您的伙伴，
为了战友们的安危，
您甘愿忍受着寂寞。

红军桥的故事

红军桥位于灯塔乡班前村南面约 50 米处的玛柯河上，南为则日切村，北为河谷台地，东西为大山林区。这里溪水潺潺，绿草茵茵，松柏茂密，两岸高山耸立。站在红军桥上，闭目静听，仿佛还能听到当年年轻的红军战士们满怀革命斗志，迈着矫健的步伐，唱着革命歌曲。红军桥是一座吊索木板桥，桥长约50米，宽2米多，是当年七世噶玛巴被迎往西藏时修建的索桥，相传桥北的两棵松树是七世噶玛巴亲手所栽。玛柯河流淌到这里，已经吸纳汇集了多条山沟溪流，水势凶猛，清澈的激流，在河床巨岩间跳荡奔腾，发出阵阵吼声。天气晴朗时，不时有彩虹飘起，两岸山柳飘拂，站在通往碉楼村落的小桥上拍照留影，真是一处好风景，并且很有纪念意义。当年红军大部队从南面大山下来后，在此地寺庙和碉楼村落驻军，休整筹粮，因为成千上万的红军战士，天天要分散向当地藏族群众筹购粮食，要用骡马、牦牛驮运粮秣，都要通过这座吊索桥，频繁穿渡清澈的湍流。

1936年工农红军北上左纵队长征时，从此桥渡河，当地藏族群众为表达对红军的深切怀念，把红军走过的便桥修复后改称为“红军桥”。后来，当地群众为了纪念红军，将吊索桥保护起来，挂了许多哈达和经幡。

红军墓的故事

红军墓位于亚尔堂乡子木达沟内。1936年中国工农红军第二、四方面军途经此处。当时，红军长途跋涉，四面受敌，有很多战士英勇牺牲。根据当地百姓叙述，红军经过此地，并进行临时休整时，有一名团级以上的干部牺牲，全体将士将其简易埋葬，鸣枪致意，为此，当地的藏族群众称此地为“红军墓”。现修有一座高2.15米，长2米的长方形墓，2004年由县政府修缮，外围有长宽各5米，高1.2米的护栏，护栏下有8个阶梯，碑红色，呈长方形，刻有“红军墓”字样。每年都会有人来此凭吊逝去的红军战士。

红军在两万五千里长征途中，在国民党军及沿途地方军阀武装的追截拦击下，历尽艰辛，跨越大草原，为了解决红军的粮秣，红二方面军经长途跋涉，进入班玛境内，向当地农牧民筹集粮秣。时值7月，虽然是高原，但林区地形复杂，天热雨多，疾病流行，还因为当地群众受国民党军队的造谣蛊惑，纷纷逃入森林，躲避他们所说的“打灰绑腿的官兵”，红军战士经常遭遇断粮境况，许多红军战士劳累过度，饥寒交迫，不幸患病牺牲，为革命献出了年轻、宝贵的生命。从当时红军政治部主任张子意日记可以见出，红二方面军长征后期的后勤条件极端恶劣，吃野菜，煮食皮带，伤病死亡惨重。两个师几天便减员200余人。这些革命烈士，被战友们掩埋在前面山坡上。据当地老人回忆，红军来到阿什羌寺附近，作短期休整和筹粮，一间殿堂不慎失火，许多红军将士牺牲在这里。临出发前，在墓地前聚集了很多战士，举行了追悼会，脱帽致礼，还向天鸣枪致敬，之后就出发了。班玛解放后，红军墓群受到保护，常有干部或群众祭奠。改革开放后，2006年，县政府将红军遗骨迁移到红军亭附近，集中安葬。此处，背靠青山，面向河水，树碑“红军墓”，以示纪念，加以保护，并供参观旅游者瞻仰。从此，年年节假日，前来悼念祭奠者络绎不绝。中国工农红军为了北上抗日，满怀伟大革命理想，纪律严明，对群众利益秋毫不犯，他们高尚的精神，值得后人学习继承。

继承红军长征精神　打造“三色班玛”

大渡河的源头明珠——班玛，这里天工造化，形成了温暖湿润的区域小气候。玛柯河、多柯河流域青山绿水。原始林区生长着冷杉、云杉、白桦、圆柏等耐寒树木，组成了一万多公顷的茫茫林海，清秀的绿叶在云雾中，在阳光下，在风雨中不断变化着身姿，沉静中不乏妩媚，摇曳中更显婀娜。草原广阔、牛羊成群，飘逸着醉人的花香、奶香。春之蓬勃、夏之妩媚、秋之丰饶、冬之冷峻组合出农业丰、牧业丰、林业盛的欢快乐曲，天造地设赢得了“果洛小江南”之美称。

班玛，是第七世、第十世和第十一世噶玛巴的诞生地，宗教文化影响深远。这里寺院历史悠久、教派各异、寺院建筑风格独特，规模宏大。全县 23 座藏传佛教寺院，分属宁玛派、觉囊派和噶举派三个教派。白扎寺的“闪光铁山”和百年塔林历史悠久。坐落在罕见的“魔女仰卧”特殊地形上的知钦寺，是一块宝地，也是佛教徒虔诚朝拜的圣地，游客向往的天堂。

班玛县委、县政府高度重视文化旅游资源在促进就业、带动经济发展等方面的作用，依托境内丰富而独特的自然人文资源，大力推进“三色班玛”建设。其中，“三色”当中的红色爱国主义教育对促进班玛经济发展、社会和谐、民族团结起到了积极的作用。

红军战士镌刻在石崖上的“北上响应全国抗日反蒋斗争”的标语虽然历经八十多载的风雨，至今仍字迹清晰、历历在目。为纪念红军，当地群众把当年红军走过的子木达沟称为“红军沟”，把红军走过的小桥及饮过水的泉，修建的简易工事和哨所，称为“红军桥”“红军泉”“红军路”“红军哨所”，等等。同时，将红军遗骨迁移到红军亭附近，进行集中安葬。树碑“红军墓”，以示纪念，并供后人瞻仰。1936 年 7 月短短的 20 多天时间里，红军指战员以不可磨灭的革命意志，留下了许多可歌可泣的感人故事。他们的革命精神影响和鼓舞了一代又一代班玛民众，给当地播下了革命的火种，留下珍贵的红色印迹。班玛县是当年红军大部队长征唯一经过的青海地域。

班玛历届县委、县政府领导都为开发挖掘红色资源、缅怀革命先烈的丰功伟绩、继承和发扬伟大的长征精神，做了大量的工作。1985 年修建了“红军亭”；1986 年 5 月，省政府将红军沟列为青海省文物保护单位；2004 年，红军沟“班玛县爱国主义教育基地”揭牌；2005 年 7 月，“班玛县红色旅游展览馆”建成，对红军亭作了抢救性的修复和加固，修复红军桥、红军泉、红军哨所等景点；2006 年 8 月 1 日，将“红军墓”迁移到红军沟内，并给“红军墓”立碑；2011 年 7 月，申报“班玛——红军走过的地方”景区为国家 AAA 级景区，并组织专门力量编写《班玛藏区的红色记忆——红军长征途经青海班玛的故事》一书，为在班玛建立红色教育基地,开发红色旅游资源提供了较为系统详实的资料;2012 年 12 月,“红军沟”被省委宣传部确定为省级爱国主义教育基地。此外，红色旅游也是班玛县旅游业的主打品牌之一。近年来，通过学习借鉴井冈山等红色旅游地的先进经验和做法,班玛进一步挖掘和保护红色资源，传承和弘扬长征精神，把红色旅游与风光旅游、生态旅游和民俗旅游结合起来，精心打造精品旅游景区，全力推出精品旅游线路，把班玛县红色旅游推出青海、推向全国。

班玛县委、县政府的“三色班玛”建设已经有了一定的成效。近年来，全省各单位的党员干部先后赴“红军沟”接受爱国主义教育。通过开展爱国主义教育，广大党员干部的心灵接受了洗礼，情感受到了震撼，思想得到了升华，也激发了党员干部继承革命传统、感恩党和祖国的热情。红色教育也对我省建设精神高地、弘扬党的优良传统和建设民族团结进步先进区起到了积极的作用。

后 记

编写此书花了我们太多的时间和精力，这主要是因为寻找相应史料的缘故。虽然写的是红军长征来到班玛的故事，但它必须建立在真实的历史事实基础上。80 年前红军长征来到班玛前后有 20 多天，但这是多支部队分四批来的。实际上，每支部队在班玛行军的时间不过七八天。所以在绝大部分史书中，对红军来过班玛一事只字未提，往往用北上部队从甘孜出发，经过 20 多天行军来到阿坝的描述，将红军来班玛的史实省略了。所以，寻找和班玛相关的史料、依据甚至回忆文章都如同大海捞针一样困难。有时爬在书堆里找了一整天，也找不到一两句与班玛有关的史料。现在找到的一些有限的材料，也是在一些电报、回忆录的字里行间发现的零星的记载，所以我们才说，花了很多时间和精力。正是由于这些原因，呈现在大家面前的这本小书还相当不成熟。

此书是教育部哲学社会科学重大委托项目《青海班玛地区长征文化资源的保护、开发与利用问题研究》的成果之一，也是青海民族大学特色文化建设的一项成果。在本书的写作过程中，首先要感谢班玛县委书记夏吾杰同志，书稿是在他的建议和支持下完成的；感谢班玛县的其他同志们，他们为书稿提供了一些必要的素材；感谢我的学生董华朋和黄蕾，他们编写了部分故事，书稿写出后，又帮助我校对了全部文稿。感谢青海省委党史研究室的同志们，他们在百忙中审读了书稿，并给出了意见。当然，也要感谢出版社的编辑同志们，没有他们的劳动，本书是无法出版的。

编 者